AF304097

Gabriele Ketterl wurde in München geboren, wo sie auch heute wieder mit ihrer Familie lebt. Ihre Fantasie steckt mittlerweile in Kinderbüchern, Kurzgeschichten, Fantasyromanen, Romantic-History-Büchern …
Nach einem Studium der Amerikanistik und Theaterwissenschaften an der Ludwig-Maximilians-Universität München hieß es erst einmal: Reisen und Ideen sammeln. Betrachtet man ihren Output, scheint das gut geklappt zu haben.

Lady Ilses MORDS GESCHICHTEN

Mörderisch entspannt

Gabriele Ketterl

Erstausgabe Juni 2024

Copyright © 2024 dp Verlag, ein Imprint der
dp DIGITAL PUBLISHERS GmbH
Made in Stuttgart with ♥
Alle Rechte vorbehalten

Mörderisch Entspannt

ISBN 978-3-98998-223-9
E-Book-ISBN 978-3-98778-725-6

Covergestaltung: Buchgewand
Umschlaggestaltung: Thorsten Sohrmann
Unter Verwendung von Abbildungen von
stock.adobe.com: © mr Vector, © updesh
shutterstock.com: © Lee Charlie, © Seamm, © Alexander Steamaze,
© amber_85, © Piotr Wawrzyniuk, © Duncan Andison
depositphotos.com: © MKucova, © yupiramos
Lektorat: Sandra Florean
Satz: dp DIGITAL PUBLISHERS GmbH
Druck und Bindung: Books on Demand GmbH, Norderstedt

„Den dapack I ned, koa bissl! So a Gfrastsackl!"

Spontanzitat Ilse von Karburg.

Falls, nur falls jemand das nicht verstanden haben
sollte, kann gern übersetzt werden: „Den mag ich
nicht, kein bisschen. So ein Schlawiner."

Die Haut und die
Jahreszeiten

„Yessas! Wie schau ich denn aus?" Ilse von Karburg, noch etwas verschlafen und entsprechend leicht zerknautscht, betrachtete sich geradezu erschrocken im Spiegel des heimischen Badezimmers. Mit sorgenvoll gerunzelter Stirn zog sie vorsichtig an der Haut ihrer Wangen. „Spinnst! Des war aber schon einmal viel besser."

Seufzend legte sie den Kopf schief und musterte erneut ihr Konterfei im dezent beschlagenen Spiegel. „Ja, altes Haus, das mag schon besser gewesen sein … vor dreißig Jahren." Sie tätschelte ihrem Spiegelbild tröstend die feuchte Wange, was dem Spiegel einen leichten Cremeschatten verpasste. Dann griff sie nach einem trockenen Handtuch in elegantem Pink und beseitigte die Spuren ihrer geistigen Entgleisung.

Nachdenklicher als an anderen Tagen schlüpfte sie in ihre schicken neuen Dessous, in die enge Designerjeans und in eine rose-weiß gestreifte Bluse. Prüfend begutachtete Ilse das Ergebnis und war einigermaßen zufrieden. „Passt!"

Die Uhr in der Küche zeigte gerade einmal halb acht. Draußen war es noch dämmrig, da sich der Himmel hinter grauen Wolken versteckte. Immerhin war von dem fröhlichen Kerl im Radio behauptet worden, dass sich das Wetter zum Mittag hin verbessern sollte. Das allein beruhigte die Lady bereits. Bis jetzt war es ein wunderschöner Spätsommer, noch keine Spur von Herbst. Ein Umstand, der sie aus diversen Gründen beruhigte. Nicht nur, da sie dunkles, regnerisches Wetter verabscheute. Nein, vor allem wegen ihres Neffen Phillip, der noch mit seiner neuen Flamme Manuela in den Alpen, Richtung Italien, herumradelte. Der brauchte schönes, trockenes Wetter.

Ilse musste unweigerlich grinsen. *Herumradeln* ... Er hätte ihr wahrscheinlich einiges erzählt. Phillip fuhr in halsbrecherischer Geschwindigkeit mit seinem Hightech-Mountainbike über irgendwelche Pässe, die andere mühsam zu Fuß erklommen. Aber er war eben anders als andere Kinder. Was ihr gehörigen Respekt abnötigte, war der Umstand, dass Manuela offenbar dabei mithalten konnte. Die junge Kommissarin steckte voller Überraschungen. Das „Mädel" wurde ihr immer sympathischer.

Ilse drückte an ihrer Kaffeemaschine auf den Knopf für „Latte macchiato" und beobachtete voller Vorfreude das fauchend-dampfende Schauspiel. Sie angelte sich ein Vollkornbrötchen aus dem Brotkasten, dazu gab es Butter und die herrliche selbstgemachte Marillenmarmelade. Ihr Blick wanderte ein wenig traurig durch die leere Küche. Es war schön gewesen, Phillip hier zu beherbergen. In den letzten Tagen vor seiner Abreise war auch Manuela öfter mitgekommen und sie musste sich eingestehen, dass es schön war, die zwei jungen Leute hier zu haben. Nachdem Manuela sie während der Ermittlungen im Todesfall ihres Clubchefs eher auf dem Kieker gehabt hatte, da sie sich, sagen wir einmal vorsichtig, dezent immer wieder in die Ermittlungen einbrachte, war daraus eine angenehme Bekanntschaft geworden. Als Ilse damals im Krankenhaus zu sich gekommen war, war Manuela da gewesen. Sie hatte sich mit sehr besorgtem Blick über ihr Bett gebeugt und, als sich ihre Blicke dann trafen, war da mit einem Mal so etwas wie ein stilles Übereinkommen gewesen. Seit jenem Tag hatte Manuela einen festen Platz in Ilses Herz. Einmal drin, für immer drin! Insbesondere, da Phillip sie sichtlich liebgewonnen hatte.

„Liebgewonnen, mei, Ilse. Denk doch a bissl moderner. Echt wahr." Genervt biss sie in ihr knuspriges Frühstücksbrötchen. Von Lachsbrötchen mit Limettenschaum hatte sie, aus nachvollziehbaren Gründen, erst einmal genug.

Highway to Hell ... Es dauerte etwas, ehe ihr bewusstwurde, dass das ihr Telefon war. Phillip, der verrückte Spaßvogel, hatte ihr den neuen Klingelton eingestellt. Damit du dich daran erinnerst, dass man ab und an auf sich aufpassen sollte, Tantchen. Sehr witzig! Nun erklang immer und überall der Welthit der Australier und sie wusste nicht, wie sie ihn wieder auf *Satisfaction* von den Stones ändern konnte. In ihrem biblischen Alter fand sie diesen Klingelton nicht so amüsant, wie Phillip sich das wahrscheinlich gedacht hatte. Sie stellte auf Lautsprecher.

„Ilse, meine liebe Lady. Wie geht es dir?" Freundin Marga klang noch immer so besorgt wie vor drei Wochen im Krankenhaus. Das sollte sich langsam ändern, schließlich ging es ihr wieder gut ... meistens.

„Mir geht's prima. Ihr macht euch viel zu viele Sorgen. Mich haut so schnell nichts aus den Latschen." Ilse warf einen erneuten Blick zur Uhr. „Sag mal, wenn Tilde auch Zeit hat, hättet ihr Lust auf einen schönen Nachmittagstee? So gegen vier Uhr? Vorher muss ich wohl oder übel nochmal in die Klinik zum Bluttest."

Sie hörte Marga kichern. „Aha, nimmst du dir jetzt den Rat des Mädels zu Herzen und begnügst dich mit Kaffeekränzchen? Eine beruhigende Entwicklung, meine Liebe."

„Des konnst o'hakln, mei Madl." Ilse schnaubte erbost ins Telefon.

„Äh, wie bitte?" Marga klang verwirrt.

„Du lernst as a nimma, oda? Ich habe gesagt, das kannst du vergessen. Ich und Kaffeekränzchen, das mach ich mal, wenn ich alt bin."

„Aaah, ja, dann haben wir ja noch so grob zehn Jahre, bis es so weit ist, nicht wahr? Aber ernsthaft, ich komme sehr gerne und Tilde hat auch Zeit, mit der habe ich schon telefoniert. Eigentlich wollten wir dich einladen, mit zum Tortenparadies zu gehen, aber ich könnt wetten, dass du deinen leckeren Apfelstrudel bäckst, stimmt's?"

Ilse musste lächeln, als sie den erfreut-erwartungsvollen Unterton in Margas Stimme vernahm. „Ja, könnte durchaus sein, dass ich euch mit meinen Backkünsten erfreue. Dann sehen wir uns um vier Uhr hier bei mir, in Ordnung?"

***

Der charmante Chefarzt, der sie unter seine Fittiche genommen hatte, erwartete sie bereits, als Ilse in der Klinik eintraf.

„Pünktlich wie immer, liebe Frau von Karburg, schön, Sie so wohlauf zu sehen." Professor Schreiner drückte ihre Hand und musterte sie eingehend.

Ilse nickte. „Das ist so ein Ding meiner Generation. Wir haben noch Pünktlichkeit gelernt. Nix Handy und so, Sie verstehen? Abgesehen davon muss ich sagen, ich komme sehr gerne zu Ihnen. Ich fühl mich jedes Mal ein bisschen wie in einem Buch von Jane Austen."

Professor Schreiner lachte auf. „Herrje, komme ich so alt rüber?"

„Unfug! Aber Sie haben so eine gewählte Ausdrucksweise. Ehrlich, den Ausdruck *wohlauf,* den kenn ich fast nur noch aus *Stolz und Vorurteil.*"

„Endlich! Wissen Sie, wie lange ich darauf warten musste?"

„Öhm, worauf, wenn ich fragen darf?" Der Professor brachte sie ein wenig aus dem Konzept.

„Darauf, einmal in meinem Leben mit Mr. Darcy verglichen zu werden. Allein dafür werde ich Sie ewiglich lieben."

Ilse genoss es, endlich wieder laut und herzlich zu lachen.

„Ihr Blutbild ist heute das einer Zwanzigjährigen, also, einer gesunden Zwanzigjährigen. Ich bin sehr zufrieden mit Ihnen." Der Professor legte den Ausdruck aus dem Labor auf seinen Schreibtisch. „Einmal würde ich Sie aber dennoch gerne sehen. Lediglich, um mich zu überzeugen, dass es keine Spätfolgen gibt. Passt es Ihnen in vier Wochen, liebe Frau von Karburg?"

Ilse nickte mit einem erfreuten Lächeln auf den Lippen. „Gerne, wenn Sie bis dahin den John Thornton draufhaben?"

Professor Schreiner wirkte sichtlich amüsiert, als er antwortete. „Elizabeth Gaskell mochte ich schon immer und *North & South* ist wundervoll."

Seufzend drückte Ilse seine Hand. „Ich freu mich auf den Termin in vier Wochen, Herr Professor Schreiner. Vielleicht machen wir mal einen Lesekreis auf, mit Whiskey-Verkostung und so was in der Richtung. Richtig edel."

„Führen Sie mich nicht in Versuchung. Erinnere dich an die Vergangenheit nur dann, wenn die Erinnerung daran Vergnügen bereitet." Lächelnd drückte er ihre Hand. „Sie sind ein Unikat, liebe Frau von Karburg."

„Und Sie zitieren Austen so gut, dass es geradezu erotisch wirkt. Ich gehe jetzt und tue Dinge, die sich einer alten Dame geziemen."

Sie hörte sein dröhnendes Lachen noch, als sie bereits auf dem Gang in Richtung Lift ging.

***

„Mädels, im Ernst. Als ich heute in der Früh vor dem Spiegel gestanden habe, dachte ich zuerst, ich hätte eine Zombie-Erscheinung."

Tilde schüttelte entschlossen den Kopf. „So ein Blödsinn. Du warst eine Weile etwas grün um die hübsche Nase, aber inzwischen siehst du wieder aus wie das blühende Leben."

„Pft! Wie das *ver*blühende Leben, wolltest du wohl sagen. Das träfe es besser. So geht das nicht weiter. So ungern, wie ich es zugebe, aber vor einem gutaussehenden Anwalt zusammenzubrechen, war zwar sehr dramatisch, aber ich könnte mir dann doch einen anderen Verlauf bei einem Treffen mit Dr. Hübner vorstellen." Ilse schnitt ein großes Stück von ihrem noch warmen, mit Puderzucker bestäubten Strudel ab und legte es Marga auf den Teller. „Ich hab nachgedacht, meine Süßen. Wie wäre es mit ein bisschen Wellness?"

„Denkst du an den Spa-Bereich im Bayrischen Hof? Das wär mal wieder etwas." Tilde signalisierte erstes Interesse.

„Ich dachte an etwas Effektiveres, um bei der Wahrheit zu bleiben. Mein Spiegelbild sieht derzeit nicht nach Spätsommer, sondern eher nach Herbst, Tendenz Spätherbst aus. Das muss sich wieder ändern. So geht's nun auch nicht."

„Was genau möchtest du uns sagen, liebste Lady? Wir sind ganz Ohr." Marga kaute genussvoll.

„Mädels, so ein bisserl Gesichtsrestaurierung und Ganzkörpersanierung schadet uns sicher nicht." Ilse grinste die beiden der Reihe nach frech an. „Ich dachte an ein oder zwei Wöchelchen in einem schönen Wellnesshotel. Nicht zu weit weg, aber trotzdem ein Tapetenwechsel."

„Die Idee gefällt mir. Sie gefällt mir sogar sehr gut. Ich wollte schon lange mal wieder ein paar Aromamassagen haben. Marcus und Klaus, die einzigen, von denen ich hier massiert werde, wehren sich leider vehement dagegen. Sie behaupten, das würde so glitschen." Tilde schob sich ein weiteres Stück des Gebäcks in den Mund. „Außerdem muss ich die ganzen Kalorien wieder abtrainieren."

Ilse schüttelte mit todernster Miene den Kopf. „Kalorien? Ich weiß nicht, wovon du sprichst. Mein Strudel besteht aus banalem Blätterteig, einem Hauch Zimtzucker, einem mikroskopisch kleinen Anteil an Marillenmarmelade und sonst nur Äpfeln und einem Händchen voll Rosinen, also Dörrobst." Sie setzte die unschuldigste Miene auf, derer sie habhaft werden konnte. „Das ist eigentlich Diätgebäck."

„Diät? Aha. Aber lassen wir das." Tilde warf einen zweifelnden Blick auf den verbleibenden halben Strudel. „Woran hast du denn gedacht? Ich könnte wetten, du hast schon etwas im Blick, so wie ich dich kenne."

Ilse sprang wie auf Kommando auf und eilte in den Flur. Sie hatte den Prospekt schon vor zwei Tagen ausgedruckt. Strahlend kam sie zurück, setzte sich wieder und hielt den Freundinnen den Ausdruck vom Wellnesshotel „Tölzer Oase" entgegen.

„Die haben verflixt gute Kritiken. Nur begeisterte Gäste und eine riesige Wellness-Landschaft. Deine Aromamassagen haben sie auch im Angebot, einen großen und schönen Poolbereich und Dampfbad, Aromasauna und so weiter. Mädels, wir werden aussehen wie neugeboren."

Marga setzte sich ihre Lesebrille auf die Nase und studierte die Informationen eingehend. „Schaut echt gut aus. Nicht billig, aber sehr ansprechend. An welches Angebot dachtest du denn, Ilse?"

Ilse trank einen Schluck ihres köstlichen Tees, beugte sich nach vorn und tippte auf einen eingerahmten Kasten auf dem Prospekt. „Daran, lest es einfach einmal durch."

Tilde zog den Ausdruck zu sich und las laut vor. „Jungbrunnen-Wochen. Gönnen Sie sich eine Woche Entspannung, Schönheitsbäder, wohltuende Massagen, Yogaeinheiten, Kosmetikbehandlungen und köstliche Leckereien. All dies in der luxuriösen und unvergleichlich angenehmen Atmosphäre der Wellness-Oase Bad Tölz."

Marga legte ihre Kuchengabel beiseite. „Meine Damen, ich denke, wir gönnen uns das. Ich freue mich schon darauf."

Ilse fixierte mit großen Augen den Bildschirm ihres Laptops. Es war ihr gelungen, den nicht eben einfachen Buchungsvorgang für die „Tölzer Oase" zu durchlaufen, und sie war nunmehr beim Button *Jetzt Buchen* angelangt. Eigentlich ein voller Erfolg, allerdings erstaunte sie das, was sie da schwarz auf weiß erblickte, ein klein wenig.

„Meine Damen, wie schaut's denn derzeit so mit den finanziellen Gegebenheiten aus?" Sie drehte sich zu Tilde und Marga um, die soeben ihre Teetassen neu befüllten.

Marga lächelte vielsagend. „Wird's mal wieder etwas teurer?"

Ilse nickte, zog eine entschuldigende Grimasse und zeigte auf den Bildschirm. „A weng!"

„Was genau meinst du mit *a weng*?" Tilde nippte mit verzückter Miene an ihrem duftenden Tee.

„Dreitausendfünfhundert Euro pro gepuderte Nase. Ein stolzer Betrag, allerdings ist da alles mit drin. Sogar eine Cleopatra-Beauty-Packung. Außerdem die bereits angesprochenen Aromamassagen, eine Bier-Gesichtsbehandlung und ein Hopfen-Aroma-Dampfbad." Ilses

Kopf zuckte etwas weiter nach vorn. „Moment, lese ich das richtig? Bier im Gesicht? Also, ich trink des lieber.“

Tilde lachte schallend. „Das ist uns bekannt, meine liebste Lady Ilse. Aber betrachten wir es einmal so: Wir haben uns schon lange nichts mehr richtig Nobles gegönnt. Nachdem wir diesen kniffligen Mordfall gelöst haben, dürfen wir das jetzt wirklich wieder. Also buch es einfach, man lebt nur einmal.“

„Wir? Ah ja.“ Ilse lächelte nachsichtig. „Na gut, dann werde ich das anklicken und unsere Börsen um einige Talerchen erleichtern.“ Sie positionierte den Cursor über *Jetzt Buchen* und bestätigte ihre Beautywoche.

„Perfekt! Ich freu mich sehr. Das wird lustig und wir werden um zwanzig Jahre jünger heimkehren, wetten?“ Marga schien rundum zufrieden. Sie schielte, sichtlich angetan, auf den restlichen Apfelstrudel. „Liebe Ilse, gönnst du mir noch ein Stückchen davon?“

Ilse setzte eine sehr ernste Miene auf. „Des konst vagessn. Ab heid gibt's de Rest von gestern. I muas jetz spoarsam sei, sunst konn i mia die Oase nimma leistn.“

„Ilse! Nicht dein Ernst.“

„Nein, natürlich nicht, aber mir war gerade danach.“ Lachend lud sie der Freundin ein großes Stück des Strudels auf deren Teller.

Reiselust und Truckerleid

„Ihr wollt wohin fahren, bitte schön?" Phillips Stimme klang dumpf aus dem Handylautsprecher.

„Nach Bad Tölz in die Oase, das ist ein sehr nobliges Wellnesshotel. Das brauche ich dringend, das Ganze hat mich schon sehr mitgenommen, musst du wissen." Ilse tat ihr Möglichstes, um glaubhaft zu klingen.

„Mitgenommen? Mhm, wer's glaubt, wird selig, liebste Tante. Du bist sowas wie menschlicher Kruppstahl, also erzähl mir nichts von mitgenommen, in Ordnung? Aber ich gönne es euch von ganzem Herzen." Sie vernahm sein leises Lachen. „Versprich mir, dass du nicht wieder in wüste Mordfälle verwickelt wirst. Und halt dich von jungen Männern fern, die haben ab und an mal so eine vergiftete Aura."

„Soll das witzig sein, du frecher Kerl? Ich kann nichts dafür, dass sie alle meinem natürlichen Charme verfallen. Darum kann ich da gar nichts versprechen. Außerdem, was soll in einem verschlafenen Ort wie Bad Tölz schon großartig passieren? Schlägerei im Burschenverein, aber das klären die Jungs selbst, das kenn ich aus

Erfahrung. Nein, wir wollen nur uns und unsere Körper und Gesichter sanieren."

„A bissl Stuckatur könnt da vielleicht besser helfen."

„Komm du mir das nächste Mal unter die Finger. Wo steckt ihr eigentlich derzeit? Seid ihr noch gar nicht am Lago?"

„Schon wieder weg. War sehr schön in Bardolino, ich muss zugeben, ich habe die Tage sehr genossen. Aber dann wurde es uns zu langweilig und wir haben eine andere Rückfahrroute ausgetüftelt. Manuela ist eine Klassefrau, du müsstest sehen, wie locker sie das alles wegsteckt. Es macht richtig viel Spaß mit ihr."

Ihr war, als könne sie sein zufriedenes Lächeln sehen. „Bua, das freut mich sakrisch für dich, halt, für euch beide. Halt das Mädel gut fest und passt gut auf euch auf. Keine zu halsbrecherischen Routen bitte. Ich würd euch gerne mit heilen Knochen wieder in die Arme nehmen, einverstanden?"

„Wir tun unser Möglichstes und du versprichst mir, dich nicht vergiften zu lassen, in Ordnung? Ich häng nämlich schon ein bisschen an dir."

Liebevoll tätschelte sie das Telefon. „So so, ein bisschen?"

„Du weißt ganz genau, wie ich das meine, Tante Ilse." Seine Stimme klang so sanft und liebevoll, dass es ihr die Tränen in die Augen trieb.

„Ich weiß, Phillip. Ich lass mich nicht vergiften, versprochen. Wobei ich die Küche von der Oase nicht kenne ..."

Sie hörte sein Lachen bis aus Italien, okay, über das Handy, aber immerhin. „Mach's gut, Lieblingstante. Ich hab dich lieb."

„Ich dich auch." Ilse beendete das Gespräch nur ungern. Die Gespräche mit ihm waren ihr Akku für den Alltag, er war einfach der wichtigste Mensch in ihrem Leben.

Sie ging von ihrem Wohnzimmer, von wo aus sie telefoniert hatte, zurück ins Schlafzimmer. Der offene Koffer blickte ihr bedrohlich entgegen.

Sie hasste das Kofferpacken. Nie wusste man, was man mitnehmen sollte. Luftige Blüschen oder Windjacke, ärmellose Pullis oder wattierte Anoraks? Ach, was sollte es? Sie und Marga würden mit Schnucki fahren, da passte schon was rein. Tilde hing so sehr an ihrem Wagen, dass sie selbst fahren wollte, auch gut. Im Notfall war darin Platz für das restliche Gepäck. Ein bisschen shoppen wollten sie schließlich auch. Frohen Mutes machte sich Ilse wieder ans Werk.

Ein lautes „Ping" kündigte eine Mail an und Ilse öffnete sie sofort neugierig. Sehr gut! Es war die Bestätigung der Wellness Oase.

Hiermit bestätigen wir Ihnen drei Einzelzimmer für sieben Übernachtungen inklusive unserem „Jungbrunnen-Treatment".

Wir freuen uns sehr darauf, Sie in unserem Haus begrüßen zu dürfen.

Ilse lächelte vielsagend. „Das denk ich mir. Bei den Preisen freut ihr euch selbstverständlich auf uns. Wehe, ich schau nach dem Cleopatra-Bad nicht so aus wie Liz Taylor. Ich modifiziere: wie die junge Liz Taylor." Sie drehte sich zu ihrer kleinen weißen Kommode um, öffnete die obere Schublade und zog zwei entzückende Bikinis heraus. „Ihr kommt mit, wenn schon, denn schon!"

***

„Fertig?" Marga schloss ihr Auto ab, das während ihres Wellness-Urlaubes in Ilses Auffahrt verblieb. So wirkte das Haus bewohnt, man konnte ja nicht vorsichtig genug sein.

„Aber natürlich, du kennst mich. Immer pünktlich. Wo steckt unsere Tilde? Ich muss tatsächlich noch ein winziges Beauty Case bei ihr im Kofferraum zwischenlagern." Ilse spähte neugierig in Richtung Einfahrt.

Marga deutete auf ihr „Köfferchen" und grinste. „Meinst du den Schrankkoffer da? Was hast du denn da alles drin, wenn das dein Beauty Case ist?"

„Beauty Case!" Ilse schnaubte ungehalten. „Von wegen, du weißt ganz genau, dass man mit zunehmendem Alter eher mehr an Medikamenten braucht. Also, da ist Voltaren drin, als Salbe und als Kapseln, dann hab ich meine Augentropfen, meine Ohrenspülung, meine Nasendusche, meine Kalzium-Tabletten, das Magnesiumpulver gegen plötzliche Muskelkrämpfe, die Arganöl-Creme für meine nicht mehr so hundertprozentig straffen Oberärmchen, Bepanthen-Creme für mögliche kleine Verletzungen, meine Blutdrucktabletten ..."

„Schon gut, schon gut, ich hab genug gehört. Voltaren-Salbe, gerne auch Rentner-Nivea genannt. Herrlich, ach, Ilse, mein Hase, wir sind halt keine Zwanzig mehr, hilf ja nun nichts." Marga zuckte die Schultern. „Da müssen wir durch."

Von der Straße erklang das satte Brummen von Tildes Mercedes. „Ah, so muss ein Auto klingen." Ilse schnalzte erfreut mit der Zunge.

„Lady, du und deine Vorliebe für große Schlitten. Warum sitzt du dann in einem VW-Cabrio?"

„Bei Schnucki und mir war das Liebe auf den ersten Blick. Außerdem hatte Franz-Josef seinen aufgemotzten Range Rover bis zuletzt, ein solcher Gigant im Fuhrpark reicht ja wohl."

„Auch wieder wahr. Da, schau, Tilde winkt uns schon, packen wir unser restliches Gepäck in ihren Kofferraum. Auf geht's." Und weg war die gute Marga.

Ilse seufzte, griff sich den, zugegeben, recht großen Rollkoffer, der ihr als „Beauty Case" diente, und folgte der Freundin.

Sie fuhren von Grünwald aus hinaus auf die Landstraße und das in gemächlichem Tempo. Ilse hatte mit Tilde vereinbart, dass sie in Holzkirchen tanken und sich ein paar „Kleinigkeiten" für die Reise mitnehmen wollte. Da Tilde einen Arzttermin wahrnehmen musste, war ihr Aufbruch erst nach vier Uhr möglich gewesen. Sie wollten die Autobahn daher weitestgehend vermeiden, da sie mit Sicherheit in den Heimreiseverkehr der Pendler gekommen wären. Also, nur kurz bei Holzkirchen auf die Autobahn, tanken, einkaufen ...

„Ilse, du weißt, dass das ein Umweg ist, oder? Magst du die örtlichen Tankstellen nicht, oder was?" Marga blickte sie fragend an.

Sie zog eine schmerzliche Grimasse und zuckte die Schultern. „Im Prinzip schon. Aber da in Holzkirchen gibt's so feine Dinge, lecker Essen für Zwischendurch, die nehm ich mit."

„Dir ist schon bewusst, dass wir in ein Hotel mit Gourmet-Restaurant fahren, hoffe ich?"

„Eben darum.“

„Bitte, liebe Ilse, lass mich nicht ganz dumm sterben. Ich versteh dich nicht.“

„Ganz einfach. Ich war in so vielen Luxus-Schuppen, in zahllosen ‚Feinschmecker-Restaurants‘, in Sternelokalen und so weiter. Ernsthaft, das Essen mag ja ach so großartig sein. Aber man wird nie satt, außerdem steh ich selten auf irgendwelche geeisten Wachteleier mit geräuchertem Grönland-Kaviar und den ganzen Summs. Ich nehme mir da lieber eine handfeste Brotzeit mit. Im Notfall gibt’s dann einen Mitternachtssnack auf dem teuer bezahlten Hotelbalkon, kannst du mir folgen?“

Marga bekam Schluckauf, so sehr lachte sie. „Oh. Ilse, du bist so eine Marke. Andere geben damit eher an und du holst dir an der Raststätte Wurststullen, ich kann nicht mehr.“

„Sag nicht so respektlos *Wurststullen*. Das sind echte Gourmetsandwiches, mit Braten, Salat, Käse und Gürkchen. Da tropft der Senf raus. Zum Niederknien, ich verspreche es dir. Du wirst schon sehen. Ganz zu schweigen von dem leckeren Almdudler, den ich ebenfalls zu kaufen gedenke.“

Marga lachte noch, als sie in die Ausfahrt zur Raststätte Holzkirchen abfuhren.

***

Sie war glücklich! Richtig glücklich. In der Papiertüte auf dem Rücksitz befanden sich vier riesige, unfassbar leckere Sandwiches und vier Flaschen ihrer geliebten österreichischen Lieblings-Limonade. Der Tag war gerettet, in jeder Hinsicht. Weniger glücklich war sie über den Stau kurz hinter der Raststätte. So wie es aussah ein Unfallstau, da in weiter Ferne der Helikopter landete. Das konnte dauern. Sie verspürte sowas wie den Ansatz eines schlechten Gewissens. Hätte sie nicht darauf bestanden ihre Verpflegung zu kaufen und ausgerechnet in der Raststätte zu tanken, wären sie jetzt auf der Landstraße Richtung Bad Tölz. Vorsichtig warf sie einen Blick auf Marga.

„Das ist dumm jetzt, so hatte ich das nicht geplant. Tut mir echt leid.“

Marga deutete nach vorn und meinte mit stoischer Ruhe. „Seien wir dankbar. Ich möchte nicht wissen, wie lange die ersten da vorn im Stau schon stehen und warten müssen. Ganz zu schweigen von den Unfallbeteiligten. Lass uns dankbar sein, dass wir hier hinten und gesund sind.“

Das, unter vielen anderen Dingen, liebte Ilse so sehr an der Freundin. Kein Gezicke, kein Gejammer, im Gegenteil. Immer das Positive suchen und finden.

„Du bist ein Schatz, aber ich glaub, das hab ich dir schon gesagt, oder?“

Marga lächelte. „So ab und an. Aber ernsthaft, macht das Leben so nicht viel mehr Freude?“

Ilse nickte zustimmend. „Auf jeden Fall.“

Es dauerte über eine Stunde, ehe sich der Stau auflöste. Im Vorbeifahren entdeckte Ilse die mit Sand überdeckten Flecken und Lachen auf der Fahrbahn und schauderte. Nein, es war gut gewesen, hinten zu warten. Sie schüttelte sich ein wenig und dankte im Stillen ihrem Schutzengel.

Es war nicht der einzige Stau und so stand die Sonne bereits tief, als sie an der nächsten Raststätte ankamen. Zu Ilses Überraschung war diese komplett gesperrt wegen Bauarbeiten. Allerdings stand da ein gigantischer Sattelzug und außerdem entdeckte sie einen großen Mann, der in sich zusammengesunken auf der Leitplanke zur Einfahrt saß. Sie konnte seine Verzweiflung regelrecht spüren und so dachte sie – wieder einmal – gar nicht erst lange nach. Sie setzte den Blinker, fuhr in die gesperrte Ausfahrt und hielt hinter dem Riesentruck.

„Das darfst du nicht. Hier ist gesperrt, hast du die Schilder nicht gesehen? Ilse, hörst du mich?" Marga klang ein wenig panisch.

„Ich höre dich, meine Liebe. Aber ich glaube, dass der Trucker hier ein Problem hat."

„Ilse, bist du ganz verrückt geworden? Wer weiß, was das für ein Typ ist? Was, wenn er nur simuliert und uns ausrauben will?"

„Marga, wie war das vorhin mit dem positiven Denken? Er will uns sicher ausrauben, darum steht er für alle sichtbar mit seinem Truck in einer polizeilich gesperrten Ausfahrt. Ach, Marga, bitte."

Sie stieg aus dem Auto und sah, wie Tilde ebenfalls, wenn auch langsam und zögerlich, in die Ausfahrt fuhr und hinter ihr anhielt. Ohne zu zögern, näherte sie sich dem Mann, der noch immer auf der Leitplanke saß.

Er schien ein wahrer Riese zu sein, ein sehr unglücklich wirkender Riese. Er saß einfach da, in seinem grauen Shirt, das beachtliche Muskelberge betonte. Sein Gesicht konnte Ilse nicht sehen, denn das war in seinen bratpfannengroßen Händen verborgen. Sachte tippte Ilse ihn an der Schulter an. Da zuerst keine Reaktion erfolgte, wiederholte sie die Prozedur etwas kräftiger.

Endlich kam Bewegung in den Mann. Ein freundliches, rundes, mit Bartstoppeln übersätes Gesicht kam zum Vorschein. Ein sehr müdes, bleiches Gesicht, wie Ilse feststellte. Er musterte sie, anscheinend ohne zu begreifen, was sie hier wollte.

„Kann ich Ihnen helfen? Haben Sie sich verfahren? Hier ist gesperrt, haben Sie das gesehen?"

Endlich schien er zu verstehen und suchte eindeutig nach Worten. Ilse versuchte es mit Englisch, was lediglich hilfloses Kopfschütteln zur Folge hatte. Ihr Ungarisch war eingerostet, funktionierte aber sowieso nicht. Endlich kam ihr ein Gedanke. „A ty govorish' po russki?"

Begeistertes Nicken war die Antwort. Gefolgt von einem „Da ya russkaya!"

„Wusstest du, dass sie Russisch kann?" Tilde schien enorm beeindruckt zu sein.

„Nein, sie ist ein stetiger Quell an Überraschungen." Marga stand mit verschränkten Armen neben ihr und musterte den Fremden.

Ilse seufzte. „Mein Schulrussisch ist eingerostet, aber ein bisschen was versteh ich noch."

Sie wandte sich wieder an den Mann, der inzwischen aufgestanden war, was geringfügig bedrohlich wirkte, bei einer geschätzten Größe von zwei Metern. „Mein Russisch ist nicht gut. Kann ich helfen, haben Sie eine Panne? Lastwagen kaputt?"

Er grinste. „Nein, Alexej kaputt, Lastwagen fahrt. Alexej fahrt nicht mehr."

Mit Händen und Füssen gelang es ihr herauszufinden, was passiert war. Der gute Alexej war unter dem Druck seiner Spedition seit drei Tagen unterwegs. In der vergangenen Nacht war es ihm gelungen, zwei Stunden auf einem Rastplatz zu schlafen, aber seitdem waren auch seine letzten Vorräte aufgebraucht. Er hatte allen Ernstes seit drei Tagen nichts außer einem Käsebrot und drei Äpfeln gegessen. Selbst seine Wasserflasche war fast leer. Ilse glaubte ihm jedes Wort, denn sein Magen knurrte so laut, dass einem angst und bange werden konnte. Sie überlegte nur kurz, dann eilte sie zu ihrem Auto, zwängte sich hinein und angelte die Papiertüte mit den Sandwiches heraus, griff sich zwei Flaschen Limo und ging zurück zu dem hungrigen Trucker.

„Priyatnogo appetita, Alexej." Sie hielt ihm die gut gefüllte Tüte entgegen.

„Geht nix, ist dein Essen, Frau!" Alexej fürchtete eindeutig, dass sie verhungern könnte, wenn er annahm.

Sie lächelte ihn aufmunternd an. „Frau heißt Ilse und Frau verhungert nicht so schnell, vertrau mir. Los, komm, setzen wir uns und du isst. Wenn die Polizei kommt, dann sagst du nichts, hörst du Alexej? Putzilei ne govorit', klar?"

„Ich nix reden Polizei?"

„Jetzt hast du es verstanden und nun iss. Wenn die Kiberer kommen, rede ich, ponyal?"

Alexej nickte, griff noch immer zögerlich in die Tüte und förderte das erste Bratensandwich zutage. Als er es auspackte, wurden seine Augen so groß wie die Unterteller von Ilses Teeservice. „Mogu li ya s"yest eto?"

„Ja, das darfst du essen. Und jetzt iss, sonst verhungerst du vor unseren Augen."

Ausgesprochen fasziniert beobachteten die drei Frauen, wie in Windeseile zwei der großen Brote im Mund des hungrigen Truckers verschwanden. Das dritte genoss er deutlich langsamer und mit glücklichem Blick.

„Eto ochen' khorosho, soooo gut!!"

Ilse grinste. „Freut mich, wenn's dir schmeckt. Aber warum hast du so lange gewartet, ehe du was isst?"

Es dauerte etwas, aber dann fanden sie heraus, dass er Order hatte, hier Pause zu machen. Die Firma hatte ein Tankabkommen mit der Raststätte und die Trucker bekamen Prozente auf das Essen. Half eben nur wenig, wenn niemand wusste, dass der Laden geschlossen war. Wenn sie anderswo aßen, dann mussten sie viel Geld draufzahlen und das war Geld, das sich Alexej nicht leisten konnte bei dem sowieso schon nicht eben üppigen Gehalt. Daher hatte er ordnungsgemäß durchgehalten, auch den Stau, in dem er über zwei Stunden verloren hatte, und war endlich, hungrig wie ein Wolf, hierhergekommen ... an eine geschlossene Raststätte.

Marga war ebenso fassungslos wie Tilde und sie selbst. „Frechheit, sie lassen den armen Kerl tagelang über die Autobahnen fahren und dann darf er nicht einmal da essen, wo er möchte. Sklavenhalter, echt wahr."

Während sich Alexej den Rest des dritten Brotes einverleibte, kam, was unweigerlich kommen musste: Ein Wagen der Autobahnpolizei bog mit Blaulicht in die Auffahrt ein. Tilde und Marga erbleichten etwas, Ilse hingegen straffte ihre Schultern und trat aus der kleinen Gruppe heraus.

Die Beamten stiegen, ohne zu zögern, aus, wahrscheinlich da sie sofort erkannten, dass da drei ältere Damen standen, und kamen auf sie zu.

„Meine Damen, Sie wissen aber schon, dass Sie hier nicht stehen, ja, nicht einmal einfahren dürfen?"

Ilse nickte heftig. „Aber sicher doch, meine Herren. Das hätten wir auch nie getan, wenn ich nicht eine Panne gehabt hätte. Ich könnte jetzt tot sein, wenn dieser nette Trucker mir nicht geholfen hätte."

Der jüngere der Polizisten kratzte sich nachdenklich am Kinn und warf einen ungläubigen Blick auf das Cabrio und den ebenso unversehrten Mercedes. „Das müssen Sie mir bitte erklären, Frau ... äh ... könnte ich bitte Ihren Führerschein sehen?"

„Karburg, Ilse von Karburg. Natürlich können Sie meine Papiere sehen. Sekunde."

Eine halbe Minute später hielt er ihren Führerschein sowie die Fahrzeugpapiere in den Händen. „Bravo, gut organisiert."

„Davon dürfen Sie ausgehen. Aber zurück zum Anfang. Wir sind über die Autobahn gefahren und ich hab zwar gemerkt, dass Schnucki etwas unrund fuhr, aber dabei hab ich mir nichts gedacht ..."

Der junge Polizist war eindeutig überfordert. „Wer fuhr unrund?"

Ilse setzte ihr mütterlichstes Lächeln auf. „Na, mein Auto, was denken Sie denn? Aber plötzlich überholt mich dieser Lastwagen und hupt mich an. Ich dachte zuerst, ich fahr ihm zu langsam, aber mit 120 km/h sollte das nicht der Fall sein. Ich war echt erschrocken.

Dann setzt er sich auch noch vor mich und macht die Warnblinker an, es hat gedauert, bis ich kapiert habe, dass ich anhalten soll, ja, da kam eben gerade die Ausfahrt hier und, da der Laster reingefahren ist, bin ich ihm gefolgt. Wissen Sie was? Mein Hinterreifen war viel zu locker, ich hätte den in den nächsten Minuten verloren, das war richtig gefährlich. Alexej war so freundlich, mir das zu reparieren. Geht doch nichts über einen guten Trucker, gell? Wahrscheinlich hat er mir alten Schachtel das Leben gerettet.“

„Da haben Sie wirklich Glück gehabt. Aber warum stehen Sie jetzt immer noch hier, wenn ich fragen darf?“

Ilse runzelte die Stirn. „Weil ich es nicht mag, wenn Menschen vor meinen Augen verhungern.“ Sie erzählte den Polizisten in sehr gewählten Worten, dass der arme Ritter der Landstraße um ein Haar den Hungertod erlitten hätte, wobei sie sehr genau darauf achtete, alles korrekt, aber unverfänglich wiederzugeben. „Wir sind jetzt dann gleich wieder weg. Aber ich musste erst den Schreck verdauen und er die Brote, Sie verstehen?“

„Auf den Mund gefallen sind Sie aber nicht, was?“ Der ältere der beiden Beamten warf einen neugierigen Blick auf Schnucki, woraufhin er plötzlich sehr freundlich lächelte. Er schien den Aufkleber „Freunde der Wiener Polizei“ gesehen zu haben.

„So, und was ist mit der bayrischen Polizei, na?“

Sie schmunzelte. „Geben Sie mir einen Aufkleber, so wie mein Neffe das getan hat, und schon pappt er auf meinem Auto.“

„Der Herr Neffe ist also bei der Polizei?“

Stolz berichtete sie den beiden Männern von Phillips Einheit und seiner Sondertruppe, woraufhin die Zwei noch entspannter wurden. „Wenn das so ist, dann lassen Sie sich gerne noch ein wenig Zeit, damit ja nichts passiert. Gute Fahrt Ihnen und Ihrem Alexej."

Die Beamten stiegen in ihr Fahrzeug und fuhren langsam und entspannt wieder auf die Autobahn. Als sich Ilse umdrehte, musste sie wohl oder übel lauthals lachen. Ein vollkommen entgeisterter Alexej stand neben seinem Truck, beide Hände voll mit Autopapieren und den Ladeberichten.

„Nix Kontrolle? Nix zeigen?"

Ilse klopfte ihm freundschaftlich auf den breiten Rücken. „Nix Kontrolle, Ilse fast selbst Polizei, verstanden?"

Alexej nickte lächelnd. „Bol'shoye spasibo, danke sehr, Frau Ilse."

„Passt schon, miteinander geht alles einfacher, weißt du? Und das letzte Brot nimmst du dir mit, die andere Flasche Limo auch, damit schaffst du es bis zur nächsten Raststätte. Und dort schläfst du, hörst du? Idti spat', verstanden?"

„Po prikazu generala Ilse. Wie du befehlen." Alexej trat auf sie zu und schloss sie in seine starken Arme. Ilse versank an der breiten Brust des russischen Truckers und erwiderte so gut wie möglich die Umarmung. Gar nicht leicht bei seinen Ausmaßen.

Als Alexej sie losließ, wirkte er sehr ernst. „Wenn du Hilfe, dann Alexej ist immer da!"

Ilse war gerührt. „Ich danke dir, aber das war selbstverständlich. Pass gut auf dich auf. Vsego tebe khoroshego, Alexej."

Wenige Minuten später war der Truck bereits außer Sicht und sie und Tilde bogen ab in Richtung Bad Tölz. Wieder einmal fragte sich Ilse, warum es nicht immer so einfach sein konnte. Gemeinsam! Nicht andauernd gegeneinander, es könnte so einfach sein.

Beauty und Gentlemen

Die ersten Blätter an den Bäumen und Sträuchern begannen bereits, sich in herrlichen Rot- und Orangetönen zu verfärben. Ilse war entzückt, als sie in die Auffahrt zum Hotel Tölzer Oase einbog. Das restliche Tageslicht, in Verbindung mit den schönen Lampen neben dem breiten Weg, zauberte eine beinahe schon magische Atmosphäre. Das dreistöckige Hotel schmiegte sich an einen sanft ansteigenden Hang, der im Hintergrund von einer Reihe hoher Tannen begrenzt wurde. Das in zartgelb gestrichene Gebäude wartete mit einer weißen Holz-Veranda auf, die sich über die ganze Vorderseite zog. Im ersten und zweiten Obergeschoss sah man weiße Holzbalkone, deren seitliche Trennwände mit bunten Blumen und, so wie es aussah, mit wildem Wein begrünt waren. Es sah sehr einladend und gemütlich aus.

Marga schien das ähnlich zu sehen. „Gute Wahl, Ilse, ich glaube, hier werden wir uns wohlfühlen. Ich bin schon neugierig auf den Blick, den ich von meinem Balkon aus haben werde. Oh, schau, da ist ein freier Parkplatz, ganz nah am Eingang.“

Ilse hatte den freien Parkplatz auch gesehen und bog vorsichtig ab, während sie ordnungsgemäß blinkte, damit die hinter ihr fahrende Tilde sehen konnte, was sie vorhatte. Die Freundin parkte dann auch ihren Mercedes nur drei Plätze weiter entfernt.

Ilse stellte erleichtert den Motor ab. „Jetzt bin ich froh, dass wir da sind. Ich könnte was zu trinken brauchen."

„Wässerchen?"

„Proseccochen, wohl eher." Sie kletterte aus dem Auto und streckte sich kräftig. Es knackte leicht in ihren Schultern. „Jeden Tag den Hauch knackiger, ein Traum!" Sie sah sich nach Tilde um, die bereits, die hellbraune MCM-Bag lässig über dem Unterarm drapiert, auf sie zueilte.

„So schön, also zumindest das, was man von hier aus schon sehen kann. Denkst du, sie holen unser Gepäck oder müssen wir …" Es gelang ihr nicht, den Satz zu beenden.

„Das ist aber sowas von im Preis inbegriffen, kommt, meine Damen, lasst uns reingehen. Mein Körper und Geist lechzen nach Nahrung und Wellness." Ilse wuschelte sich noch einmal kurz durch die blonden Haare, griff nach ihrer Handtasche und eilte auf den hell erleuchteten Eingang zu.

„Da schau einer an, jetzt hat's die Lady plötzlich eilig. Aber vorher irgendwelche gestrandeten Trucker retten." Tildes Vertrauen in Alexej schien sich in Grenzen zu halten.

„Schimpf nicht mit mir. Mit dem Kerl haben wir einen Freund fürs Leben gewonnen. Und jetzt komm endlich." Ilse winkte der Freundin aufmunternd zu.

„Na, fein. Einen, den wir mit ziemlicher Sicherheit niemals wiedersehen werden.“

„Und wenn doch, dann freuen wir uns alle ganz schrecklich. Auf geht's.“ Ilse ging auf die gigantische Glasfront zu und wie von Zauberhand glitt diese zur Seite und vor ihr lag die Eingangshalle samt Rezeptionsbereich.

Die Atmosphäre erinnerte Ilse spontan an einen römischen Tempel und das nicht nur wegen des Carrara-Marmors, aus dem die Böden gefertigt waren. Dafür hatte sie ein Auge, ein verflixt gutes. In der Mitte der Halle plätscherte ein Springbrunnen, in dem Rosenblüten schwammen und aus dem es auch dezent nach Rose duftete. Überall waren, sehr durchdacht, Sitzgruppen aus gemütlich-rustikalen Holzmöbeln platziert. Auf den Tischen standen bauchige Vasen mit unterschiedlichen Wildblumen, deren Duft man ganz leicht in der Luft erahnen konnte. Ja, das gefiel ihr. Ein schönes, stilvolles und vor allem ein durchdachtes Ambiente. Der Tresen der Rezeption fügte sich perfekt in die Umgebung ein und die freundlich lächelnden Damen dahinter sahen ausnehmend reizend aus in ihren Dirndlkleidern.

Ilse setzte ihr charmantestes Lächeln auf und trat auf die jungen Frauen zu.

„Grüß Gott und herzlich willkommen in der Tölzer Oase, die Damen. Was darf ich für Sie tun?“

„Mir sagen, wo Sie dieses wunderschöne Dirndl gekauft haben. Sie sehen absolut bezaubernd darin aus.“ Ilse strahlte die nach diesen Worten erfreut errötende Rezeptionistin an. „Sowas such ich, seit ich in meine alten einfach nicht mehr reinpasse.“

„Die Kleider sind aus einem Trachten-Geschäft in der Innenstadt, gnädige Frau. Ich kann Ihnen gerne die Karte geben. Alle unsere Dirndl werden dort angefertigt. Darf ich sonst noch etwas für Sie tun? Zum Beispiel, Sie in unserem Haus einchecken?"

Ilse kniff die Augen zusammen und las das Schildchen direkt neben dem Ausschnitt der Frau. „Sehr gerne, Julia, ich bin Ilse von Karburg und hier haben wir die Damen Tilde Berger und Marga Menzing. Wir haben Zimmer reserviert."

„Herzlich willkommen noch einmal, liebe Frau von Karburg, die Damen, es freut uns sehr, Sie als unsere Gäste begrüßen zu dürfen. Sie haben das Jungbrunnen-Paket gebucht. Eine sehr gute Wahl. Darf ich bitte Ihre Pässe haben, um die Anmeldeformulare auszufüllen?"

„Sehr lieb von Ihnen, Julia, reichen Sie uns die Dinger einfach rüber, wir füllen das mal fix selbst aus. Da haben wir Übung." Ilse streckte ihr die Hand entgegen und Julia reichte ihr schmunzelnd die drei Bögen.

„Nur die Namen und die Adressen und, wenn's keine Mühe macht, die Pass- oder Personalausweisnummer, bitte."

Sie hatten noch kaum damit begonnen, ihre Namen einzutragen, als ein Herr aus dem Zimmer hinter der Rezeption trat. In seinen Händen balancierte er ein Tablett, auf dem drei hohe, edle Gläser standen.

„Ein ganz herzliches Grüß Gott, den Damen, und, um Ihnen die trockene Verwaltungstätigkeit ein bisschen zu versüßen, darf ich Sie auf ein Glas Champagner einladen? Unsere Hausmarke, direkt aus Frankreich." Er stellte das Tablett langsam ab und wandte sich Ilse zu. „Frau von Karburg, wenn ich richtig gehört habe? Darf ich mich Ihnen und Ihren Freundinnen vorstellen? Mein Name ist Benedikt Brauner, ich bin der Direktor hier. Wie ich sehe, haben Sie alles bereits ausgefüllt. Wenn Sie mir sagen, wo ich Ihr Gepäck finde, lasse ich es sofort auf die Zimmer bringen."

Benedikt Brauner wirkte auf Ilse sofort sympathisch und sehr freundlich. Sie erklärte ihm, wo sein Personal welchen Koffer finden konnte, und nahm dann, ebenso wie Tilde und Marga, dankbar das Glas mit dem perlenden Inhalt an.

Brauner mochte zwischen vierzig und fünfzig sein. Ilse konnte ihn nur vage einzuschätzen. Er war mittelgroß, hatte hellbraunes, ein klein wenig schütteres Haar, war schlank und sehr gepflegt vom Äußeren wie auch in seiner Ausdrucksweise. Nicht zu aufdringlich und nicht so überdurchschnittlich beflissen wie viele andere in vergleichbaren Häusern. Der Mann konnte seinen Job, eindeutig.

Sie leerte ihr Glas zügig und seufzte genussvoll. „Ein wahrlich edel Tröpfchen haben Sie da, Herr Brauner. Um es elegant auszudrücken, es mundet exzellent. Ich war schon ganz ausgetrocknet." Grinsend stellte sie ihr leeres Glas auf das Tablett zurück. „Wissen Sie, meine Limo steckt jetzt in einem russischen Trucker, darum."

Brauner wirkte etwas überfahren. „Verzeihung, wo und warum ist Ihre Limo in einem ... was?"

Ilse lachte. „Nein, nicht meine Limousine, ich sprach von meinem geliebten Almdudler. A Kracherl, Sie wissen schon. Aber das ist eine lange Geschichte."

„Ja, dann, was halten Sie in diesem Fall von noch einem kleinen Schluck und anschließend einer Führung durch das Haus, sodass Sie sich heute Abend und morgen sofort zurechtfinden? Es wäre mir eine Ehre."

Ilse warf den Freundinnen einen fragenden Blick zu, denn eigentlich machte sie sich immer gern selbst ein Bild von allem, aber Brauner war wirklich nett, ganz zu schweigen von der Aussicht auf ein weiteres Glaserl Schampus. Nachdem sich Marga und Tilde dieser Meinung angeschlossen hatten, schlenderten sie nur zwei Minuten später, jede ein gut gefülltes Glas in Händen, in Richtung Gourmetrestaurant. Die wenigen Gäste, die zu dieser Stunde bereits in der Halle weilten, waren durchwegs angenehm anzusehen und Ilses Vorfreude wuchs gar noch mehr, als sie das schöne und einladend ausgestattete Restaurant erblickte.

„Das gefällt mir sehr gut. Ich bin sicher, dass Sie hier richtig gutes Essen servieren, stimmt's?"

Brauner lächelte erfreut. „Davon, Frau von Karburg, dürfen Sie ausgehen. Wir sind im letzten Jahr nur haarscharf an einem Michelin-Stern vorbeigeschrammt."

„Haarscharf? Darf ich fragen, woran es gelegen hat?" Marga sah neugierig zu dem freundlichen Hoteldirektor auf.

Der zog eine traurige Grimasse. „An unserer berühmten Portweinsauce zum Rinderfilet."

Marga zuckte die Schultern. „Echt? War die denn so schlecht?"

„Nein, gnädige Frau. Sie war im Schoss des Testers."

Marga zögerte einen Moment, schien nachzudenken und endlich breitete sich Lächeln auf ihrem Gesicht aus. „Oha, ja dann. So ein pingeliger Zeitgenosse. Das kann ja mal passieren, nicht wahr?"

Brauner schüttelte sichtlich traurig den Kopf. „Eigentlich sollte es das nicht. Noch dazu war die Sauce herrlich heiß und herrlich fettig. Sowas ist bei der Sterneverteilung nicht hilfreich, glauben Sie mir.“

Tilde legte tröstend ihre Rechte auf Brauners Unterarm. „Wissen Sie was? Ich teste heute Abend Ihr Rinderfilet samt Portweinsauce und schreibe dann eine entsprechende Kritik auf TripAdvisor. Also, falls ich die Sauce auf dem Teller habe, versteht sich.“

Endlich lachte auch Brauner. „Danke, meine Damen, ich sehe schon: Sie haben Humor. Ich verspreche, dass die Küche am heutigen Abend über sich hinauswachsen wird.“

„Das ist sehr schön, ansprechend und sinnvoll aufgebaut.“ Ilse betastete das warme, helle Holz der Finnensauna, von der aus man einen herrlichen Blick über den Park hinter dem Hotel hatte. „Ich muss schon sagen, Ihr Haus hat seine Sterne, gehe ich jetzt mal von der Einrichtung aus, durchaus verdient.“ Da ihr der fragende Blick Brauners auffiel, lächelte sie. „Mein Mann war in der Stahlbranche, da habe ich zwangsweise auch einige in Sachen Bau und Ausstattung gelernt. Unser Haus ist zum Beispiel komplett auf meinem Mist gewachsen. Bis jetzt gab es nur positives Feedback dazu.“

Nun nickte Brauner. „Das, liebe Frau von Karburg, kann ich mir lebhaft vorstellen. Ich denke, dass es Ihnen nie an Fantasie und Kreativität mangelt.“

„Sie haben ja keine Ahnung, wie kreativ sie ab und an ist, so viel Kreativität und Aktion muss man erst mal verdauen können.“ Marga legte Ilse lachend den Arm um die Mitte. „Gell, Lady Ilse?“

Sie schmunzelte lediglich vielsagend.

Der Hoteldirektor schien Margas Aussage nachvollziehen zu können. „Liebe Frau Menzing, ohne solche Menschen wie Ihre Freundin wäre unsere Welt ein ganzes Stück ärmer, finden Sie nicht?"

Marga drückte Ilse noch einmal und seufzte. „Ärmer und langweiliger. Ist das da die Aromasauna?"

Aus dem in hellgrün und weiß gekachelten Raum duftete es ansprechend nach Orange und Basilikum. Ilse schnupperte genussvoll. „Wie viele von diesen schönen Saunen haben Sie denn hier?"

„Zwei normale mit neunzig Grad, die Finnensauna mit stündlichem Aufguss und dem schönen Blick in die Natur, diese Aromasauna, eine Dampfsauna, eine Rotlichtsauna, eine Salzgrotte, einen Pool, in dem man gut schwimmen kann, zwei Whirlpools, ein Tauchbecken, das wirklich kalt ist, einen Ruheraum mit Blick in die Berge, einen mit warmen Steinliegen und einem Aromaspringbrunnen und die Imbiss-Ecke mit frischen Säften, vielen Teesorten und Obst. Am Nachmitttag gibt es frisch gebackene Kuchen von unseren eigenen Bäckern. Noch Fragen?"

Ilse schüttelte den Kopf. „Nein, abgesehen davon, dass mir die Frage auf den Lippen brennt, wie lange die Wellnesslandschaft geöffnet ist und ob sich ein Ründchen hier drin vor dem Abendessen noch ausgehen täte?"

Brauner lachte herzlich, ehe er antwortete. „Gewiss doch, ich reserviere Ihnen einen schönen Tisch, so gegen acht Uhr. So blieben Ihnen noch knapp zwei Stündchen für einen gemütlichen Saunagang, eine Dusche und dann ab zum Dinner, wie klingt das für Sie, meine Damen?"

Ilse warf den Freundinnen einen neugierigen Blick zu. „Mädels?"

Zwei nachdrücklich nickende Köpfe waren ihr Antwort genug. „Dann gehen wir eilends zurück, holen unsere Schlüssel und dann ab in den Erholungsmodus, oder?"

Als sie zur Rezeption zurückkehrten, war das Foyer beinahe leer. Nur zwei Paare hatten es sich in einer der Sitzgruppen gemütlich gemacht und spielten Karten. Am Tresen stand Julia, die sichtlich konzentriert irgendwas in den Computer tippte. Etwa einen Meter von ihr entfernt beugte sich ein Mann über den Tresen und schien etwas zu studieren, das dort lag. Ilse fiel sofort der edle Designeranzug auf. Franz-Josef hatte diese Armani-Anzugschnitte sein ganzes Leben lang geliebt, direkt gefolgt von Jeans und bayrischen Lederhosen.

Als sie näherkamen, sah sie, dass dort noch immer ihre Anmeldebögen lagen.

Der Mann schien sie zu bemerken, denn er richtete sich auf, schob die Bögen in Richtung Julia und wandte sich ihnen mit freundlichem Lächeln zu. „Herr Brauner, wie ich sehe, sind Sie wieder einmal in ganz reizender Gesellschaft. Ich habe eindeutig den falschen Beruf gewählt."

Der Hoteldirektor wehrte lachend ab. „Das glaube ich nicht, lieber Herr De'Albray, vertrauen Sie mir bitte. Wäre dem so, stünde ich jetzt dort, wo Sie stehen, und das nette Auto in der Auffahrt wäre meines. Sie sehen, alles richtig gemacht. Abgesehen von der bezaubernden Gesellschaft, da muss ich Ihnen uneingeschränkt zustimmen." Er wandte sich zu Ilse und den Freundinnen um. „Meine werten Damen, darf ich Ihnen einen lieben Gast des Hauses vorstellen? Herr De'Albray erholt sich hier etwas von der realen Welt. Monsieur, dies hier sind die Damen von Karburg, Berger und Menzing, die gerade erst angekommen sind."

De'Albray! Aha, daher rührte dann wohl der französische Akzent des Herrn. Ilse verstand und musterte den Mann interessiert. Sein Alter war schwer zu schätzen. Es konnte irgendwo zwischen fünfzig und sechzig liegen. Er sah sehr gepflegt aus, was ihr besonders an den eindeutig manikürten Händen auffiel. Sie überlegte angestrengt, an wen der Fremde sie erinnerte, und endlich wusste sie es. Sky Dumont, der smarte Schauspieler, der ihr – wie sie zu ihrer Schande eingestehen musste – in seiner Rolle als Bösewicht im „Schuh des Manitu" am besten gefallen hatte. Ja, tatsächlich, De'Albray könnte ein Bruder des gutaussehenden Mimen sein. Groß, schlank, mit einer angenehmen Art und einem festen Händedruck. Ein, wie sie fand, schöner Mann. Lediglich seine Augen erschienen ihr zu engstehend. Aber wer war schon perfekt?

„Meine Damen, wollten Sie nicht noch unsere Wellnesslandschaft genießen? Langsam wird die Zeit knapp." Brauner wirkte regelrecht besorgt um ihr Wohlbefinden, wie nett von ihm.

Tilde reagierte als erste. Sie wandte sich an Julia, fragte nach ihrem Zimmerschlüssel, der sich als winziges Kärtchen entpuppte, griff danach und drehte sich schwungvoll wieder um. „Und schon bin ich weg. Möge die Restaurierung beginnen."

De'Albray lachte. „Meine Dame, als ob Sie das nötig hätten."

Die Freundin war sichtlich geschmeichelt und drängte nun auch sie und Marga zur Eile. „Los geht's, Ladies, nicht bummeln."

Ilse seufzte. „Na dann, mögen die Spiele beginnen. Vielen Dank Herr Brauner, für die interessante Führung. Herr De'Albray, einen schönen Abend noch."

***

„Warm, ja beinahe schon heiß, ist das hier." Tilde tupfte sich mit dem Zipfel ihres blütenweißen Saunatuches ein Schweißtröpfchen von der Stirn. „Heiß? Liebes, du transpirierst lediglich in geringen Maßen. Wir sind hier in der Aromasauna. Als nächstes geht es in die richtig heiße, das hier ist nur zum Eingewöhnen." Ilse lehnte sich zurück an die Kacheln, deren wohltuende Wärme durch das Saunatuch umgehend in ihre Knochen kroch. Das tat gut!"

„Hast ja recht. Ich war lange nicht mehr in der Sauna. Ich gewöhn mich schon wieder dran. Aber sagt mal, was haltet ihr denn von dem smarten Franzosen?" Tilde blickte fragend in die Runde.

Marga, die sich die roten Locken zu einem dicken Knoten am Hinterkopf verschlungen hatte, grinste anzüglich. „Smart? Aha, der schöne De'Albray gefällt dir wohl? Wobei ich es verstehen kann, er scheint schon ein echtes Leckerchen zu sein. Zwar nicht mehr so ganz taufrisch, aber nicht übel."

Tilde grinste. „Ach, nicht mehr taufrisch? Der ist mindestens zehn Jahre jünger als eine jede von uns, meine liebe Freundin. Könnte es sein, dass deine Ansprüche ein klein wenig zu hoch sind?"

„Mitnichten, ich bin einfach nur aufmerksam. Als wir unsere Schlüssel geholt haben, hat er gerade ein Anti-Rheuma-Treatment gebucht. Also mag der Knochenapparat wohl schon nicht mehr so richtig."

Ilse entschlüpfte ein dezentes Hüsteln. „Mädels, ernsthaft. Bei jeder Bewegung kracht's irgendwo im Gebälk, wir sollten vorsichtig sein, wenn's dem guten *Fransosäään* nicht ganz so gut geht. In der heutigen Arbeitswelt kann man sich schon mal ‚abnutzen'. Ihr habt Brauner gehört, er erholt sich von seinem Alltag. Ich schätze schon, dass der Mann noch arbeitet. Dem Druck, der heutzutage aufgebaut wird, dem hält nicht jeder unbeschadet stand. Die Kliniken sind nicht umsonst überfüllt und man wartet jahrelang auf einen Therapieplatz, egal ob Psyche oder Körper. Solange man nicht akut selbstmordgefährdet ist, tut sich schon mal gar nichts."

Sofort reagierte Marga, sie war einfach zu empathisch. „Haben wir etwas nicht mitbekommen? Woher weißt du sowas? Brauchst du etwa eine Therapie?"

Traurig schüttelte Ilse den Kopf. „Ich nicht, aber zwei meiner Nachbarinnen kommen gerade mit der Realität nicht so gut klar. Die eine wurde mit zweiundfünfzig von ihrem Mann verlassen wegen einer fünfundzwanzig Jahre jüngeren. Als ob das Mädel den alten Sack will, die ist nur auf dessen Kohle und Lebensversicherung aus. In ihren Beruf als Arzthelferin kann sie in ihrem Alter nicht mehr so leicht zurück. Alle winken ab. Die andere wurde von ihrer Firma, wo sie seit vielen Jahren als Prokuristin tätig war, kurz nach ihrem fünfundfünfzigsten Geburtstag gekündigt. Angeblich firmeninterne Gründe. Klar, sie wurde denen zu teuer. Jüngere arbeiten für viel weniger. Die mussten sich aber auch nicht jahrelang mühsam hocharbeiten, um da zu landen, wo sie nun war. Heute steht sie vor den Trümmern ihres Lebens. Aber wir sollen bis in die Puppen arbeiten, bis man uns unsere Rente gönnt. Ja, wie denn? Die Politik ist so dermaßen weltfremd geworden, dass einem übel wird. Und die Auswirkungen dieser, man möge mir den Ausdruck verzeihen, Mistwirtschaft, den tragen solche Leute wie diese beiden Frauen. Aber ich wollt mich eigentlich nicht aufregen. Und schon tu ich es wieder. Ich kann nicht anders.“

Marga legte ihr den dezent feuchten Arm um die Schultern. „Weil du eben Ilse bist, du fühlst mit anderen mit. Du weißt schon, dass du ab und an zu gut für diese Welt bist?“

„Ilse, sprich mich bitte noch einmal auf die ehemalige Arzthelferin an, wenn wir daheim sind, okay? Ich schätze, sie hat für den ‚alten Sack‘, wie du ihn so freundlich tituliert hast, ihren Beruf aufgegeben und ihm die Karriere ermöglicht?“ Tilde musterte sie nachdenklich.

„Richtig. Sie war gut und sie hat gerne in dem Job gearbeitet. Aber der Herr Super-Manager brauchte jemanden, der ihm den Rücken freihielt. Denkst du, du kannst etwas für sie tun?“

Tilde zuckte die Schultern. „Ich kann’s zumindest versuchen. In der Klink von Klaus hat mein Wort noch immer Gewicht. Vielleicht habe ich Erfolg.“

Ilse strahlte. „Das wäre wunderbar. Ich weiß, dass sie sehr glücklich darüber wäre. Es würde sie nicht nur finanziell auf eigene Beine stellen, sondern auch ihr Selbstwertgefühl wieder auf Vordermann bringen. Danke, allein für den Gedanken."

Tilde lächelte. „Gerne, du weißt, dass ich das gerne mache. Aber zurück zu dem charmanten Franzosen. Ja, er sieht wirklich gut aus, aber vertraut mir, der Mann hat ganz andere Chancen. Der braucht uns alte Schachteln nicht."

Ilse wischte sich den nun langsam überhandnehmenden Schweiß von Stirn und Wangen. „Von wegen. Wir gehen jetzt ins eiskalte Tauchbecken und wenn wir wieder auftauchen, dann sehen wir schon fünf Jahre jünger aus. Kälte zieht Falten zusammen."

Marga lachte so heftig, dass sie sich verschluckte und Schluckauf bekam. „Ilse, mein Schatz, jetzt denk mal genau darüber nach, was du da eben gesagt hast."

Sie runzelte grübelnd die Stirn, ehe sie verstand. „Hupps, richtig. Also nach dem Tauchbecken sofort in die finnische Sauna zum Wiederausdehnen. Los, meine Lieben, wir werden quasi minütlich älter. Wir haben keine Zeit zu verlieren."

Gourmetrestaurants und

alter Käse

Ilse war beeindruckt und offenbar war sie nicht allein. Das Restaurant war in das Licht von zahllosen Kerzen getaucht. An den Wänden verbreiteten gedimmte Leuchter warmes und angenehmes Licht. Sehr dezente Loungemusik erklang von irgendwoher und das Lautstärkelevel war mehr als angenehm. Es roch appetitanregend und prompt begann Ilses Magen zu knurren.

Marga schien es ähnlich zu ergehen. „Ich weiß, ich wiederhole mich, aber das ist wirklich großartig hier. Wenn das Essen dem Ambiente entspricht, dann haben wir alles richtig gemacht."

Ehe sie zu einer Antwort ansetzen konnte, eilte Brauner persönlich auf die drei zu. „Meine Damen, da sind Sie ja. Ich hoffe, Ihre Zeit in unserer Wellness-Landschaft hat Ihre Erwartungen erfüllt?"

Ilse lächelte huldvoll. „Nicht nur erfüllt, ich glaube, ich spreche für uns alle, wenn ich sage, sie wurden übertroffen. Aber Sauna und Schwimmen machen hungrig. Darum freuen wir uns jetzt auf ein leckeres Essen.“

Brauner verbeugte sich leicht. „Selbstverständlich. Ich habe Ihnen den Tisch am Fenster mit Blick auf den Park reserviert. Im Augenblick ist der zwar wegen der Dunkelheit nicht so großartig, aber morgen früh werden Sie begeistert sein, versprochen. Allerdings habe ich eine kleine Bitte.“ Er bedeutete ihnen, ihm zu folgen. „Mein Restaurantchef hat das Lokal ausgerechnet heute überbucht. Es ist mir ausnehmend unangenehm. Bitte glauben Sie mir, er hat seine Rüge bekommen und das nicht zu knapp. Er hat den Zweiertisch neben Ihnen zweimal belegt. Ein sehr dummes Versehen, das wohl daran liegt, dass er momentan unter familiärem Druck steht.“ Sie kamen an einem großen, wirklich schönen Vierertisch an und Brauner rückte den ersten der Stühle für Ilse zurecht. „Daher würde ich Sie sehr herzlich bitten, Herrn De’Albray heute Abend Asyl an Ihrem Tisch zu gewähren, das wäre sehr freundlich.“

„Aber das ist doch selbstverständlich. Das tun wir sehr gerne, nicht wahr, ihr Lieben?“, antwortete Tilde.

Nanu, seit wann war die denn zur Spontanität in Person mutiert?

„Äh, ja natürlich, das ist kein Problem. Wenn er es mit uns aushält, sollte das gehen.“ Ilse warf Tilde ein anzügliches Grinsen zu, das diese lächelnd erwiderte.

Marga saß bereits und griff nach der in edles Leder gebundenen Speisekarte. „Egal, wer hier außer mir noch sitzt. Aber wenn ich nicht bald etwas Leckeres zu essen bekomme, werde ich ungemütlich und das will, denke ich, niemand, nicht wahr?“

„Ganz gewiss nicht, gnädige Frau." Der Hoteldirektor schob eilig noch Tildes Stuhl zurecht. „Ich werde in der Küche Anweisung geben, dass man Ihnen ein kleines Amuse-Gueule serviert, vielleicht kann Sie dies bereits etwas milde stimmen."

Kurze Zeit später trat ein Kellner mit kleinen schwarzen Tellern an ihren Tisch. „Guten Abend, die Damen, darf ich Ihnen eine kleine Aufmerksamkeit aus der Küche servieren, während Sie auswählen?"

Er durfte. Drei schöne, geschickt aufgeschichtete Türmchen Lachstartar, verfeinert mit Honigmelone und Avocado, dazu hauchdünn geröstetes Roggenbrot.

„Ich mag dieses Restaurant und ich mag den Hotelchef. Allerdings schlägt ab sofort der Koch alle anderen um Längen." Marga strahlte regelrecht.

Sie wählten unter viel Gelächter und mit großer Sorgfalt ihre Speisenfolge aus, wobei Tilde, ihrem Versprechen gemäß, das Rinderfilet orderte. „Geben wir der Portwein-Sauce eine faire Chance."

Als De'Albray durch das Restaurant auf die Drei zukam, fiel Ilse schnell auf, dass sie wohl in den Augen einiger der anwesenden Damen regelrecht privilegiert waren. Der Franzose verfügte offenbar über einen ansehnlichen Fanclub hier im Haus. Sein Auftreten hatte allerdings auch etwas Edles. Der Anzug, den er nun trug, war mit nur leicht glänzendem dunkelgrauem Stoff sehr ansprechend und harmonierte perfekt mit dem blauen Hemd und der blau-grauen Krawatte.

„Bitte vergeben Sie mir, meine Damen. Ich möchte nicht stören, aber der Direktor ließ mich wissen, ich dürfte Ihre Gastfreundschaft am heutigen Abend beanspruchen." Er verbeugte sich leicht und sehr elegant.

Ilse stieß zwar die angestrengt gewählte Ausdrucksweise ein wenig negativ auf, aber sie war gewillt, Nachsicht walten zu lassen. Schließlich war er ein „Fremdländer“ und da konnte man schon mal ein Auge zudrücken.

„Nun setzen Sie sich schon, stehen Sie nicht so ungemütlich herum. Sie sind uns willkommen, nicht wahr, meine Lieben?“ Ilse warf einen auffordernden Blick in die Runde.

„Aber gewiss. Wir lernen gerne interessante Menschen kennen.“ Tilde deutete auffordernd auf den noch leeren Stuhl.

Interessant war er durchaus. Marcel De'Albray kam ursprünglich, so erzählte er, aus der Normandie, wo auch heute noch der Hauptsitz der Familie zu finden sei. Da er schon als kleiner Junge die Welt kennenlernen wollte, lernte er Bankwesen, begann bei einer internationalen Großbank, arbeitete sich schnell hoch und war nunmehr seit vielen Jahren in der Aktienabteilung in leitender Position tätig. Ein, wie er erklärte, anspruchsvoller und zeitraubender Job. Nach Jahren in London, Lissabon und Madrid sei er nunmehr seit längerer Zeit bereits in Deutschland. Hier im Hauptsitz der Bank in Frankfurt. Allerdings, so berichtete er mit deutlichem Zögern, fordere ihm diese Position alles ab und beeinträchtige seit einer Weile seine Gesundheit. Dies sei der Grund, warum er derzeit eine kleine Auszeit nähme und sich für vorerst drei Wochen hier in Bad Tölz in die Oase zurückgezogen habe.

Ilse lauschte seinen Worten, wie sie das immer tat, sehr aufmerksam. Seine Erzählung gefiel ihr, daran war nichts auszusetzen und dennoch fühlte sie sich seltsam an. Sie konnte es nicht einmal an etwas Bestimmten festmachen. So ließ sie sich vorrangig ihren sehr guten Saibling in Zitronenbutter-Sauce schmecken, der ihre Erwartungen noch übertraf. Auch der Wein, den der Sommelier empfohlen hatte, war exzellent. Es hätte ihr noch besser geschmeckt, wenn De'Albray sie nicht immer wieder, scheinbar nur, um Konversation zu machen, nach ihren Lebensumständen ausgefragt hätte. Möglich, dass er sich nur höflich unterhalten wollte. Was aber gingen ihn ihre Vergangenheit und der Lebensweg von Franz-Josef an? Sehr überlegt und vorsichtig antwortete sie auf die Fragen des Franzosen. Sie liebte es, über Franz-Josefs nicht eben leichten Weg bis dahin, wo er endlich gelandet war, zu sprechen. Allerdings gelang es ihr, das beträchtliche Vermächtnis ihres verstorbenen Mannes elegant auszuklammern. Ihre finanziellen Verhältnisse gingen niemanden etwas an. Das hatte auch Phillip ihr nach Franz-Josefs Tod mehrmals nachdrücklich eingebläut. „Das Vermögen, das der Onkel dir hinterlassen hat, hat niemanden außerhalb der Familie zu interessieren, klar?"

Sonnenklar! Und darum würde auch der kommunikationsverliebte Franzose in dieser Richtung keine Antworten bekommen.

„Liebe Frau von Karburg, waren Sie schon öfter in diesem schönen Haus oder bevorzugen Sie andere Hotels hier oder in Ihrer ehemaligen Heimat Österreich?"

Sie antwortete spontan. „Das erste Mal. Wir haben gerade einen kniffligen Kriminalfall hinter uns. Der Chef unseres Tennisclubs wurde ermordet. Wie es sich ergab, war ausgerechnet ich es, die im Park über seinen

Leichnam gefallen ist. Das ist typisch für mich. Ich zieh sowas an, wissen Sie? Davon müssen wir uns erst einmal erholen."

Vielleicht schreckte ihn ihre Tendenz zum Chaos ja ein wenig ab?

„Das klingt ja schrecklich und spannend zugleich. Darf ich fragen, wie er zu Tode kam?"

Falsch gedacht.

„Interfamiliäre Verwicklungen. Ein tragischer Fall voller menschlicher Missverständnisse."

„Man hat gar versucht, Ilse zu vergiften, die Ärmste, da sie dem Übeltäter auf die Schliche zu kommen drohte." Marga schüttelte noch immer fassungslos den Kopf. „Wie kann man so was tun?"

De'Albray schien erschrocken. „Frau von Karburg, haben Sie sich etwa in Gefahr begeben? Mutig, aber so etwas kann böse enden."

„Oh, da machen Sie sich keine Sorge, Phillip passt schon gut auf seine Tante auf." Marga nickte nachdrücklich und zuckte dann mit schmerzhaft verzogenem Gesicht zusammen.

Ilse hatte sie unter dem Tisch kräftig auf den Fuß getreten.

„Mein Neffe kam sofort aus Österreich zu mir, um bei mir zu sein. Er ist einer meiner wenigen noch lebenden Verwandten, wissen Sie?" Einer inneren Eingebung Folge leistend setzte sie hinzu. „Mein Erbe, wissen Sie. Um die Erbtante kümmert man sich dann schon mal etwas umsichtiger."

Warum sie dem Franzosen Phillips Polizeikarriere verschwieg, wusste sie selbst nicht. Irgendwie schien es ihr eine gute Entscheidung zu sein.

Marga hatte das offenbar auch begriffen, denn sie schwenkte rasch um und wechselte das Thema. „Werden Sie nach der Kur wieder nach Frankfurt gehen?"

De'Albray nickte zögerlich. „Ja, voraussichtlich. Allerdings werde ich, da meine Ehe bereits vor einigen Jahren geschieden wurde und ich seither alleine bin, spätestens Ende November zu meiner Familie in die Normandie reisen und mich auch dort noch etwas erholen."

Na, da hatte er aber seinen Single-Status elegant einfließen lassen. Ehe Ilse noch weiter nachsinnen konnte, kam er schon wieder auf das vorherige Thema zurück.

„Ihre Familie, sagen Sie, sei sehr klein, liebe Frau von Karburg. Ist das denn nicht traurig?"

Ilse grinste und sie wusste nicht genau, was über sie kam, als sie lächelnd antwortete: „Ach, wissen Sie, mit Gift müsste man einfach vorsichtiger umgehen und Pilze selbst sammeln sollte man ebenfalls unterlassen, wenn die Sehkraft nachlässt."

Drei fassungslos dreinblickende Augenpaare ruhten nach dieser Aussage auf ihr.

„Hallo! Mit Ironie habt ihr es alle nicht so sehr, was? Das war ein Scherz, lieber Monsieur De'Albray. Aber trösten Sie sich, wenn Sie mich etwas länger kennen, kommen Sie zunehmend besser damit zurecht."

Ilse widmete sich ihrem himmlischen Dessert und lachte in sich hinein. Das hatte gesessen. Der Herr war sichtlich verwirrt und schien, so hoffte sie, zu verstehen, dass sie nicht an einem Flirt mit ihm interessiert war. Ihr Schokoladenmousse an frischem Himbeersorbet beanspruchte derzeit sowieso ihre ganze Aufmerksamkeit.

Während sie die Köstlichkeit genoss, rekapitulierte sie die vergangene halbe Stunde. De'Albray war gewiss ein freundlicher, eloquenter und sehr höflicher Mann. Allerdings mangelte es ihm an Feingefühl. Fast die Hälfte seiner Fragen drehte sich um ihre Finanzen. Ilse schluckte und schmeckte der vanilligen Süße des letzten herrlichen Bissens nach. Andererseits, konnte es sein, dass sie zu empfindlich, zu misstrauisch war? Schließlich war der Mann im Bankenwesen tätig, also waren Finanzen sein Metier, das, worin er sich auskannte, und ein Thema, bei dem er sich wohlfühlte.

Sie lauschte so unauffällig wie möglich dem aktuellen Verlauf der Konversation. Derzeit war Marga an der Reihe. Die nun wiederum berichtete begeistert von verschiedenen Dachkonstruktionen quer durch Deutschland, wie die unterschiedlichen Regionen auf die Witterung reagieren mussten und vieles mehr. Der Franzose hingegen erzählte sehr interessant von den Gebäuden in der Normandie und dem dortigen Baustil. Er sprach von der Normandie voller Stolz als dem Land der Wikinger und Seefahrer. Davon, dass es ja eigentlich die Normannen waren, die England erobert hätten, und dass die Bauwerke in der Normandie oftmals die in England beeinflusst und ihnen ihren Stempel aufgedrückt hätten. Ilse vernahm zum ersten Mal in ihrem Leben den Ausdruck „normannische Gotik". Zugegeben, er wusste viele Dinge, die wirklich spannend waren. Was ihr weniger gefiel, war das Dauerlächeln, das dem Guten ins Gesicht getackert zu sein schien. War das ein Grund, ihm zu misstrauen? In Asien hatte sie oft mit Argwohn den immer und überall lächelnden Menschen gegenübergestanden. Dieser Argwohn legte sich erst, nachdem Franz-Josef ihr eine Einführung in die asiatische Kultur hatte angedeihen lassen.

Hier waren sie aber nicht in Asien. Seufzend trank sie einen Schluck des exzellenten Dessertweines, den der freundliche Restaurantchef, der sich inzwischen fünf Mal für sein Missgeschick entschuldigt hatte, großzügig nachschenkte. Tatsächlich schien sie hier weit übers Ziel hinausgeschossen zu haben. Himmel, saß ihr denn die Sache mit dem „entzückenden" Giftmörder derart in den Knochen? Früher war sie offen für alles und jeden gewesen, Vertrauen in die Menschen war eine Selbstverständlichkeit, was war daraus geworden? Es machte sie traurig, dass es so weit gekommen war. Daran musste sie dringendst arbeiten. So durfte es nicht weitergehen.

Sie konzentrierte sich wieder auf das aktuelle Geschehen am Tisch. Amüsiert beobachtete sie, dass Tilde mit nahezu anbetendem Blick an den Lippen De'Albrays hing. Zugegeben, er war ein ausgesprochen attraktiver Mann. Auch wenn sie ihn sich, notgedrungen, derzeit andauernd als Zweiten von rechts im Spot für den „Superperforator" im Schuh des Manitu vorstellte. Schmunzelnd leerte sie ihr Weinglas.

Erst als die Aktien eines bestimmten Fonds erneut Gesprächsthema Nummer 1 wurden, reichte es ihr für diesen Abend mit jeglicher Konversation. Ilse stand auf, strich sich ihren schicken roten Rock glatt und blickte auffordernd in die Runde.

„Mädels, wir sollten langsam daran denken, dass wir unseren Schönheitsschlaf brauchen. Außerdem wartet morgen in aller Herrgottsfrüh die Kleopatra-Behandlung auf uns.“

Marga folgte ihrem Beispiel, streckte sich und nickte. „Recht hast du. Ach, Liebes, nur so am Rande. Du weißt schon, dass Kleopatra an Schlangengift gestorben ist?“

Grummelnd raffte sie ihre Handtasche an sich. „Ist mir egal, ich bin immun. Die könnten mir gar nichts mehr. Ich hab das Gegengift noch in den Adern. Das wirkt universell, jawoll!“ Sie bemerkte das breite Lächeln auf dem Gesicht der Freundin zu spät. „Nicht witzig! Kein bisschen!“

„Ach geh, ein klein wenig ja schon. Los, Ladies, lasst uns gehen. Gute Nacht, Herr De’Albray.“

Warum sie sich noch einmal umdrehte, das wusste sie selbst nicht so genau aber sie musste ihn einfach fragen.

„Ach, Monsieur De’Albray, ich bin neugierig. Ich kenne diverse köstliche Käsesorten unter dem Label D’Albray. Mit denen sind Sie nicht zufällig verwandt?“

Der Mann lächelte höflich und wehrte sofort ab. „Nein, das ist eine andere Familie. Mit Käse hatten wir noch nie zu tun.“

Ilse nickte. „Ich war nur neugierig. Gute Nacht, Monsieur.“

***

„Himmel! Kann ich dann bitte endlich schlafen? Dummes Hirn!“ Ilse war not amused. Ihre Gedanken tanzten jetzt, kurz vor Mitternacht, noch immer Salsa in ihrem Kopf. Am Bett lag es nicht. Die Matratze war vom Allerfeinsten und das Bett ausgesprochen bequem und mit angenehmer Bettwäsche überzogen. Nicht das steife, sich kalt anfühlende Zeug, das man von vielen teuren Hotels so gewöhnt war. Zu viel gegessen hatte sie auch nicht. Sehr ärgerlich. Sie rollte sich auf die Seite und knipste die Lampe neben ihrem Bett an. Selbst das Lampenlicht war hier angenehm.

„Ach, Ilse, jetzt reiß dich zam. Keiner will dich vergiften, alles ist wunderschön, Herrschaftszeiten, denk an was Schönes."

Sie stand auf, ging über den weichen, champagnerfarbigen Teppich zu dem runden Tisch neben dem Fenster und goss sich ein Glas Mineralwasser ein. Ganz langsam schienen ihre Gedanken zur Ruhe zu kommen, warum, verflixt nochmal, witterte ihr dummes Hirn seit Neuestem überall Gefahr? Das musste aufhören und zwar schnell. Sie wusste, was helfen konnte. Eilig griff sie sich ihr Telefon. Sie rief den Chat mit Phillip auf und betrachtete erneut die traumhaften Fotos, die er und Manuela ihr heute geschickt hatten. Ein magisch schöner Sonnenuntergang in den Bergen, dazu zwei Selfies von den Beiden. Sie waren ein schönes Paar, soviel stand schon mal fest. Lächelnd legte sie das Handy zur Seite. Na also, schon besser. Wenn sie jetzt noch mit De'Albray warm werden konnte, sollte einem entspannt-erholsamen Urlaub nichts mehr im Wege stehen.

Ägyptische Königinnen
und viele Fragen

„Ilse, wirklich. Du übertreibst es mit deinem Misstrauen. Die Welt ist nicht voller Mörder. Herr De'Albray wollte nur freundlich sein und Konversation betreiben." Tilde klang ein wenig verschnupft.

Um diese Zeit, also um sieben Uhr morgens, war der Frühstücksraum des Hotels nur spärlich besucht. Das Buffet jedoch wartete bereits mit jeglichen Leckereien auf, die das Herz begehrte. Ilse betrachtete sehr zufrieden den Teller, der vor ihr stand. Rührei, köstlich knuspriger Bacon, aromatische Kirschtomaten, zwei Scheiben hausgeräucherter Lachs mit frisch geriebenem Meerrettich und duftendes, noch warmes Roggenbrot. Dazu ein Pott Milchkaffee, der so richtig gut war. Außerdem frisch gepresster Orangensaft und auf dem Extrateller hausgemachte Walderdbeer-Marmelade, Butter vom Stück, eine schöne, frische Kaisersemmel und eine Scheibe zarter Butterkäse.

Sie lud sich Rührei auf die Gabel, steckte es sich in den Mund und war entzückt. „Ja, spinnst, is des leiwand!"

„Freut mich, dass es dir schmeckt, trotzdem hat der Mann dir nichts getan und will dir auch ganz gewiss nichts Böses, hörst du?" Tilde erschien ihr heute sehr nachdrücklich.

Eilig schluckte sie. „Ja, ich weiß es selbst. Ich hab keine Ahnung, was in mich gefahren ist. Aber ich war gestern nicht unhöflich oder so. Ich war einfach ein wenig schweigsam und ..."

„Du hast ihn mit deinem schwarzen Humor geängstigt. Du und deine böse Ironie, Ilse, ehrlich." Tilde war eindeutig im Team *De'Albray*.

„So ist sie immer, das weißt du. Und sie meint es nicht böse. Abgesehen davon hat er tatsächlich sehr viel über Geld geredet."

Aha, Team *Ilse* bekam Zuwachs. Marga war schon mal nachsichtiger mit ihr.

„Ja, schon gut. Ich hatte beinahe Mitleid mit ihm. Da trifft man einen gutaussehenden, charmanten und höflichen Mann und was passiert? Die beste Freundin erzählt ihm was von giftigen Pilzgerichten, also wirklich." Selbst Tilde musste lächeln, während sie das erzählte.

Ilse, die gerade mit Bedacht Meerrettich in ein Scheibchen Lachs einrollte, hielt inne und legte ihre Hand auf Tildes Arm. „Ich werde mich um Besserung bemühen, versprochen."

„Schon in Ordnung." Tilde schob ihren leeren Teller zurück und trank einen Schluck Multivitaminsaft. „Ähm, was ich sagen wollte. Ich mache bei der Kleopatra-Packung nicht mit. Ich habe in Erfahrung gebracht, dass man dazu in eine Art Sarkophag gelegt wird. Das ist nichts für meine Angst vor engen Räumen.

Ich denke, ihr versteht das. Ich habe mir später eine Hot-Stone Rückenmassage dafür eintragen lassen."

Marga schien begeistert. „Oh, wie spannend. Da wird die Kleopatra-Packung zur Abenteuer-Veranstaltung, ich freu mich. Ich mag sowas ja."

Ilse nickte, während sie genussvoll in ihr Marmeladenbrötchen biss. „Lass uns Abenteuer erleben. Wie gesagt, wenn ich nach der Aktion wie die niedliche Ägypterin aussehe, dann passt das schon."

***

Oh, wie aufmerksam. Ilse freute sich sehr über das winzige Fläschchen gut gekühlten Cava, welches sie auf ihrem Zimmer vorfand.

Liebe Frau von Karburg, dieses kühle Tröpfchen ist Bestandteil des auf Sie wartenden Kleopatra-Treatments.

Wir freuen uns im Spa-Bereich auf Sie. Susi und Marina.

Na, da freute sie sich aber auch. Sie genoss den edlen Tropfen und schlüpfte aus Jeans und Longsleeve, die sie zum Frühstück getragen hatte.

Unterwäsche und Bademantel, so lauteten die Anweisungen für das Treatment. In den kuschelig weichen Bademantel gehüllt, den extra für ihre Besuche im Spa- und Wellnessbereich zur Verfügung gestellten Korb über dem Arm, die Füße in den weichen, weißen Pantoffeln, strebte Ilse wenige Minuten später erwartungsvoll in Richtung Behandlungsräume.

Sie entdeckte die Beiden erst im allerletzten Augenblick. Sie hatten sich ans äußere Ende der Bar im

Wellness-Bereich verzogen. Ilse versteckte sich, einer inneren Eingebung folgend, hinter dem Schild *„Smoothie des Tages – Sellerie-Karotte-Apfel"*, das auf dem Tresen aufgebaut war, und betrachtete erstaunt das Bild, welches sich ihr bot.

Da saß ihre Freundin Tilde, die mit schmachtendem Blick den sichtlich beredten Ausführungen ihres Gegenübers lauschte. Dabei zuzelte Tilde hingebungsvoll am Smoothie des Tages. Ihr Begleiter war kein geringerer als Marcel De'Albray. Soviel zu Tildes Klaustrophobie und deren Auswirkungen.

Da Ilse eh kein Wort verstand, machte sie sich schließlich, ziemlich besorgt, auf den Weg zu ihrer Behandlung. Das war schneller gegangen als befürchtet. Mochte sie sich auch dazu entschlossen haben, De'Albray freundlich und weniger misstrauisch zu begegnen, so trug das eben Gesehene nicht gerade dazu bei, sie aufgeschlossen und freundlich zu stimmen.

„Sie müssen Frau von Karburg sein. Ich freu mich, dass ich Sie heute behandeln darf."

Ilse lächelte die nette junge Frau in ihrer weißen Hose und dem blütenweißen Kittel freundlich an, deren Schild sie als *Susi* auswies. „Und ich freu mich erst. Bin bereits sehr gespannt, was mich erwartet."

Susi lächelte zurück. „Sie werden sich fühlen, als wären Sie neugeboren, und Ihre Haut wird um zehn Jahre jünger aussehen. Also wie knapp fünfzig, wenn ich das richtig sehe."

„Sie bezaubernde kleine Schmeichlerin. Aber vielen Dank, man hört's ja doch gerne."

„Bitte ziehen Sie sich komplett aus. Dann werde ich sie zuerst mit einer Milchcreme einreiben. Danach legen Sie sich ganz entspannt auf diese Liege." Susi zeigte auf die sehr interessant aussehende Behandlungsliege, auf der schon jetzt dampfende Tücher ausgebreitet lagen. Ein recht monströses Teil, wie Ilse fand, aber bitte. Sie folgte den Anweisungen und Susi cremte sie mit extra angewärmten Händen am ganzen Körper ein. Danach half Susi ihr auf die Liege, die sich als warm und weich entpuppte. Sehr warm.

„Die Tücher sind alle mit Milch, Honig und Rosenöl getränkt. Ich werde Sie nun fest darin einwickeln. Auf ihr Gesicht streiche ich Ihnen eine Milch-Honig-Maske, das tut sehr gut. Die Wärme der Packung öffnet Ihre Poren und so können die Inhaltsstoffe eindringen und ihre Wirkung entfalten."

Ilse, bereits wie eine ägyptische Mumie verpackt, hob fragend die Augenbrauen. „Öhm, Susi, wie warm wird das denn so ungefähr?"

„Die Liege hat immer so um die 40°C. Das ist die optimale Temperatur, um ein exzellentes Ergebnis zu erzielen."

Da Susi nun auch noch eine Tuchmaske auf ihrem Gesicht platzierte, konnte sie nur noch leicht gepresst antworten. „Na dann, ich lass mich überraschen."

Sie war nun offenbar komplett verpackt, denn Susi nickte nach einem prüfenden Blick sichtlich zufrieden. „So, das haben wir. Geht's Ihnen gut?"

Ilse nickte, wenn auch leicht zaghaft.

„Wunderbar. Dann lass ich Sie jetzt in den Wasserbett-Wärmebereich runter. Genießen Sie Ihre Behandlung."

Ehe sie richtig realisierte, was das Mädel da eben gesagt hatte, drückte diese einen Knopf und Ilse spürte, wie unter ihr die Liegefläche verschwand und sie samt Packung und Maske in einer Art wabbelndem Wasserbett landete. Aha, der Sarkophag, da hatte Tilde gar nicht so falsch gelegen.

Apropos Tilde.

Sie machte sich tatsächlich so ihre Gedanken. Wieso hatte die Freundin vorhin beim Frühstück keinen Ton verlauten lassen? War sie besorgt, dass sie und Marga es ihr ausreden könnten? Vor allem, wann bitte hatte sie diese Verabredung getroffen? Gestern Abend waren sie gemeinsam auf ihre Zimmer verschwunden und es wäre Ilse nicht entgangen, wenn der Franzose zuvor etwas mit Tilde besprochen hätte. Dubios, sehr dubios. Tilde war noch immer eine sehr schöne Frau. Klaus Berger hatte dafür gesorgt, dass seine Frau nach seinem Tod hervorragend versorgt sein würde. Das Vermögen, das er ihr zurückgelassen hatte, belief sich auf mehrere Millionen. Dank eines vertrauenswürdigen Anlagenberaters bei der Bank, auf den auch Klaus stets vertraut hatte, hatte sich dieses Vermögen sogar noch vergrößert. Tilde war noch niemals vertrauensselig gewesen. Irgendwie wollte ihr das alles gar nicht gefallen.

Der Franzose wusste schließlich genau, wer sie alle waren. Die von Karbach Stiftung und Franz-Josefs Lebensgeschichte waren kein Geheimnis und man fand sie im Internet. Klaus Berger hatte zu den weltweit besten Herzchirurgen gezählt, auch ihn und seine herausragenden Leistungen auf dem Gebiet der Herzchirurgie und die Geschichte seiner Klinik konnte man jederzeit nachlesen. Marga, die schlaue Frau, hatte nach dem Tod ihres Gatten dafür gesorgt, dass alles aus dem Netz verschwand, sofern das möglich war. Sie hatte nur noch ihre Ruhe gewollt ... und den sympathischen Italiener, den sie regelmäßig in der Toskana besuchte. Ilse argwöhnte, dass sie eines schönen Tages für immer dortbleiben könnte. Ein Gedanke, der sie sehr traurig stimmte. Andererseits gönnte sie der Freundin das neue Glück von ganzem Herzen. Tildes Ansprüche in Sachen Männer waren stets verflixt hoch. Klaus war ein attraktiver, liebevoller und intelligenter Mann gewesen, der seine Frau angebetet hatte. Der ebenso gutaussehende De'Albray war der erste, dem es offenbar gelungen war, Tildes Interesse zu wecken.

Sacklzement, war das heiß in dieser königlichen Packung! Ilse versuchte, die Schweißtropfen wegzublinzeln, die ihr unter der Tuchmaske in die Augen rannen. Ein vergebliches Unterfangen, darum war es besser, die Augen einfach mal zuzulassen. So fühlte es sich also an, wenn ein Braten im Rohr bei etwa 50°C langsam gegart wurde. Immerhin, sie konnte atmen. Man tendierte in einigen Situationen zu spontaner Bescheidenheit.

Das änderte nichts an ihrer Sorge um Tilde. Was, wenn sie dem Kerl alles Mögliche erzählte, was ihn rein gar nichts anging? Aber was sollte sie tun? Tilde war nun einmal ein paar Jahre über achtzehn und sollte wissen, was sie tat. Alles, was ihr am Herz lag, war, die Freundin zu beschützen, nur wie? Vor allem aber, wovor? Noch stand nicht ansatzweise fest, dass De'Albray ein Schurke war. Im Gegenteil. Er wohnte in einem teuren Hotel, kannte sich in seinem Job sehr gut aus, wusste, wovon er sprach, wenn es um Anlagen ging, und er konnte sehr interessant erzählen, sobald es um seine Heimat ging. Was also konnte sie gegen ihn vorbringen?

Sie versuchte, sich in ihrem Wasserbad ein bisschen zu bewegen. Sinnlos. Es war verflixt heiß inzwischen und das Flüssige da in den Tüchern, das war ganz sicher nicht mehr nur Rosenöl und Milch. Langsam, ganz langsam beschlich sie ein böser Verdacht. Konnte es sein, dass die arme ägyptische Königin nicht an einem giftigen Schlangenbiss, sondern an einer heißen Milchpackung dahingeschieden war? Sie zog diese Möglichkeit mittlerweile in Betracht. Just, als sie gedachte, der Frau mir der hübschen Nase ihr Beileid kundzutun, hob sich die Liegefläche an und Ilse tauchte aus der Packung auf. Nachdem Susi ihr behutsam die Maske vom Gesicht genommen hatte, stellte sie fest, dass sie mit ihren Gedanken zum Braten gar nicht so falsch gelegen hatte. Sie dampfte regelrecht, irgendwie ähnelte sie gerade einem Hefezopf, der soeben auf dem Ofen befreit worden war. Sie dankte allen Göttern, die ihr einfielen, dass sie die Behandlung überlebt hatte.

Susi wickelte sie sorgfältig wieder aus den Tüchern aus. „Fein, Sie haben richtig gut geschwitzt. Ihre Poren sind alle frei und die Pflegeprodukte konnten ihre Wirkung entfalten.“

Was sich bei ihr gerade alles entfaltete, das behielt sie lieber für sich.

Allerdings war die anschließende wohltuende Massage mit kühlem Rosenöl dann durchaus angenehm. Wieder mit der durchgestandenen Beautybehandlung versöhnt, vor allem, da sie ein weiteres Glas Cava erhielt, wickelte sie sich in ihren Bademantel. Susi legte ihr dringend nahe, sich eine halbe Stunde hinzulegen und, wieder auf ihrem Zimmer, befolgte sie diese Anweisung gern. Wellness machte müde.

Eine gute Stunde später erwachte Ilse und fühlte sich, entgegen allen Befürchtungen, tatsächlich wie neugeboren. Ihre Haut strahlte regelrecht und fühlte sich seidenweich an. Ihre Gesichtszüge wirkten entspannt und deutlich faltenfreier. Respekt. Kleopatra wusste eindeutig, wie man sich etwas Gutes tat.

O ja, etwas Gutes gedachte sie auch zu tun und zwar für Tilde. Die durfte das nur niemals erfahren, sonst könnte das richtig Ärger geben.

Ilse schlug die Bettdecke zurück, ging ins Bad, duschte kurz, so wie Susi es ihr erklärt hatte, schlüpfte in ihren bequemen nachtblauen Overall und stylte sich die arg mitgenommene Frisur neu. Sie musterte ihr Handy fragend. Sollte sie oder sollte sie nicht? Wenn sie jetzt, im übertragenen Sinne, die Büchse der Pandora öffnete, verlor sie eventuell eine Freundin. Tat sie es aber nicht und der Franzmann entpuppte sich als Ganove, würde sie es sich selbst niemals verzeihen.

Entschlossen griff sie nach dem Telefon und wählte die ihr wohlbekannte Nummer. Nichts, nicht erreichbar. Da hatte der Bub tatsächlich sein Telefon ausgeschaltet. Ganz schön frech. Andererseits verstand sie ihn. Frisch verliebt, wie er war. Nun war guter Rat teuer. Sie starrte nachdenklich auf das Display. Zugegeben, der Gedanke, der ihr als nächster kam, war gewagt mit Tendenz zu richtig unverschämt. Was aber nutzten ihr die – wahrscheinlich – berechtigten Skrupel, wenn es um Tilde ging? Nichts!

So schickte sie eine winzige Entschuldigung ans Universum und auch gleich eine an Phillip und wählte die Nummer seiner Sondereinheit in Wien.

***

„Das hast du nicht getan, Ilse! Das ist nicht gut.“ Marga war von ihrer gewagten Aktion ein Mü weniger begeistert als erhofft. „Du kannst einen Menschen, den du kaum kennst, nicht von einer Spezialeinheit überprüfen lassen.“

„Kann ich wohl. Ja, schon gut, ich weiß ja selbst, dass das ein bisschen übergriffig ist. Aber der Anblick heute Morgen hat mich wirklich überrumpelt. So ist unsere Tilde doch nicht.“

„Schon richtig. Trotzdem darfst du nicht einfach die Bodentruppen in Bewegung setzen, wenn du nichts als ein unangenehmes Gefühl im Bauch hast. Ach, Lady, das geht nicht. Sowas ist sicher verboten. Was tun sie eigentlich da in Wien?“

Ilse zuckte ratlos die Schultern. „Ich hab mit diesem Andreas, Phillips Vorgesetzten, geredet. Der war sehr lieb und entgegenkommend. Zuerst hat er ein bissel gezögert, aber dann doch angebissen. Ich hab einfach die Wahrheit gesagt, nämlich, dass ich Angst um meine Freundin habe. Erinnerst du dich, als ich diesen Franzosen gestern nach der Käseherstellung und der Familie, die das macht, gefragt habe?“

„Ja, aber er macht eben in Aktien und nicht in Käse.“

„Richtig. Er hat uns doch allen seine Visitenkarte in die Hand gedrückt. Er schreibt sich Marcel De’Albray. Die D’Albrays, die den leckeren Käse herstellen, schreiben sich ohne das e vor dem Apostroph. Darum habe ich Andreas gebeten beide Namen zu durchleuchten. Wenn er nichts findet, dann können wir dem Techtelmechtel der zwei Turteltäubchen beruhigt zusehen.“

„Du bist unverbesserlich, warte, bis Phillip dir auf die Schliche kommt. Der macht dich einen Kopf kürzer." Marga schüttelte eindeutig ratlos den Kopf. „Was mach ich nur mit dir?"

Ilse gelang ein zuversichtliches Lächeln. „Vertrau mir einfach. Wenn ich komplett falsch liege, krieche ich bei allen zu Kreuze. Versprochen."

„Habe ich eine andere Wahl? Im Augenblick allerdings würde ich es gutheißen, wenn wir unser leichtes Mittagessen einnehmen. Mal sehen, ob sie uns, verjüngt, wie wir sind, überhaupt im Speisesaal wiedererkennen."

Der Hoteldirektor behielt recht. Lag am Morgen noch Nebel über dem schön angelegten Park, so hatten sie jetzt zur Mittagsstunde von ihrem Tisch aus einen herrlichen Blick über die weitläufigen Rasenflächen, die mit blauen und weißen Erika bepflanzten Beete und die schönen Rosenbögen, an denen sich letzte weiße und rote Exemplare der Herbstsonne entgegenreckten.

„Ich muss schon sagen, hier waren so einige Könner am Werk. Das Haus, der Park, der Spa-Bereich, einfach alles!" Ilse setzte sich und ließ ihren Blick über den Garten schweifen. „Gefällt mir wirklich."

Marga nickte zustimmend und sah sich gleichzeitig suchend um. „Sag mal, Tilde wollte doch nach ihrer Hot-Stone-Massage auch kommen. Wo steckt sie denn?"

„Weiß ich leider nicht. Vielleicht liegt sie noch unter Lavasteinen verbuddelt."

„Ilse, also wirklich. Kann es sein, dass du ein geringfügig falsches Bild von dieser Massage-Praktik hast?" Marga warf ihr einen tadelnden Blick zu.

„Möglich. Ich mag eben eine anständige Thaimassage
am liebsten. Da weiß man, was man hat!"

Just in diesem Augenblick eilte Tilde auf den Tisch zu.
„Es tut mir leid, dass ich so spät bin. Ich wollte noch
rasch aufs Zimmer und mich frisch machen." Schnau-
fend ließ sie sich auf ihren Stuhl fallen.

„Waren die heißen Steine so schweißtreibend, oder
was?" Ilse musterte sie neugierig. Die zart rot gefärbten
Wangen kamen ganz sicher nicht vom „Frischma-
chen".

Tatsächlich kicherte Tilde leise. „Nein, keineswegs.
Aber ich war mit Marcel noch ein paar Schritte im Park
spazieren. Es blies ein leichter Wind, da wollte ich mir
die Frisur richten, ehe ich zu euch stoße. Ich will euch
schließlich keine Schande machen."

„Marcel? Aha, sind wir schon beim Du?"

Tilde legte sich die Serviette auf den Schoss, nickte
dem Kellner auffordernd zu, der ihr ein Glas Prosecco
einschenken wollte, bedankte sich und wandte sich an
Ilse. „Liebe Ilse, nun sei doch nicht so. Warst du es nicht
immer, die uns beiden erklärt hat, dass man allen Menschen eine Chance geben sollte? Keine Vorurteile und
somit auch keine Vorverurteilung, darf ich dich an
deine eigenen Worte erinnern? Was ist denn nur los
mit dir?"

Sie zuckte schuldbewusst zusammen. „Stimmt eigentlich. Ich kann es dir nicht sagen, woran es liegt. Ich
hab so ein mieses Bauchgefühl bei dem Mann. Bitte
glaub mir, es wäre mir lieber, wenn es anders wäre.
Wenn ich, so wie du, sagen könnte, ein netter, höflicher
und ansehnlicher Zeitgenosse, der durchaus einen

zweiten Blick wert ist. Es tut mir leid, aber ich krieg es nicht hin."

Marga, die nebenher das Speisenangebot am mittäglichen Gourmet-Büffet in Augenschein genommen hatte, setzte sich wieder zu ihnen und sah fragend von einer zur anderen. „Es geht um die Causa De'Albray, richtig? Können wir uns bitte darauf einigen, dass wir abwarten? War der Plan nicht, dass wir hier erholsame, entspannte Tage verbringen? Also, wenn ich bitten darf. Waffenstillstand in Sachen Bewohner Frankreichs und werft stattdessen lieber einen Blick auf dieses ausgesprochen schön gestaltete und reichhaltige Büffet. Los, jetzt macht schon, erholt euch gefälligst und esst etwas Vernünftiges. Hier muss endlich jemand ein Machtwort sprechen und das bin heute, man höre und staune, ich!"

Tilde schmunzelte, sichtlich erleichtert. „Mit der Abfolge kann ich leben. Ich hoffe, du auch, liebe Ilse?"

Sie holte tief Luft, sah zuerst zu Tilde und dann zu der höchst entschlossen aussehenden Marga, ehe sie antwortete. „Überredet. Seid mir nicht böse. Ich weiß selbst nicht, was in mich gefahren ist."

Es wurde nun doch noch ein schönes und sehr reichhaltiges Mittagessen mit fröhlichen Gesprächen, ganz viel Gourmet-Salat, Kürbiscremesüppchen und Cassis-Sorbet mit frischen Früchten. Das Thema Monsieur De'Albray jedoch wurde tunlichst vermieden.

***

„Ladies, wie schaut's aus? Wenn ich den Zeitplan richtig im Kopf habe, dann erwartet uns in einer Stunde bereits der nächste Schritt zur ewigen Jugend. Eine orientalische Aromamassage, was auch immer das sein mag. Sekunde, ich lese vor: *Tauchen Sie ein in ein Märchen aus 1001 Nacht mit den Gerüchen und Gewürzen des Orients. Genießen Sie eine beruhigend-entspannende Behandlung mit kostbaren Ölen und einer Massage, wie sie sonst nur den Kalifen vorbehalten ist. Streifen Sie, im wahrsten Sinne des Wortes, den Alltag ab und lassen Sie ihn hinter sich.* Also, wenn das nicht nach purem Genuss klingt. Ich bin neugierig, was sich die Kalifen so gönnen, da im fernen Orient." Ilse klappte grinsend den Prospekt zu. „Wetten, der Masseur heißt Johann oder sowas?"

„Ich halte dagegen. Ich setze auf Kurtl." Marga erhob sich ächzend von ihrem Sitzmöbel. „Eindeutig zu viel gegessen. Sagt einmal, sind wir eigentlich alle gleichzeitig dran? Geht das überhaupt?"

Ilse lächelte in die Runde. „Logisch geht das, wenn Johann und Kurtl vierhändig synchron massieren."

„Du *gspinnerte Urschl,* ehrlich. Wart, ich schau schnell nach." Marga holte ihren Behandlungsplan aus der Handtasche und studierte ihn eingehend. „Von wegen gleichzeitig. Frau von Karburg und Frau Menzing werden um vierzehn Uhr dreißig in den Spa-Bereich gebeten, Frau Berger bitte um fünfzehn Uhr. Aber das passt, das ist nur eine halbe Stunde Versatz."

Tilde nickte. „Alles in Ordnung. Ich wollte mich sowieso noch ein halbes Stündchen aufs Ohr legen. Diese Hot-Stone-Massage ist nicht ganz so entspannend, wie ich gehofft hatte. Wir sehen uns einfach vor dem Abendessen zu einem Aperitif. So gegen sechs? Da haben wir schön Zeit und der Barbereich ist sehr ansprechend und gemütlich."

Alle nickten zustimmend und Tilde entschwand sogleich als erste auf ihr Zimmer.

Es dauerte eine Weile, ehe die ganze Botschaft bei Ilse angekommen war, und sie überrascht innehielt. „Augenblick, ich war in Mathe immer gut. Aber hier passt was nicht. Wir Zwei sind um fünfzehn Uhr dreißig fertig. Dann wahrscheinlich ein bisschen ruhen, damit die kostbaren Öle einziehen können, dann duschen und fertig. Das harmoniert nicht mit sechs Uhr. Korrigiere mich, wenn ich falsch liege."

„Liegst du nicht. Keine Ahnung, was unsere Tilde heimlich nebenher plant, aber sie hat sich sehr geschickt eine gute Stunde herausgeholt. Ich habe da so eine Ahnung und die wird dir nicht gefallen."

Ilse nickte mit grimmiger Miene. „Tut es tatsächlich nicht. Aber ich hab versprochen, mich nicht weiter einzumischen und dem Franzosen eine Chance zu geben. Wenn ich dabei nur nicht so ein seltsames Gefühl haben würde. Verflixt aber auch."

Marga ergriff sachte ihren Arm und hakte sich bei ihr ein. „Nun komm schon. Es wird sicher nichts passieren. Sie ist ein großes Mädchen mit viel Lebenserfahrung. Klug ist sie auch, das wissen wir. Gönnen wir es ihr. Sie hat lange genug um Klaus getrauert. Keiner war gut genug, keiner kam an den einzigartigen Klaus Berger heran. Das ist das erste Mal seit seinem Tod, dass sie jemanden an sich ranlässt, also emotional, meine ich. Wir passen ein wenig auf sie auf, aber lassen ihr die Freude."

Ilse nickte. „Klingt zwar ein bisschen mütterlich, aber ich glaub, das ist das Richtige. Du bist einfach eine kompetente und vernünftig denkende Frau, Marga Menzing. Ich bin sehr froh, dass du meine Freundin bist."

Marga drückte ihren Arm. „So sehe ich das auch, liebe Lady Ilse. Was bin ich kompetent! Und darum streben wir nun frohen Mutes unserer orientalischen Massage zu, nachdem wir, unserem biblischen Alter entsprechend, eine kleine Siesta eingelegt haben. Ich hab dich lieb, das weißt du?"

***

Von wegen Kurtl oder Johann! Ilse war mal wieder „very amused". Der durchtrainierte, sehr hübsche und ziemlich orientalisch aussehende Kerl mit den schwarzen, lockigen Haaren stellte sich als Achmad vor und war ausgebildeter Masseur.

„Und Sie haben sich auf orientalische Massagen spezialisiert?" Ilse warf einen vorsichtigen Blick auf die muskulösen Arme des schönen Achmad. „Ich hätte eher auf medizinische Rückenmassage getippt."

Achmad wies sie schmunzelnd an, sich ihres Oberteiles zu entledigen und sich auf dem Bauch auf die Liege zu legen. „Sogar medizinische Sportmassage, um es genau zu sagen. Aber das will und werde ich Ihnen nicht antun. Davon haben Sie ein paar Tage was und ich bin mir nicht sicher, dass Sie das wollen."

Da sie sich ziemlich sicher war, es nicht zu wollen, nickte sie. „Sie haben gewonnen. Also dann eben orientalisch."

Achmad lächelte vielsagend, während er eine Flasche mit einer goldfarbenen Flüssigkeit vom Tisch nahm. „Um ganz ehrlich zu sein, bekommen Sie jetzt von mir die gleiche Massage, die ich Ihnen im Hamam angedeihen lassen würde."

Ilse legte sich auf der mit einem dicken, kupferroten Handtuch bedeckten Liege zurecht. „Also, das, was ein Kalif bekommen würde, wenn ich dem Prospekt glauben darf?"

Sie hörte ihn lachen. „Glauben Sie immer alles, was Sie lesen?"

„Schon aus Prinzip nicht. Aber ich lass mich überraschen. Ich bin ein optimistischer Mensch, wissen Sie?"

„Frau von Karburg, ich denke, ich mag Sie. Darum werde ich Sie nun mit diesem warmen und mit einem Hauch Vanilleessenz versetzten Arganöl massieren. Meine Spezialmischung, sogar der Name ist von mir. Blume von Marrakesch, okay, nicht ganz so einfallsreich, aber ich finde es schön. Sie werden sehen, danach fühlen Sie sich absolut entspannt und ziemlich glücklich."

„Ah, und das war's dann schon mit dem Orientalischen, oder was? Wie war das mit den Kalifen und so? Aber Blume von Marrakesch haben Sie wirklich sehr schön gewählt. Ein Mann mit solch blumiger Sprache, bemerkenswert!" Sie grinste in ihr Handtuch.

„Ich sehe schon. Eine anspruchsvolle Patientin. Aber weil Sie es sind, passen Sie mal auf. Und ich möchte erwähnen, dass das jetzt eine Sonderbehandlung ist, also bitte keine große Propaganda, wenn Sie fertig sind, in Ordnung?"

Sie hörte, wie er zu dem langgezogenen Tisch ging, auf dem verschiedene Pflegeprodukte standen, es klapperte leise, dann erklang Musik. Sehr schöne und tatsächlich orientalische Musik.

„Nur für Sie, das ist mein privater Stick. Das sind junge marokkanische Musiker, die das zusammengestellt haben. Gefällt es Ihnen?"

Es gefiel ihr, es gefiel ihr sogar außerordentlich. „Stimmungsvoll, finde ich prima", nuschelte sie in das weiche Tuch. „Und was riecht hier so gut?"

„Sonderbehandlung Numero Zwei. Eine Räuchermischung aus Gewürzen und richtig gutem Weihrauch."

„Ah geh! Also nicht das Kirchenzeug, bei dem ich als Kind jedes Mal fast umgekippt bin, weil es so gestunken hat?"

Er hatte ein ansteckendes Lachen. „Nein, das gute Zeug."

Sie spürte, wie er das warme Öl auf ihren Rücken träufelte und es dann behutsam verteilte. „So, jetzt wird es etwas anspruchsvoller, aber Sie wollen ja was davon haben, nicht wahr?"

Herrschaftszeiten. Das musste sie sich für die Zukunft merken. Wenn ein großer, kräftiger Masseur mit dem Namen Achmad sagte „anspruchsvoll", dann war Vorsicht geboten. Sie spürte Muskelstränge, von denen sie zuvor gar nicht gewusst hatte, dass sie da waren. Allerdings war da, in dem Moment, in dem sie in ihren Körper hineinhorchte, ganz eindeutig ein unglaublich angenehmes Gefühl.

„Und, was sagen Sie? Ich weiß, es ist jetzt keine Streichelmassage, aber dafür effektiv. Ich hoffe, es hat

Ihnen gutgetan?" Sein Gesichtsausdruck barg einen Hauch an Besorgnis.

„Lieber Achmad, ich weiß noch nicht genau, wie ich es morgen beurteilen werde. Heute aber kann ich sagen, dass es richtig angenehm war. Da lerne ich auf meine alten Tage noch Teile meines Muskelapparates kennen, von denen ich keine Ahnung gehabt habe, also bis heute."

Mit breitem Grinsen half Achmad ihr hoch. „Sagte ich es nicht vorhin schon? Ich mag Sie, Frau von Karburg."

Kavaliere auf Abwegen

Bad Tölz im Spätsommer war schon immer einen Besuch wert. Heute war es besonders schön. Die Sonne strahlte von einem lediglich von wenigen weißen Wölkchen überzogenen Himmel. Überall färbten sich die Blätter von Laubbäumen und Büschen in den verschiedensten Rot- und Orangetönen und die kleinen Kanäle, die die Altstadt durchzogen, plätscherten melodisch vor sich hin. In den vielen traditionsreichen Läden fanden sich geschmackvolle Kleidung, aber auch sehr ansprechende Dekoartikel für die heimischen vier Wände. Ilse war entzückt. Die zwei bunten Steinguttassen für Tee und Kaffee fanden sofort ihre Zustimmung.

„Das sind endlich einmal wieder Tassen in vernünftiger Größe. Diese edlen Winzlings-Tassen sind gerade einmal für eine Puppenküche gut." Voller Freude drehte sie die beiden Tassen nacheinander in den Händen. „Außerdem sind das so schöne Farben. Da hol ich mir die Toskana direkt in die Küche. So mag ich das."

Marga musterte die riesigen Pötte sichtlich amüsiert. „Ab welchem Fassungsvermögen beginnt denn bei dir eine *vernünftige* Tasse, Ilse?"

Sie zog eine nachdenkliche Grimasse. „Sagen wir mal so ab dreihundert Milliliter. Das ist dann schon vernünftig."

„Deine Dimensionen sind beachtenswert, aber ich kann's nachvollziehen."

„Siehst du, sag ich doch." Ilse stellte die Tassen auf dem Tresen neben der Kasse ab und lächelte die nette Verkäuferin zufrieden an. „Die beiden kommen noch zu der Tischdecke und dem Teekessel dazu, ich schau noch ein bisserl. Vielleicht findet sich noch was."

Die Dame nickte. „Lassen Sie sich alle Zeit der Welt. Ich bin bis um sechs da, Sie haben noch zwei Stunden."

„Lieber nicht." Ilse seufzte mit Blick auf ihre bisherigen Errungenschaften, vor allem auf den knallroten Vintage-Teekessel. „Wenn ich so weitermache, muss ich anbauen. Aber was ganz Kleines, das ginge schon noch."

Marga stand vor einem wunderbar erhaltenen Schild aus Emaille, auf dem eine sehr geschmackvolle, sehr alte Kaffeewerbung dargestellt war. „Was denkst du, Ilse, passt das in meine Küche?"

„Aber sicher. Das ist perfekt. Sowas findet man vor allem nicht alle Tage. Das ist ein schöner Hingucker."

Marga kniff die Augen zusammen und spähte an ihr vorbei. „Weil wir gerade von Hingucker sprechen. Dreh dich mal um und wirf einen Blick aus dem Fenster."

Erstaunt wandte sie den Kopf nach rechts und blickte zwischen einer antiken, kleinen Truhe und einem in Mosaik eingefassten runden Spiegel hinaus in die belebte Fußgängerzone. Zuerst sah sie nur Menschen, die entweder gemütlich an den Schaufenstern vorbei schlenderten, oder Leute, die eher eilig ihre Einkäufe zu erledigen schienen. Erst auf den zweiten Blick entdeckte sie, was Margas Aufmerksamkeit erregt hatte. Ein paar Meter die Straße hinunter, nahe an dem großen Brunnen in der Mitte, stand niemand anderes als der schöne Marcel. Die elegante, dunkelhaarige Dame, mit der er offenbar in ein angeregtes Gespräch vertieft war, schien sehr angetan von ihrer Begleitung zu sein. Zumindest erfüllte sie mit ihrem Lächeln, mit der Neigung des Kopfes, mit den entsprechenden Gesten wirklich alle Klischees des verliebten Teenagers. Wobei, realistisch betrachtet, diese Zeit bei ihr grob geschätzt mehr als dreißig Jahre zurückliegen dürfte. Was nicht heißen sollte, dass sie nicht ausnehmend attraktiv war. Das kastanienrote Haar leuchtete in der Sonne, sie war dezent gebräunt, groß, schlank und sehr geschmackvoll gekleidet.

„Also, das ist ganz sicher nicht unsere Tilde, er hingegen ist es hundertprozentig."

Ilse wandte den Blick keine Sekunde von dem attraktiven Paar ab. „Schade, dass sie nicht hier ist. Sie sollte das sehen."

De'Albray hatte gerade lächelnd seinen Arm um die Schultern der Dame gelegt und schien etwas höchst Amüsantes von sich gegeben zu haben, denn sie warf leicht den Kopf zurück und lachte herzlich.

Schade, Ilse hätte sie gern spontan gehasst, nur ging das nicht, denn die Frau schien tatsächlich sympathisch zu sein. De'Albray hingegen bekam ohne Umschweife den nächsten Minuspunkt auf seinem Sympathie-Konto verbucht.

„So ein falscher Fuffzger. Mit Tilde will er spazieren gehen und mit der Schönheit da draußen pussiert er herum." Sie war empört, und wenn es nur im Sinne der lieben Freundin war, die sie bereits aufs bösartigste getäuscht sah.

„Ilse, das wissen wir nicht. Wir wissen eigentlich gar nichts. Der Mann ist seit mehreren Tagen hier. Ist nur normal, dass er schon Leute kennt. Sei bitte ehrlich, so wie er aussieht, macht er sehr leicht Bekanntschaften. Im Ernst, nicht jeder schöne Mann ist auch gleich ein falscher Fuffzger, wie du so schön sagtest." Marga klang ziemlich überzeugend.

Widerstrebend lenkte sie ein. „Wahrscheinlich hast du recht. Aber Tilde soll trotzdem vorsichtig sein."

„Nur weil er schön ist und Chancen bei den Frauen hat?"

„Nein, weil ich ihn nicht mag."

Marga zog die rechte Augenbraue anklagend einen Hauch nach oben. „Na, wenn das kein triftiger Grund für eine Verurteilung ist, dann weiß ich aber auch nicht."

Ilse grummelte eine leise Verwünschung und sah weiter stur nach draußen. Ihre Geduld wurde belohnt. Das Paar setzte sich langsam in Bewegung, wobei sich die Frau bei dem Franzosen untergehakt hatte, und schlenderte in Richtung des großen Gasthauses. Ilse dachte bereits, dass man sich wohl eine Jause gönnen wollte, als sie an der danebenliegenden Bank anhielten, De'Albray der Dame, ganz Kavalier alter Schule, die Tür öffnete und sie darin verschwanden.

„Ha, er hat sie in eine Bank gelockt."

„Ui, das ist aber gefährlich. Sicherlich hilft der bösartige Verführer ihr dabei, Geld anzulegen, oder was weiß ich. Mein Gott, Ilse, der Mann ist Broker. Er ist Profi im

Bankgeschäft, es ist so gut wie sicher, dass er sie nur beraten hat. Bitte, könntest du so gut sein und einen Gang zurückschalten? Das artet etwas aus, findest du nicht?"

Sie schwieg eine Weile. Marga lag richtig. Warum, zum Henker, hatte sie den Mann derart auf dem Kieker? Das war nicht mehr normal. Nichts gegen das eigene Bauchgefühl, aber warum verspürte sie eine solch starke Abneigung gegen De'Albray? „Ich hab versprochen, mich zurückzuhalten. Bitte glaub mir, Marga, ich versuche es. Allerdings fällt es mir unbeschreiblich schwer. Ich bin kein Mensch, der andere wegen irgendwas vorverurteilt. Und, bitte gib's zu, ich bin nicht gehässig. Trotzdem stellen sich bei mir alle Nackenhaare auf, wenn ich ihn nur sehe. Außerdem ..."

Sie hielt inne, als an der Bank die Tür von innen geöffnet wurden und De'Albray und die Dame herauskamen. Ebendiese hielt nunmehr ein Kuvert in den Händen und strahlte ihren Begleiter an. Sie schien, womit auch immer, sehr zufrieden zu sein."

„Da schau hin." Marga deutete auffordernd auf das Paar. „Siehst du, wie aufgebracht und entsetzt die Dame wirkt?"

„Grundgütiger, schon gut. Ich bin ja schon still." Ilse griff nach dem wunderschönen Windlicht in Rot und Gold, das ihr bereits seit einer ganzen Weile in die Augen stach. Just, als sie sich ebenfalls abwenden wollte, um Marga zu folgen, sah sie es. De'Albray und die Fremde küssten sich. In aller Öffentlichkeit und augenscheinlich verliebt.

Sie stellte das Windlicht zu den bisherigen Einkäufen und ließ alles verpacken. Marga kaufte sich das hübsche Schild und sie verließen den bezaubernden Laden nur ungern.

Sie blickte sich suchend um. Endlich fand sie, wonach sie Ausschau gehalten hatte. „Komm mit, ich brauch jetzt einfach einen Bayernburger." Ilse ergriff die sichtlich überrumpelte Marga am Arm und zog sie kurzerhand mit sich, wenn auch liebevoll.

„Lady, du sprichst schon wieder in Rätseln. Was brauchst du?"

Sie schmunzelte ob des verwirrten Gesichtsausdruckes der Freundin. „Eine Leberkässemmel, meine Liebe. Mit Massen an Händlmaiers Hausmachersenf."

„Wenn du meinst. Du weißt schon, dass es heute Abend ein Viergang-Gourmet-Menü gibt, ja?"

„Ich weiß, das harmoniert schon mit bayrischen Spezialitäten." Lachend strebten sie der Metzgerei Roidel zu, die ein umfangreiches Imbissangebot vorweisen konnte.

Vor der Metzgerei standen einige Stühle und Tische, wo man seine Brotzeit gemütlich und in Ruhe genießen konnte. Ilse blickte verzückt auf ihre Semmel, während sich Marga immerhin zu einer Butterbreze hatte aufraffen können.

Ilse kaute genüsslich und ließ ihren Blick über die schöne Fußgängerzone schweifen. „Schon schön hier. Wenn's nicht so weit weg von euch wäre, hier könnt es mir gefallen."

„Untersteh dich. Du bleibst bitte schön da, wo du bist. Dein Haus ist ein Traum und, sei ehrlich, du würdest es ja doch nie aufgeben. All das, was du dir mit Franz-Josef aufgebaut hast."

Sie biss erneut in ihre knusprige und sehr wohlschmeckende Semmel. „Da hast du nun auch wieder recht. Schön ist es trotzdem. Allein die kleinen Bäckereien, die kuschligen Cafés und die alten Läden, die seit vielen Jahren von der gleichen Familie geführt werden. Da könnt ich glatt melancholisch werden." Sie stockte. „Oder ich könnte auch eine Erscheinung haben. Bitte, Marga, sag mir, dass du das da auch siehst." Sie zeigte auf die gegenüberliegende Straßenseite, wo sich die Rathausgasse befand. „Ich glaub es nicht."

„Das ist jetzt tatsächlich sehr interessant." Marga streckte sich etwas, um einen besseren Blick zu haben. „Komm, sie haben uns noch nicht entdeckt. Ich will wissen, wo sie hingehen."

„Marga, ich bin erstaunt. Willst du sie wirklich ... verfolgen? So krimimäßig?"

„Mit Krimi hat das nichts zu tun, Ilse. Das ist reine, bodenständige Neugierde. Vor allem nach dem, was wir vorhin mit der hübschen Dame beobachtet haben."

Ehe sie es sich versah, stand Marga bereits auf, schnappte sich ihre Einkaufstüten und warf ihr einen auffordernden Blick zu. „Was ist los, Miss Marple, haben wir den Biss verloren?"

„Keineswegs. Aber ich gewöhn mich gerade noch an die Rollenverteilung."

So unauffällig wie möglich und in gebührendem Abstand folgten sie den beiden Menschen vor ihnen in die Rathausgasse. Vor einem schon an der Fassade ausnehmend hübschen und romantisch gestalteten Café blieben die beiden stehen, der Mann beugte sich zu der Frau und flüsterte ihr etwas ins Ohr. Sie nickte sichtlich angetan und der Mann öffnete die Tür, woraufhin beide im Innern verschwanden.

„Jetzt bist du dran. Irgendwelche unverfänglichen Erklärungen?" Ilse musterte die Freundin fragend. Die hatte die Lippen zu einem schmalen Strich zusammengekniffen. Etwas, das bei Margas vollen Lippen schwer war.

„Ich bin sprachlos. Vorsicht, nicht, dass sie uns sehen. Das wäre sehr unangenehm." Marga zog sei etwas beiseite.

Ilse konnte noch immer ins Innere des Lokals spähen. Ein bezauberndes Lokal, sehr stimmungsvoll, sehr besonders. Eine Umgebung, die ihrer beider Freundin Tilde, denn um niemand anderen handelte es sich bei seiner Begleitung, sichtlich gefiel. Zumindest wirkte sie gelöst und glücklich. Sie lachte, gestikulierte und genoss die Zweisamkeit mit ihrem Begleiter anscheinend sehr. Dass es sich dabei um Marcel De'Albray handelte, der noch vor einer halben Stunde eine andere Frau geküsst hatte, war für Ilse und offenbar auch für Marga eine enorme Überraschung.

„Sag ich nicht, dass man dem Froschschenkellutscher nicht über den Weg trauen kann? Marga, vor ein paar Minuten hat er die Fremde sogar geküsst und jetzt das?"

„Ilse!! Schäm dich, sowas ist unter deiner Würde. Wobei ..." Marga beugte sich nach vorn und warf einen erneuten Blick auf das scheinbar verliebte und ins Gespräch vertiefte Paar. „Was passiert hier? Ich bin, glaub ich, entweder zu altmodisch oder zu bodenständig. Immerhin wissen wir, wo Tilde gerade steckt. Hm, lass uns daher rekapitulieren. Heute am Morgen hat sie ihr erstes Treffen mit ihm. So wie es sich darstellt, haben sie da bereits diesen romantischen Ausflug geplant oder zumindest einen weiteren Spaziergang. Keine Stunde vorher hat der gute Marcel ein ebenso romantisches Tête-à-Tête mit einer schönen, attraktiven Fremden, die er sogar ungeniert in der Öffentlichkeit küsst. Langsam, ganz langsam schließe ich mich deiner Vorsicht an, wenn es um den schönen Marcel geht.“

Ilse atmete hörbar auf. „Gott sei Dank. Ich dachte schon, ich sehe Gespenster oder bin ungesund misstrauisch, nach all dem, was im Club passiert ist. Jetzt weiß ich, dass es wirklich wieder einmal nur mein Bauchgefühl war.“

„Es hilft niemandem, wenn wir hier draußen wie die Ölgötzen rumstehen. Lass uns zurück zum Hotel gehen und uns auf das Dinner vorbereiten. Ich bin sehr gespannt darauf, was Tilde heute Abend alles zu erzählen hat, wenn sie überhaupt etwas erzählt.“

„Das ist richtig.“ Ilse machte einen Schritt rückwärts. „Lass uns verschwinden, ehe sie uns sehen. Ich glaube, das wäre nicht so gut.“

Eilig strebten sie dem vorderen Ende der Rathausgasse zu und erreichten so den befahrenen Teil der Altstadt, von wo aus sie nach einem kurzen Fußmarsch wieder am Hotel ankommen würden. Es war nicht viel Verkehr und so achtete Ilse wahrscheinlich nicht gut genug auf die Autos. In dem Augenblick, als sie über einen schmalen Grünstreifen liefen und dazu eine Abbiegespur überqueren mussten, raste in – für Bad Tölz – halsbrecherischem Tempo ein Sportwagen heran. Ilse gelang es gerade noch, zurückzuspringen und auch

Marga wieder auf den Grünstreifen zu ziehen, ehe der Wagen ungebremst an ihnen vorbeirauschte.

„Sag einmal, spinnt der denn? Hier ist eine Dreißiger-Zone. Das waren mindestens achtzig km/h. Was für ein rücksichtsloser Raser." Ilse hätte sich gern expliziter geäußert, war sich aber sicher, dass ihr Schimpfwortarsenal für den heutigen Tag ausgereizt war.

„Da stimme ich dir zu. Das hätte schiefgehen können. Dabei dürfen wir hier überqueren. Aber ein schönes Auto." Marga sah dem Wagen nach, dessen sattes Motorengeräusch noch immer zu hören war.

„Gesehen hat er uns auch, da wette ich mit dir. Unglaublich. Jetzt brauch ich dringend einen anständigen Hugo und zwar schnell." Verärgert schulterte Ilse ihre Einkaufstaschen wieder ordentlich, die bei dem Beinaheunfall etwas verrutscht waren. „Komm, gehen wir, für heut reicht's mir."

Liebe macht blind

Schön. Tatsächlich gefiel sich Ilse so richtig gut, als sie mit kritischem Blick ihr Spiegelbild betrachtete. Der knallrote Hosenanzug saß perfekt, die weiße Bluse mit dem Stehkragen passte hervorragend dazu und die goldenen Riemchensandalen vervollständigten das Bild optimal. Sogar die Frisur saß, wobei das zugegeben mit der hellblonden Punkerfrisur keine allzu große Kunst war.

Sie drehte sich ein letztes Mal vor dem Garderobenspiegel in ihrem Zimmer und nickte zufrieden.

„Kannst dich immer noch sehenlassen, altes Haus. Da gibt's Schlimmeres." Sie schnappte sich ihre Chanel Bag, warf ihrem Spiegelbild eine Kusshand zu und verließ das Zimmer. Auf dem Weg zur Bar begegnete sie dem Hoteldirektor, der gerade in Richtung Restaurant unterwegs war.

„Guten Abend, Frau von Karburg, Sie sehen blendend aus, wenn ich mir die Bemerkung erlauben darf. Ich hoffe, alles ist zu Ihrer Zufriedenheit?"

Ilse schmunzelte. „Mir geht es bestens, danke der Nachfrage. Aber das haben wir Kleopatra und Achmad zu verdanken. Eine sehr hilfreiche und erfrischende Kombi." Der erstaunte Blick des Direktors erheiterte sie. „Die beiden Behandlungen von heute. Sie wissen schon. Aber ernsthaft, Sie haben ein sehr schönes Hotel. Wir fühlen uns sehr wohl hier."

Brauner schien sichtlich erfreut. „So soll es sein, ich glaube, vorhin Ihre Freundin gesehen zu haben. Ich denke, sie wollte in die Bar. Darf ich Sie auf einen Drink nach Ihren Wünschen einladen? Ich gebe sofort dort Bescheid."

„Gerne, das ist sehr freundlich. Wir hatten einen aufregenden Nachmittag und ich …" Ilse stockte, da Brauner sichtlich verwirrt und dann mit eindeutig besorgtem Blick in Richtung Eingang sah. Ilse drehte sich um, damit sie sehen konnte, was den Mann so beunruhigte. Alles, was sie entdecken konnte, war die Silhouette einer großen Frau in einem langen beigen Trenchcoat.

„Das ist aber jetzt …" Brauner hielt mitten im Satz inne. „Frau von Karburg, ich bin sofort wieder für Sie da." Er setzte eben dazu an, auf die Frau vor der Glastür zuzugehen, als sich diese umwandte und eilig in Richtung Parkplatz verschwand. Brauner verlangsamte seine Schritte, als sei er unsicher, was zu tun sei. Die Frage hatte sich rasch erübrigt, als draußen Lichter aufleuchteten und ein Wagen in sehr schnellem Tempo in Richtung Ausfahrt fuhr.

„Das darf nicht wahr sein. Was für eine Rücksichtslosigkeit gegenüber unseren Gästen, von der Gefährdung ganz zu schweigen." Sichtlich verärgert, wandte er sich wieder Ilse zu. „Bitte verzeihen Sie, ich dachte für einen Augenblick, ich hätte eine alte Bekannte gesehen. Sehr bemerkenswert. Aber bitte, darf ich Sie zur Bar begleiten? Ich instruiere dann unseren Barchef sofort. Bestellen Sie sich bitte alles, worauf Sie Lust haben.“

Er lieferte sie bei Marga ab, die sie offenbar schon erwartete, verabschiedete sich ausnehmend höflich und machte sich wieder auf den Weg zum Empfangsbereich.

Sofort erzählte Ilse ihr von der angeblichen „alten Bekannten“.

„Ist das nicht seltsam? Zuerst werden wir fast von so einem Sportwagen über den Haufen gefahren und dann taucht hier eine Frau auf, die unseren Direktor einigermaßen aus der Fassung zu bringen scheint, und wieder brettert mit überhöhter Geschwindigkeit und mit dem passenden Sound ein Auto vom Gelände?“

„Komisch ist es, wobei ich finde, der Gedanke, dass das ein- und dasselbe Auto war, ist ein bisschen arg weit hergeholt. Vielleicht ein ehemaliger unzufriedener Gast oder – könnte ja sein – eine alte Liebe unseres Herrn Direktor?“

Ilse zuckte die Schultern und nahm erfreut ihren Hugo in Empfang. Von dem bauchigen Glas perlte das Kondenswasser ab, so kalt war der Drink. „Hui, das sieht aber gut aus. Abgesehen davon kann uns das egal sein. Hast du Tilde gesehen?“

„Die hat noch ein paar Minuten Schonzeit. Aber sie müssen zurück sein, denn De’Albray hat sich vorhin seine Post abgeholt. Er hat auch mit dem Direktor gesprochen, aber das war kein sehr freundliches Gespräch. Herr Brauner war wohl über irgendwas nicht sehr glücklich.“

Ilse nahm einen weiteren Schluck ihres Hugos und dachte dabei angestrengt nach. „Du, Marga, was ist, wenn der Franzose hier dauernd mit unterschiedlichen Frauen aufkreuzt? Man weiß es zwar nicht. Aber möglich wäre es, dass er so eine Art Casanova ist und der Direktor um den Ruf seines Hotels fürchtet?"

„Abenteuerlich, aber möglich. Die amourösen Abenteuer des Herrn sind mir egal, solange unsere Freundin nicht darunter leidet." Marga sah das ganz pragmatisch.

„Genau. Wir müssen mit ihr reden, unbedingt."

***

„Das darf wirklich nicht wahr sein. Ilse, von dir bin ich es gewöhnt, dass du Männern misstrauisch begegnest, aber nun auch noch du, Marga? Und dann spioniert ihr mir tatsächlich hinterher? Ist es so weit gekommen?" Tilde, die heute in ihrem kupferfarbig glänzenden, engen Etuikleid mit dem passenden Bolero wunderschön aussah, war sichtlich empört. „Augenblick, wir haben dir nicht nachspioniert. Das ginge dann doch etwas zu weit. Wir waren in der Stadt und haben eingekauft. Den Franzosen und die elegante Dame haben wir zufällig durchs Schaufenster gesehen, sie standen da einfach wie auf dem Präsentierteller. Zugegeben, als er mit dir losmarschiert ist, da haben wir … rein zufällig … denselben Weg genommen."

„Unfug! Kein Mensch muss durch die Rathausgasse, wenn er von der Fußgängerzone zum Hotel will. Für wie dumm haltet ihr mich eigentlich?"

„Das hat nichts mit dumm zu tun. Wir waren einfach besorgt nach dem, was wir zuvor beobachtet haben. Himmel, Tilde, wir wollen dir nichts Böses, bitte, das musst du uns glauben." Ilse fand, dass sie sehr überzeugend klang.

„Besorgt! Langsam beschleicht mich der Verdacht, dass ihr mir das kleine Vergnügen nicht gönnt, mich endlich wieder einmal mit einem Mann zu unterhalten. Mit ihm gemeinsam zu bummeln und zu lachen. Wisst ihr, wie lange ich das nicht mehr erleben durfte?" Tilde musterte sie beide mit ärgerlich gerunzelter Stirn. „Und jetzt hört ihr mir bitte ganz genau zu. Ich wusste, dass Marcel sich vor unserem Spaziergang mit seiner ehemaligen Lebensgefährtin getroffen hat. Sie hat seit längerer Zeit hier ein Ferienhaus und daher kennt er auch das Hotel. Nach der Trennung wurde keine schmutzige Wäsche gewaschen, denn das liegt nicht in seiner Natur. Sie haben sich in aller Freundschaft getrennt, da es einfach nicht mehr passte. Er berät sie noch heute in Bankdingen und greift ihr bei vielen Problemen unter die Arme. Sie sind nach wie vor sehr gute Freunde, da Marcel findet, dass es so viel besser ist, als sich bis aufs Messer zu streiten. Eine sympathische Einstellung, oder etwa nicht? Direkt nach seinem Treffen mit ihr haben wir uns dann getroffen. Dieses bezaubernde Café hat Marcel extra für diesen Nachmittag ausgesucht, da ich ihm erzählt habe, dass ich außergewöhnliche und schön gestaltete Lokalitäten sehr liebe. Also sehr einfühlsam, oder etwa nicht? Und wenn ihr noch immer argwöhnt, er könne hinter meinem Vermögen her sein, dann will ich euch gerne eines Besseren belehren. Marcel hat sich hier für eine dreiwöchige Manager-Rekreationskur eingemietet. Er hat eine Suite gewählt, da er dort einen Raum als zeitweises Büro nutzen kann. Ihr könnt gerne nachsehen, wie teuer so etwas ist. Sein Wagen ist ein fast neuer, wunderschöner Mercedes Maybach, auch hier lege ich euch nahe nachzuforschen, was das gute Stück kostet. Allein die Leasingraten machen das Monatseinkommen eines Durchschnittsverdieners aus. Nein, vertraut mir, dieser Mann braucht mein Vermögen nicht."

„Das haben wir so auch nicht gesagt." Marga klang regelrecht kleinlaut.

„Aber gedacht, ihr könnt es ruhig zugeben. Ich kenne euch doch. Selbst wenn ihr wirklich nur in Sorge um mich seid. Bitte hört mit diesem Unfug auf. Ich bin sehr verstimmt, solch ein Benehmen habe ich von euch nicht erwartet und nicht verdient."

Ilse schluckte. Das war heftiger Tobak. „Tilde, es tut mir leid. Wirklich. Zugegeben, ich habe kein Vertrauen zu ihm. Und wenn ich übers Ziel hinausschieße, dann nur, weil du mir wichtig bist. Ich möchte nicht zusehen müssen, wie du enttäuscht wirst. Das musst du mir jetzt einfach glauben."

„Muss ich das? Ilse, dann beweise mir bitte, dass du damit aufhören kannst, in meinem Privatleben herumzugraben." Tilde schüttelte leicht den Kopf. „Du solltest am besten wissen, dass es bei mir keine Leichen im Keller oder sonst wo gibt. Ich spiele immer mit offenen Karten. Und ja, ich mag Marcel. Es würde mich sehr freuen, wenn du, wenn ihr, das akzeptieren könntet. Ich würde sehr gerne meinen Aufenthalt genießen. Gönnt es mir, bitte. Macht mir das hier nicht kaputt."

Es kam selten vor, dass Ilse die Worte fehlten. Jetzt war es so weit. Sie holte tief Luft, zuckte die Schultern und nickte nach einer gefühlten Ewigkeit. Es dauerte, ehe sie die richtige Antwort fand. „Gut, Tilde. Für dich, für unsere Freundschaft. Aber bitte verlang nicht von mir, dass ich den Mann mögen soll. Denn das kann ich leider nicht."

Tilde musterte sie eine Weile schweigend, dann lächelte sie. „Gib dir Mühe, Ilse. Vorerst genügt es durchaus, wenn ich ihn mag."

Entgegen aller Befürchtungen wurde es ein angenehmes und entspanntes Abendessen. De'Albray allerdings wurde den ganzen Abend nicht mehr erwähnt. Ilse war sich darüber im Klaren, dass, sollte Tilde von ihrer Anfrage in Wien Wind bekommen, ihre Freundschaft einen bösen Dämpfer erfahren könnte. Sie war sehr froh darüber, dass sich der Franzose den ganzen Abend über nicht blicken ließ.

***

Zurück auf ihrem Zimmer fiepte ihr Mobiltelefon. Die Sondereinheit in Wien. Eine lange Voicemail von Andreas. Sofort setzte sie sich in den bequemen Lesesessel neben dem Fenster und hörte die Nachricht ab. Andreas wusste Interessantes zu berichten.

„Liebe Tante Ilse, verzeihen Sie, wenn ich Sie so nenne, aber so kennen wir alle Sie hier seit Jahren. Wir haben Herrn De'Albray mittlerweile nach allen Regeln der Kunst durchleuchtet. Sie hatten schon mehrmals ein sehr gutes Näschen, darum haben wir uns Mühe gegeben. Selbst Kollegen in Frankreich waren uns bei der Suche behilflich. Das Ergebnis ist ebenso ernüchternd wie interessant.

Marcel De'Albray ist ein vollkommen unbeschriebenes Blatt. Wir haben nichts in den Datenbanken

92

gefunden. Überhaupt nichts! Eigentlich ein zufriedenstellendes Ergebnis. Wäre da nicht der winzige Fehler im System. Niemand, weder hier in Österreich noch in Frankfurt, wo er doch angeblich arbeitet, noch in Frankreich hat jemals etwas von einem Marcel De'Albray gehört. Was ich sagen will, ist, dass der Kerl nicht existiert. Es gibt ihn nicht. Nirgends! In Frankreich gibt es diverse D'Albrays. Darunter einen Maxim D'Albray. Aber der Mann lebt in La Rochelle und ist Verwalter für diverse alte Schlösser. Außerdem gibt's da noch einen sehr guten, würzigen Weichkäse. Das war's dann aber auch. Ihren De'Albray hat es nie gegeben. Die Kollegen im Ruhrgebiet glauben, sich an etwas im Zusammenhang mit dem Namen zu erinnern, müssen das aber erst verifizieren. Sobald ich etwas Neues höre, gebe ich Ihnen Bescheid. Darf ich Ihnen zwei Ratschläge geben?

Zum einen, Vorsicht walten lassen bei dem seltsamen Franzosen. Menschen, die es nicht gibt, sind schwer zu durchschauen und im Falle eines Falles noch schwerer zu fassen.

Zum anderen. Erzählen Sie bitte das Ganze schnellstmöglich Phillip. Ich habe ihm noch nicht gesteckt, dass Sie eine internationale Fahndung angestoßen haben. Das erzählen Sie ihm bitte selbst, da möchte ich mich ungern einmischen, in Ordnung?

Also, vorsichtig sein, und dem *Lieblingsneffen* die Geschichte schnell erzählen. Einen schönen Abend wünsche ich Ihnen."

„Sehr komisch. Ich will mir gar nicht vorstellen, was Phillip mir erzählt, aber da muss ich wohl durch." Seufzend pellte sich Ilse aus ihrem Hosenanzug.

Von der Standpauke, die sie ganz gewiss über sich würde ergehen lassen müssen, nicht ganz zu Unrecht, wie sie sich zähneknirschend eingestand, einmal abgesehen, war das Ergebnis tatsächlich interessant.

Ein Broker, ein bekannter Banker, der angeblich für eine internationale Bank tätig war und mit Unsummen jonglierte, den gab es nicht? Der konnte nicht gefunden werden? Wie sollte das denn funktionieren, bitte? Die Datenbanken konnten jeden finden, jeden! Außer … Ilse trabte ins Bad, knipste das Licht neben dem Spiegel an und betrachtete sich grübelnd. Außer, er wollte nicht gefunden werden. Sofort erinnerte sie sich an Heinz, den dahingeschiedenen Clubchef, und sein hochinteressantes Leben. Wenn der Franzose ein Geist war, dann musste mehr dahinterstecken. Und sie gedachte, dem Geheimnis auf den Grund zu gehen.

Allerdings nicht mehr heute Abend. Ihr graute jetzt erst einmal vor dem Gespräch mit Phillip. Ausnahmsweise war sie sehr froh darüber, dass der sein Handy noch immer ausgeschaltet hatte.

***

Unentschlossen ging sie am Büffet entlang. Das Frühstück in der Tölzer Oase suchte seinesgleichen. Ilse war auch an diesem Morgen wieder restlos begeistert. Mit einem vollgeladenen Teller und einem kleinen Korb mit knusprigen Roggenbrötchen kehrte sie zurück an den Tisch. Entgegen ihren Erwartungen hatte sie tief und fest geschlafen und war erholt aufgewacht. Auch Tilde schien den letzten Rest ihres Grolls gegen sie vergessen zu haben, denn sie freute sich sehr auf eine Spezialmassage mit Aromaölen, die sie dazu gebucht hatte.

Ilse halbierte schmunzelnd eines der Brötchen. „Danke, ich zehre noch von Kleopatras heißer Milch-Honig-Packung und Achmads kräftigen Händen. Ich hab später eine Gesichtsbehandlung, aber erst am Nachmittag. Wie schaut's bei euch aus? Habt ihr beide Massagen oder sonst was?"

Marga nahm ihren Kaffeebecher auf und nickte. „Ja, zuerst ein Kräuterbad und dann eine Kräuterbündel-Massage."

„Öhm...?"

„Frag mich nicht. Ich habe keine Ahnung, wie das aussehen soll. Aber es klingt sehr gesund. Ich komm gleich wieder, ich hole mir Koffeinnachschub."

Kaum war Marga in Richtung der großen Kaffeeautomaten entschwunden, erschien kein Geringerer als Marcel De'Albray im Eingang des Frühstücksraumes.

„Oh, Frankreich im Anmarsch." Ilse biss ungerührt in ihr Brötchen mit Butter und Heidelbeermarmelade.

Tildes gezischtes „Bitte sei nett. Gib dir Mühe, mir zuliebe" nahm sie seufzend zur Kenntnis.

„Bonjour, meine Damen. Wie geht es Ihnen heute? Alle gut geschlafen?" Er küsste Tilde, perfekt die Etikette einhaltend, die Hand.

Die strahlte ihn an. „Danke, Marcel, hervorragend. Es war ein sehr schöner Tag gestern."

De'Albray erwiderte ihr Lächeln sichtlich erfreut. „Das höre ich sehr gerne. Heute habe ich leider tagsüber einige Termine, liebe Tilde, dürfte ich dich heute

Abend vor dem Dinner zu einem kleinen Cocktail überreden? Es wäre mir eine große Freude."

„Gewiss doch. Sehr gerne. Ich bin auf jeden Fall ab sechzehn Uhr mit allen Behandlungen fertig. Ich denke, danach werde ich mit Marga und, wenn sie das möchte, auch mit Ilse den Wellnessbereich besuchen. Du kannst mich jederzeit erreichen."

„Wundervoll, ich freue mich. Dann, liebe Frau von Karburg, darf ich auch Ihnen einen schönen Tag wünschen."

Ilse konnte es an nichts Bestimmten festmachen, aber der französische Akzent begann ihr seltsam aufgesetzt zu erscheinen. Sie schluckte, hob den Blick und lächelte den Franzosen entwaffnend an. „Merci. Je passerai une tres belle journee. Je rends visite a un cher ami aujourd'hui. Elle me manque beaucoup."

Der Mann musterte sie kurz mit großen Augen. „Très bien tu parles français. Ich wusste nicht, dass Sie unsere Sprache sprechen. Und so gut."

Ilse lächelte scheinbar geschmeichelt. „Danke schön, Monsieur De'Albray, ich habe es in der Schule gelernt und später hatten wir lange Zeit sehr liebe Freunde in Südfrankreich. Ich mag die Sprache, sie klingt so melodisch."

De'Albray nickte und antwortete mit einem Hauch Trauer in seiner Stimme. „Ah, oui. Sie ist wundervoll. Melodique. Aber nach so vielen Jahren in Deutschland muss ich leider eingestehen, dass ich tatsächlich vieles in meiner Muttersprache vergessen habe. Traurig, sehr traurig."

„Das ist wirklich schade," erklang Margas Stimme hinter dem Franzosen. „Ich mag Französisch auch sehr gerne, wobei ich das Italienische, vor allem das der Toskana bevorzuge. Die Sprache der Oper, wenn Sie wissen, was ich meine.“

Ilse hatte ihre liebe Not, nicht loszuprusten. Natürlich bevorzugte Marga Italienisch. Von wegen Sprache der Oper. Es war die Sprache von Ernesto, ihrem italienischen Freund.

De'Albray hatte es plötzlich eilig. „Gerne würde ich noch weiter plaudern, aber mein erster Termin wartet. Bitte entschuldigen Sie mich, meine Damen, liebe Tilde.“

Ilse verkniff sich sehr mühsam alles, was sie gern gesagt hätte. Stattdessen frühstückten sie fertig und Tilde beeilte sich, um zu ihrer ersten Behandlung nicht zu spät zu kommen.

„Ilse, dein Französisch ist gar nicht so eingerostet, wie du einmal behauptet hast.“ Marga, die neben ihr aus dem Aufzug stieg, um zu den Zimmern zu gelangen, war offenbar überrascht.

Ilse sah sich erst um, dann antwortete sie leise. „Marga, bei dem langt das Französisch von der Serviette im Restaurant. Ich kann's zugegeben noch recht gut, aber das, was er da von sich gegeben hat, mal ganz davon abgesehen, dass er mich auf Französisch plötzlich duzt, das ist hundsmiserabel.“

„Du meinst… er kann seine eigene Sprache nicht mehr?“

„Es sollte mich wundern. Aber ich darf ja nichts mehr sagen. Weißt du was? Genießt eure Behandlungen, ich mach mich auf den Weg zu Marion und denk mal ein bisschen nach. Außerdem hab ich dann noch etwas vor mir, vor dem mir gar schrecklich graut.“

Marga schien erschrocken. „Was denn, Ilse? Um Himmels willen, was ist denn los?"

„Ich muss Phillip beichten, dass ich die Bodentruppen in Marsch gesetzt habe. Das kann heiter werden."

Marga zog eine schmerzliche Grimasse. „Au ja, da beneide ich dich nicht. Sei stark!"

Ilse seufzte theatralisch. „Ich versuche es. Er wird mir schon nicht den Kopf abreißen. Und wenn doch, lass ich ihn mir von Achmad wieder draufschrauben."

Babylonisches Sprachenwunder

„Kennst du den Weg zu mir noch? Ist schon eine Weile her, dass du hier warst." Marions Stimme klang leicht blechern aus dem Handy, das Ilse auf einen Silberteller gelegt hatte, während sie versuchte, ihre Haare in den Griff zu bekommen.

„Natürlich, also bitte, Marion, wie oft bin ich schon zu dir gefahren? Selbstverständlich finde ich hin. Ich freue mich schon so sehr auf dich. Was soll ich denn mitbringen? Ich komme am *Winklstüberl* vorbei, du weißt, die besten Torten in Bayern."

„Lieb von dir, aber wenn du mich siehst, dann wirst du verstehen, dass Torte ganz unten auf meinem Speiseplan steht. Ich habe einen saftigen Zucchinikuchen gebacken. Er wird dir schmecken."

Ilse nickte, antwortete dann aber rasch laut: „Ganz sicher. So, ich bin fertig, meine Liebe, in etwa einer Viertelstunde fahr ich los. Bis dann. Baba und Busserl!"

„Zucchinikuchen, was ist nur aus uns geworden?", grummelte Ilse leise vor sich hin, während sie in die weiche Angora-Jacke ihres hellbraunen Twinsets schlüpfte. Sie griff nach ihrer Tasche, packte das Handy ein, überprüfte ein letztes Mal den Sitz der beigen, engen Hose, die sie zu dem Twinset gewählt hatte, und verließ das Hotelzimmer.

Der Gäste-Parkplatz des Hotels war in vier quadratische Einheiten unterteilt, die von akkurat geschnittenen Thujahecken umschlossen waren. Sie waren mit schönem alten Kopfstein-Pflaster und Begrenzungsstreifen aus Kies sowie großen Parkmöglichkeiten für die Autos gebaut, perfekt, um seinen Wagen sicher abstellen zu können. Hier lief man keine Gefahr, Dellen von der Autotür des Nachbarn im Lack zu haben. Da Ilse ein wenig um die Absätze ihrer schönen braunen Wildlederpumps fürchtete, ging sie auf Zehenspitzen zu ihrem Auto. Gerade wollte sie den Schlüssel in das Schloss stecken, als sie vom Platz gegenüber zunehmend lauter werdende Stimmen vernahm. Ein Mann und eine Frau waren sich anscheinend recht uneinig. Gut, das war höflich ausgedrückt. Die Frauenstimme klang sehr ungehalten, aber die Dame schien Stil zu haben, denn sie wählte annähernd höfliche Worte.

„Lange sehe ich mir das nicht mehr an. Wir hatten eine Vereinbarung. Was soll ich davon halten, dass du mich wieder und wieder zu vertrösten versuchst?"

„Aber, Chérie, ich vertröste dich doch nicht."

Hoppala, den Akzent kannte Ilse.

Neugierig geworden sah sie sich um. Es fehlte noch, dass man sie mit der Nase in der Hecke ertappte. Aber außer ihr war weit und breit niemand zu entdecken. Folglich bestand kaum Gefahr, sich in Erklärungsnöte zu bringen. Sie suchte und fand eine lichtere Stelle der

Thujenhecke und spähte hindurch. Auf der anderen Seite stand, und da war sie sich sicher, die Dame, die noch gestern Arm in Arm mit „Marcel" zuerst in die Bank gegangen und danach mit einem zärtlichen Kuss verabschiedet worden war.

„Wie würdest du es denn dann nennen? Ich höre. Du hast keine deiner kleinen Sekretärinnen in der Bank vor dir, das solltest du wissen. Zuerst setzt du alle Hebel in Bewegung, um mich für dich zu gewinnen, und in dem Augenblick, in dem ich nachgebe, beschleicht mich das Gefühl, du hättest es nur auf das Geld und meine Hilfe abgesehen."

„Chérie, das kann und darf nicht dein Ernst sein. Denkst du wirklich so von mir? Habe ich dir denn nicht alles mehrmals genau erklärt? Habe ich dir nicht alle Unterlagen, alle verfügbaren Informationen zu dem Fond zukommen lassen? Habe ich nicht auch erklärt, dass du es nur tun sollst, wenn du selbst dir sicher bist? Und hast du mir die weitere Unterstützung nicht selbst angeboten?"

„Das hast du. Alles stimmt bis hierhin. Was aber wurde aus deinen Versprechungen, dass wir, sobald dein Aufenthalt hier vorbei ist, damit beginnen, uns ein gemeinsames Leben aufzubauen? Wann immer ich davon anfange, weichst du mir aus."

„Mein Liebes, so lass uns bitte einen Schritt nach dem anderen gehen. Ich werde alles so tun, wie ich es dir versprochen habe. Niemals käme ich auf den Gedanken, dich zu hintergehen."

Ilse hörte ein dezent böses Lachen.

„Das möchte ich dir auch geraten haben, mein Lieber. Ja, du hast mich für dich gewonnen. Das ist seit meiner

Scheidung niemandem mehr gelungen. Enttäusche mich nicht, Marcel, ich rate es dir. Du kannst dich gerne bei meinem Ex erkundigen, was geschieht, wenn bei mir aus Liebe Hass wird. Nachdem ich herausgefunden habe, dass er mich betrügt, bedeutete das auch das Ende seiner kometenhaften Karriere. Vertrau mir, Marcel, wenn ich wütend bin, gewinne ich immer.“

Hui! Die Dame war mit diversen Wassern gewaschen. Ilse war sich nicht sicher, ob sie die Fremde bewundern oder sie stattdessen nicht lieber fürchten sollte. Noch während sie mit diesen Gedanken jonglierte, fuhr die Frau bereits fort.

„Nur, um das klarzustellen. Ich habe dich und diese Frau am gestrigen Abend gesehen. Ihr wart in dem Café, in dem du noch vor zwei Wochen mit mir gewesen bist. Sei vorsichtig, Marcel, sei sehr vorsichtig. Wenn ich liebe, dann mit ganzem Herzen, und noch liebe ich dich. Setz das nicht aufs Spiel, mein Lieber.“

„Wie kannst du etwas Derartiges denn auch nur denken? Chérie, das war eine liebe Bekannte, mit der ich lediglich einen Ausflug unternommen habe. Sie wohnt wie ich hier im Hotel. Sie ist traurig, da sie vor kurzem erst ihren Mann verloren hat, ihre große Liebe.“

„Und da musst du den Seelentröster spielen? Das soll ich dir glauben?“

Ilse hörte den Franzosen laut seufzen. „Ja, das musst du glauben. Bitte, Chérie. Denkst du denn, ich hätte meinen Makler mit der Suche nach einem schönen, geräumigen Penthouse beauftragt, wenn ich nur mit dir spielen würde?“

Die Dame schwieg und Ilse sah an deren Mienenspiel, dass sie heftig mit sich und ihrem Misstrauen kämpfte.

„Gut, Marcel, ich glaube dir, ein letztes Mal. Ich kann dich nur bitten, dich dieses Vertrauens würdig zu erweisen.“

Ilse bewunderte die Fremde für ihre gewählte Ausdrucksweise. Und solch eine intelligente Frau ließ sich von diesem Hallodri in und auf den Arm nehmen? Schwer vorstellbar, aber offensichtlich nicht unmöglich.

Der Franzose trat den letzten Schritt auf die Frau zu, schloss sie fest in die Arme und flüsterte etwas, das Ilse beim besten Willen nicht mehr verstehen konnte. Es musste etwas sehr Amüsantes gewesen sein, denn die Frau lachte und küsste ihn auf die Wange.

„Marcel, du bist einfach unverbesserlich.“

„Chérie, war es nicht das, was dich sofort an mir gereizt hat? Gib es zu.“

Ilse konnte beobachten, wie er sie küsste, sich dann, so als erinnere er sich an etwas, rasch aufrichtete. „Mon Dieu, Chérie, ich habe einen wichtigen Termin, den darf ich nicht verpassen. Ein weiterer Schritt zu unserem hübschen Strandhaus. Du siehst, ich habe nichts vergessen. “

„Gut, Marcel, dann erledige das und heute Abend höre ich von dir, ja?“

Er nickte sehr nachdrücklich. „Gewiss, mon Amour, gewiss! Ich wünsche dir einen schönen und erholsamen Tag.“

Die Frau lachte erneut. „Mach dir um mich keine Sorgen, ich weiß, was ich tue.“

Zu Ilses Überraschung ging die Fremde zu einem traumhaft schönen, nachtschwarz lackiertem Porsche 911. Ein Liebhaberstück und der Gegenwert einer sehr hübschen Zweizimmer-Wohnung. Nicht nur, dass hiermit eindeutig klar war, dass die Frau keine Geldprobleme hatte, worauf auch ihr ganzes Auftreten hinwies, es war schon wieder ein Porsche. Ilse hätte schwören können, dass der Sportwagen, der sie gestern beinahe umgefahren hätte, ebenfalls ein schwarzer Porsche gewesen war. Leider konnte sie sich ob der Lichtverhältnisse und der Tatsache, dass es schnell gegangen war, in dem Punkt nicht ganz sicher sein. Verflixt. Das war spannend ... und traurig für Tilde. Da schien der falsche Fuffziger also nur mit ihren Gefühlen zu spielen. Zu welchem Zweck? Was hatte er davon, wenn er sie ausführte und ihr schöne Augen machte? Brauchte er das für sein Ego? War er ein Narzisst, der angehimmelt werden musste, und danach die Frauen fallenließ wie heiße Kartoffeln und sich an deren Leid ergötzte? Einer wie Marions Exmann? Aber es brachte nichts, wenn sie ins Blaue sinnierte. Sie brauchte Fakten.

Der schwarze Porsche war bereits vom Parkplatz verschwunden und der Franzose lief eilig auf seinen protzigen Maybach zu, stieg ein und ...

„Na warte. Wollen wir mal sehen, wer dein nächstes Opfer ist. Sollte mich nicht wundern, wenn die nächste verliebte Frau um die Ecke wartet. Sowas wie dich braucht keine vernünftige Frau." Ilse war richtig in Fahrt. Wenn jemand so mit dem weiblichen Geschlecht umsprang, dann war das für sie ein rotes Tuch. Ein dunkelrotes Tuch!

Sie stieg in Schnucki, setzte sich eine Sonnenbrille auf, auch wenn das bei der Sicht an diesem leicht bewölkten Tag etwas hinderlich war, und folgte kurzerhand dem Maybach. Ihr blieb nur zu hoffen, dass er sie nicht schon an der Ausfahrt bemerken würde, das könnte dumm enden. Allerdings trat sie beim letzten Parkplatz erst einmal kräftig auf die Bremse. Da stand doch, im Schatten der Hecke, der Porsche, da war sie sich sicher. Aber die Frau war davongefahren, sie hatte es mit eigenen Augen gesehen, was also ...? Verflixt! Sie konnte nicht weiter darüber nachgrübeln, denn De'Albray war bereits auf der Straße und, wenn sie jetzt nicht Gas gab, dann war es das mit ihrer Überwachung. Folglich beeilte sie sich, um dem auffälligen Wagen zu folgen. Wahrscheinlich war es gar nicht so schlecht, dass zwei Autos zwischen ihnen fuhren, so sah er sie gewiss nicht.

Der Maybach bog auf die Landstraße ab und gab Gas. Kein Problem für Schnucki und der vor ihr fahrende BMW stellte auch kein Hindernis dar. Gut, dass BMW-Fahrer immer etwas, sagen wir einmal, zügiger fuhren. Ihr blieb wenig Zeit, um auf die Route zu achten, denn De'Albray schien es eilig zu haben. Von woher wohl sein nächstes Opfer stammen würde? Noch eine Frau in Bad Tölz war ihm dann vielleicht doch etwas zu heiß. Wobei der Kerl wahrscheinlich auch in dem Fall wenig Skrupel haben würde. Sie hasste es, so unsicher zu sein. Aber was plante der Mann? War er gar ein ... o Gott ... sie wagte kaum, den Gedanken zu Ende zu denken, ein Heiratsschwindler? Oder erhielt er gigantische Provisionen von seiner Bank, wenn er irgendwelche wertlosen Fonds-Anteile an gutgläubige Frauen verschacherte? Das mit den Fonds kannte sie. Franz-Josef hatte ein Jahr vor seinem Ableben einen falschen Anlageberater samt Crew auffliegen lassen. Im Nachhinein war herausgekommen, dass es um zig Millionen gegangen war, die dieser „Altersvorsorge-Fonds" aufgefressen hatte und von denen die zahlreichen gutgläubigen Anleger nie wieder auch nur einen Cent gesehen hatten. Das sähe De'Albray ähnlich, zuzutrauen war es ihm auf jedem Fall.

Gerade noch rechtzeitig bemerkte sie, dass der Maybach langsamer wurde und nach rechts abbog. Er fuhr in die Einfahrt eines von hohen Holunderhecken umsäumten Parkplatzes. Ein aus Holz geschnitztes Schild wies ihn als Parkplatz des „Café am Dorfbrunnen" aus. Nett, der perfekte Ort für das nächste Date. Ilse parkte außerhalb, denn alles andere wäre viel zu auffällig gewesen.

„Ilse, altes Haus, lass das, und zwar sofort." Komisch, ihr Gewissen sprach heute so leise, dass sie es beim besten Willen nicht verstand. Sie griff sich gerade ihre Tasche, als das Handy läutete. Sie warf einen Blick auf das Display und prompt rutschte ihr das Herz in die Hose. Phillip! Na bravo. Aber wegdrücken kam nicht infrage. Also wappnete sie sich und nahm das Telefonat an. Sie kam jedoch kaum dazu, etwas zu sagen, denn Phillip hatte es eilig …

„Tanterl, mach dir bitte keine Sorgen. Mich hat es auf der letzten Bergabfahrt ein kleines bisserl zerlegt."

„Moooment, was heißt bitte schön zerlegt?" Sie vergaß vor lauter Sorge, dass er es war, der laut hätte werden sollen.

„Nun ja, die riesige Baumwurzel war nicht eingeplant und ich habe sie zu spät gesehen, um noch auszuweichen. Also habe ich einen eleganten eingesprungenen Doppelaxel hingelegt und jetzt kommt gleich der Heli. Manuela und unsere Sachen werden mit den Jeeps der

Bergwacht ins Tal gebracht und dann von meiner Versicherung nach München gefahren. Ich kann nicht lange reden, ich wollte dir nur Bescheid geben, dass ich ab heute Abend mit Verdacht auf doppelten Schienbeinbruch bei dir um die Ecke in der Orthopädischen Spezialklinik liege. Damit du es weißt. Ich muss aufhören, ich sollte dringend bei Andreas in Wien Bescheid geben. Der muss wahrscheinlich wissen, dass ich ein paar Tage ausfalle."

„Äh, ja, das solltest du wirklich. Du, Bub, ich müsste dir da auch noch was sagen, eine Winzigkeit nur, ich ..."

Phillip unterbrach sie freundlich, aber bestimmt. „Tante, sei mir nicht böse, aber die Winzigkeit muss warten. Ich höre den Helikopter und die Leute hier werden langsam nervös. Ich melde mich heute Abend, in Ordnung?"

„Ja, mach das. Sei vorsichtig, Bub."

Sie hörte sein Lachen. „Zu spät, Tante. Leider zu spät. Bis dann, wir hören uns."

Weg war er. Verflixt. Wobei sie zugeben musste, dass er ihr zwar furchtbar leidtat, sie es aber gar nicht so dumm fand, dass der Herr Sonderermittler ab diesem Abend, wenn auch geringfügig gehandicapt, nur einige Minuten von ihr entfernt im Spital lag. Eine interessante Fügung.

Herrje, der Franzose und sein „Termin". Sie wäre eine miserable Detektivin. Eilig lief sie zu dem Café, immer vorsichtig darauf achtend, dem Herrn nicht aus Versehen in die Arme zu laufen. Das Wetter war noch so gut, dass die Terrasse des Cafés, die tatsächlich um einen alten Brunnen herum gebaut war, geöffnet hatte. Sie war wunderbar romantisch. Die einzelnen Sitzgruppen waren durch die langen, noch grünen Ranken von Efeu und wildem Wein voneinander abgetrennt, die üppig an hölzernen Spalieren nach oben kletterten. Ein schönes Ambiente, das Privatsphäre bot.

Der freundliche Kellner, der auf sie zueilte, ließ ihr die freie Wahl. Es dauerte ein wenig, ehe sie diese treffen konnte. Denn erst nach einigen Augenblicken machte sie De'Albray an einem Tisch am anderen Ende, direkt neben der Hauswand aus. Der Tisch, zwei hinter ihm, war frei und hier schlüpfte Ilse in die Deckung von schönen, sich dezent rot färbenden Weinreben. Perfekte Tarnung. Die Stimmen vom Tisch hinter ihr waren zwar hier nicht so gut zu hören, aber sie konnte einiges verstehen. Vor allem verstand sie zwei Dinge: Er traf sich mit einem Mann, nicht mit einer Frau. Außerdem, und das überraschte sie eigentlich kaum mehr, sprach der charmante Franzose plötzlich perfektes Deutsch ... und das mit Ruhrpott-Einschlag. Ilse war wie elektrisiert. Also doch! Er war ein Gauner. Zugegeben, ein verdammt gutaussehender Gauner, aber ein falscher Fuffziger wie befürchtet. Sie orderte so leise und dezent wie möglich eine Tasse Cappuccino mit viel Schlagobers und einen gedeckten Apfelkuchen.

Das Gespräch der Männer war spannend.

„Du bist unverbesserlich. Hast du denn aus der Vergangenheit nichts gelernt?"

„Habe ich, was nicht bedeuten soll, dass ich ein gutes Geschäft nicht erkenne, wenn es sich mir auf einem Silbertablett präsentiert." De'Albray, oder wie immer er auch heißen mochte, klang recht selbstbewusst.

„Ja, das verstehe ich. Aber ich denke, dass es langsam genug ist. Noch ist nichts verloren und noch ist alles im grünen Bereich." Endlich begriff Ilse. Der zweite Mann war kein anderer als Benedikt Brauner, ihr beflissener, freundlicher Hoteldirektor. Wie passte der denn in dieses Puzzle?

Ehe sie dich darüber klarwerden konnte, fuhr jener auch schon fort. „Du musst verstehen, dass das langsam zu heiß wird. Deine ach so hilfreiche Eroberung ist mit Vorsicht zu genießen. Das könnte zügig zur Gefahr werden, das ist nicht Lieschen Müller von nebenan, sie kann dir ganz schnell einen dicken Strick drehen. Die Frau ist gefährlich."

Er sprach eindeutig nicht von Tilde, denn an der war nichts gefährlich. War hier die Rede von der schönen Fremden vorhin vom Parkplatz? Leider verstand sie die nächsten Sätze nicht, da der Kellner fröhlich scherzend am Nachbartisch abkassierte. Als er im Lokal verschwand, lauschte sie angespannt.

„Gib zu, dass die allerletzte Fuhre noch gut etwas hermacht. Das kann sich noch rentieren. Die Weichen sind gestellt." De'Albray klang zuversichtlich.

„Wenn du meinst, sei einfach auf der Hut. Wenn du es jetzt in den Sand setzt, dann war alles umsonst, das kannst du nicht wollen und ich schon gar nicht." Brauner mangelte es deutlich an besagter Zuversicht. „Wir sollten damit beginnen vorzubauen."

„Was meinst du? Den nächsten Schritt?"

„Was denn sonst? Wie lange glaubst du, dass du damit durchkommst? Wenn man sein Glück überstrapaziert, dann kann das schnell den Wendepunkt einläuten."

Ja, Brauner war eindeutig ein kluger Kopf, wohingegen der Franzose den Hauch an unschöner Gier nicht verleugnen konnte.

„Ach, Benni, reg dich ab. Ich kann das. Alles läuft nach Plan und es ist das letzte Mal, versprochen. Das Geld nehme ich noch mit. Und wenn ich mich nicht irre, dann wirst du, sobald wir unser Ziel erreicht haben, auch davon profitieren."

„Es bleibt bei Mexiko? Dein Gedanke mit der Dominikanischen Republik ist abwegig. Nur noch asoziales Publikum da. Mexiko ist die beste Wahl."

„Ja, Mexiko steht. Ich besorge uns die Tickets. Aber wir dürfen nicht in unüberlegte Hektik verfallen. Das wäre fatal. Lass mich nur machen. Ich bekomme alles in trockene Tücher."

„Hoffentlich. Haben die Bekannten in Mexiko alles für uns vorbereitet? Mann, ich gebe zu, ich hab ein flaues Gefühl im Bauch. Es läuft zu problemlos, das ist nicht normal."

„Nicht normal ist, dass du jetzt Schnappatmung bekommst. Verdammt, du bist doch kein Greenhorn mehr, reiß dich zusammen und sei im Hotel ganz der besorgte und hilfsbereite Manager und Direktor. Das hast du drauf wie kein anderer."

„Gut. Dann zieh das letzte Ding noch an Land. Und sieh zu, dass du deine Ladies unter Kontrolle hast. Die beiden, die du vor der netten Frau Berger hattest, sind beide nicht zu unterschätzen. Ich habe dich gewarnt."

„Hat es sich rentiert, oder nicht?" De'Albray schien hartnäckig zu sein.

„Hat es, aber jetzt ist Schluss. Ich kann die Gefahr riechen und du weißt, dass ich selten bis gar nicht falschliege."

„Schon in Ordnung. Nächste Woche ist alles erledigt. Für immer! Du wirst sehen, alles wird gut."

Dass De'Albray jetzt noch die *„Alles wird gut"-Nina Ruge* gab, überraschte Ilse wenig. Immerhin wusste sie eines mit Sicherheit: Tilde war in seinen Fängen und sie musste sie warnen, auch wenn sie damit auf lange Zeit in Ungnade fiel.

Sie stand auf und verschwand eilig und so unauffällig wie möglich im Innern des Cafés. „Ich würde gerne bezahlen, bitte."

Ilse beglich ihre Rechnung und lief, da sie die beiden noch immer an deren Tisch sitzen sah, relativ entspannt zu ihrem Auto. Sie gab kurz Marion Bescheid, dass sie, etwas verspätet, im Anflug war, startete den Motor und reihte sich in den fließenden Verkehr ein.

Da sie zwar ordnungsgemäß immer wieder in den Rückspiegel blickte, aber, um ehrlich zu sein, mit ihrem Gedanken ganz wo anders war, bemerkte sie den Wagen erst, als sie die Ortsgrenze bereits hinter sich gelassen hatte. Um auch wirklich sicher zu sein, sah sie gleich noch einmal nach. Ja, das war er, ganz sicher. Das war der Porsche der Frau vom Parkplatz. Schwarz und sehr gepflegt, das musste er sein. Sie glaubte, auch ein helles Tuch zu erkennen, das die Fahrerin um den Kopf geschlungen trug. Das waren langsam zu viele Zufälle. Die Fremde verfolgte sie. Anders war das nicht zu erklären. Wie sollte sie, rein zufällig, hier mitten im Nichts und im Wald plötzlich hinter ihr fahren? Langsam wurde Ilse nervös. Das war ihr unheimlich. Wie steckte sie mit De'Albray zusammen? Und warum verfolgte die Frau sie? Wenn sie eifersüchtig war und den Franzosen beobachtete, dann müsste sie eigentlich Tilde verfolgen. Nur langsam begriff Ilse. Natürlich! Nicht Tilde hatte den schnieken Franzosen vom Hotel aus verfolgt, sondern sie. Klar war die Dame nun auch ihr gefolgt, hatte sie denn nicht noch beim Hinausfahren aus dem Hotelparkplatz den Wagen gesehen? Andererseits hatte sie auch gesehen, dass der Porsche eine Weile vor ihr und De'Albray definitiv von dem Parkplatz an der Tölzer Oase hinausgefahren war. Sie konnte nicht mehr da dringestanden haben. Dubios, ausnehmend dubios.

Steckte sie mit Marcel unter einer Decke, wollte sie ihn beschützen? Laut ihren Worten liebte sie ihn schließlich und Liebe bewirkte, dass man Dinge tat, bei denen man sich schon an den Kopf langen konnte, sobald man wieder in der Lage war, einen klaren Gedanken zu fassen. Sollte die Frau ihr bis zu Marion folgen, dann würde sie weiterfahren. Sie wollte die Freundin da nicht mit hineinziehen.

Ilse gab unauffällig ein wenig mehr Gas. Das Ergebnis war, dass auch der Porsche schneller wurde. Inzwischen wurde ihr mulmig. Hier war weit und breit nichts, außer ein paar Scheunen auf abgeernteten Feldern und die Wälder. Um diese Tageszeit kam hier alle heilige Zeit einmal ein Auto durch. Sollte der Porsche sie von der Straße abdrängen, dann war es das. So schnell würde sie niemand finden und Handyempfang hier draußen war eher Wunschdenken.

Ilse wurde einen Hauch schneller, der Wagen hinter ihr hielt mit. Mittlerweile fuhr sie selbst bereits mit überhöhter Geschwindigkeit, was bei der kurvigen Strecke nicht ratsam war. Wenn sie aber langsamer würde, dann wäre der Porsche binnen kürzester Zeit direkt an ihrer Stoßstange. Wahrscheinlich war es eine richtig dumme Idee gewesen, den Franzosen zu verfolgen. Jetzt wusste sie zwar, dass er ein Ganove war, aber was nutzte ihr das, wenn sie in ein paar Minuten am Stamm von einem der zahllosen Tannenbäume kleben würde? Frauen konnten gefährlich sein, wenn sie den Mann, den sie liebten, beschützen wollten, das wusste sie. Allerdings wäre ihr nie in den Sinn gekommen, dass ausgerechnet sie einmal auf der Flucht vor einer eifersüchtigen Geliebten, oder was auch immer die Frau war, sein würde. Schon gar nicht in ihrem biblischen Alter.

„Oh, verdammt!" Sie hatte die langgezogene Kurve vor sich gewaltig unterschätzt und geriet ob der viel zu hohen Geschwindigkeit ins Schlingern. Zwar gelang es ihr, herunterzubremsen und ihr Auto einigermaßen unter Kontrolle zu bekommen, aber sie konnte nicht verhindern, den begrünten Seitenstreifen zu überfahren und mit den beiden rechten Reifen auf dem Radweg zu landen.

Sie dankte den Göttern, dass da gerade kein Radler war. Das hätte sehr böse ausgehen können. Mit wild klopfendem Herz brachte sie Schnucki zum Stillstand. Das war knapp! Ihre Hände waren schweißnass und sie hatte Mühe, ihre Atmung unter Kontrolle zu bekommen. Nun hatte die eifersüchtige Verfolgerin es geschafft. Ilse stand hilflos am Straßenrand und weit und breit keine Menschenseele in Sicht. Zaghaft warf sie einen Blick in den Rückspiegel, um sich dann ruckartig umzudrehen.

Der Porsche war verschwunden. Nichts. Kein Auto, niemand, nur sie, der Wald, die Bäume und ihre Reifenspuren neben dem Radweg. War sie denn komplett verrückt geworden? Sie bildete sich sicherlich keine wilde

Verfolgungsjagd durch die Bad Tölzer Wälder ein, aber wo war die Verfolgerin abgeblieben? Sie hatte sich anscheinend in Luft aufgelöst.

Ilse blieb ganze zehn Minuten einfach stehen, ohne irgendetwas zu tun. In der ganzen Zeit kam kein einziges Auto an ihr vorbei. Damit war klar, wenn sie den VW nicht in den Griff bekommen und ihn an einen Baum gesetzt hätte, sie könnte jetzt tot sein. Erst, als sie wieder normal atmen konnte und auch ihr Herz nicht mehr hämmerte wie eine Marschkapellen-Trommel, nahm sie ihre Fahrt wieder auf. Sehr vorsichtig.

***

„Mein Gott, Ilse, das hätte böse ausgehen können, dessen bist du dir hoffentlich bewusst." Marion musterte sie mit viel Sorge im Blick. „Stell dir vor, sie wäre ausgestiegen und hätte eine Waffe bei sich gehabt, was dann?"

„Jetzt bitte nicht übertreiben. Wir sind hier nicht bei *Die Straßen von San Francisco* und ich keine Millionenerbin, die entführt werden soll. Ich sagte dir schon, sie war von einer Sekunde auf die andere verschwunden. Ich habe tatsächlich an meinem Verstand gezweifelt. Das ist verrückt." Langsam und in kleinen Schlucken trank sie den heißen Tee, den Marion ihr gekocht hatte. Sie war nicht der Kräutertee-Freund, aber der hier schmeckte nicht nur, er beruhigte tatsächlich. „Was trink ich da eigentlich?"

„Meine selbstgemachte Hausmischung. Zitronenmelisse und Salbei mit Honig von unserem Imker hier im Ort. Und du wirst mindestens zwei Tassen davon trinken, der hilft dir dabei, dich zu beruhigen und auch deinen Magen einzurenken."

Marion lag richtig. Ihr Magen rebellierte nach dem Beinaheunfall kräftig.

„Du bist also noch immer eine Kräuterhexe, oder wie?"

Marion lächelte vielsagend. „Mehr denn je, bei dem, was Politik und das sogenannte Gesundheitswesen mit uns machen, muss man dagegenhalten, wo immer man kann. Mittlerweile kaufen fast alle hier im Ort meine Tees, Tinkturen und meinen Sirup. Hier draußen auf dem Land sind die Leute nicht so abgestumpft wie bei euch in der Stadt, hier denken viele noch eigenständig."

„Das tun sie in der Stadt auch." Automatisch verteidigte sie ihre Städter.

Marion schwieg mit wissendem Lächeln.

„Ja, schon gut. Stimmt ja. Aber wenn du enger zusammenklebst, so wie in der Stadt, dann wirst du eben vorsichtig." Genussvoll trank sie den letzten Schluck. „Schmeckt gut, dein Gebräu."

Marion wehrte ab. „Lassen wir das. Ich bin froh, dass dieser Spuk vorüber ist. Ich denke, jeder hat etwas anderes daraus gelernt. Zumindest hoffe ich, dass die Menschen etwas gelernt haben."

„Hm, wirklich lernfähig ist die Menschheit nicht, das solltest du wissen, oder?" Ilse war sich da nicht so sicher, dass irgendjemand viel daraus gelernt hatte.

„Mag sein. Aber jetzt erzähl mir bitte alles von deinem Kriminalfall auf dem Tennisplatz." Marion füllte ihr erneut die große Teetasse und lehnte sich dann in ihrem Sessel zurück. „Ich höre."

Sehr weit kam sie nicht, denn ihr Handy läutete. Phillip. Gut, dann konnte sie ihm gleich alles berichten.

Dass es nicht ganz so gut war, ihn in der Leitung zu haben, wurde ihr schnell bewusst. Ihr Neffe war, gelinde gesagt, ungehalten.

„Sag mal, Tante Ilse, bist du von allen guten Geistern verlassen? Du kannst nicht einfach bei mir auf der Dienststelle anrufen und fremde Menschen überprüfen lassen, nur weil dir ein Name komisch vorkommt. Ich fasse es nicht. Du hast nicht nur die Wiener Kollegen rebellisch gemacht, sondern auch noch Frankreich auf den Plan gerufen. Ganz abgesehen davon sind inzwischen sogar die Jungs in Frankfurt involviert. Was um des Himmels willen hast du dir dabei gedacht?"

Sie ließ ihn in Ruhe weiterschimpfen und wartete geduldig ab, als er nach seinem Redeschwall schwieg, ehe sie sich zu Wort meldete.

„Bist du dann fertig oder magst noch a bissl weitermosern?"

„Nimm das nicht auf die leichte Schulter und zieh es schon gar nicht ins Lächerliche. Lustig ist das nicht." Phillip klang richtig aufgebracht.

„Tu ich nicht, Bub. Glaub mir. Das Lachen ist mir vergangen und das gründlich." Sie berichtete ihm so kurz wie möglich die Geschehnisse der vergangenen Stunden. Als sie fertig war, holte sie tief Luft. „Wenn es in Ordnung für dich ist, dann käme ich nachher bei dir im Spital vorbei und erzähl alles ausführlich. Ich bin noch bei Marion. Wenn ich bei dir bin, dann kannst mir auch gleich persönlich den Kopf abreißen, passt dir das?"

Mit enormer Erleichterung hörte sie sein Lachen. „Das passt mir. Komm her und dann reden wir weiter.

Achte aber bitte drauf, dass du nicht wieder verfolgt wirst oder sonstwie in die Bredouille kommst. Für den Fall, dass du den Porsche irgendwo zu Gesicht bekommst, schreib dir das Kennzeichen auf. Nicht vergessen, das ist wichtig, hörst du?"

„Mach ich, Bub, versprochen und sei mir bitte nicht mehr böse. Wie du siehst, hat mein Bauchgefühl schon wieder recht gehabt."

„Mhm, beim letzten Mal hat dein Bauchgefühl dir um ein Haar das Leben gekostet. Aber lassen wir das. Das bereden wir, wenn du da bist. Pass auf dich auf und bitte grüß Marion von mir. Macht sie noch diesen sauleckeren Honigkuchen?"

***

„Da, schau. Ein großes Stück Honigkuchen von Marion." Auffordernd streckte sie ihm das Kuchenstück entgegen.

„Und du glaubst, dass damit alles vergeben und vergessen ist, oder wie? Herrschaft nochamal, Tante. Musst du andauernd deine neugierige Nase in fremde Leben stecken?" Phillip musterte sie sichtlich erbost.

„Ja, das muss ich. Vor allem, wenn es um eine meiner zwei besten Freundinnen geht." Ilse hielt seinem stechenden Verhörblick tapfer stand.

Ihr Neffe seufzte und versuchte, sich auf dem Krankenbett in eine bequemere Position zu bringen. „Ach, verdammt, wie ich es hasse, hier liegen zu müssen."

„Das tut mir leid für dich. Was sagen denn die Ärzte?"

„Gut abgelenkt, zugegeben. Und jetzt gib den Honigkuchen her, ich hab die ganze Zeit den feinen Duft in der Nase." Phillip streckte ihr auffordernd die Hand entgegen und sie legte nur zu gern das Kuchenpaket hinein. „Mhm, Marion kann fast so gut backen wie du. Also, der Professor meint, dass das Schienbein sauber angeknackst ist und die Bänder im rechten Fußgelenk einseitig gerissen sind."

„Schon wieder? Das war doch erst."

„Nichts von wegen ‚*war doch erst*'. Das war vor sechs Jahren. Zugegeben, gebraucht hätte ich das nicht unbedingt, aber du weißt doch, shit happens."

Ilse brummelte etwas nicht ganz Jugendfreies, grinste ihn letztendlich aber entwaffnend an. „Ist es möglich, dass du mir eine Weile hilflos ausgeliefert bist?"

Phillip musterte sie kopfschüttelnd. „Es ist faszinierend, wie schnell man vom Jäger zum Gejagten wird, vor allem bei dir."

Sie lächelte nachsichtig. „Du kennst das Gesetz des Dschungels. Das gilt eben auch in Bayern."

Phillip zuckte die Schultern. „Was soll ich da noch sagen? Aber jetzt bitte ernsthaft. Der Mann, den die Kollegen durchleuchten sollten, ist ein Phantom. Egal in welcher Schreibweise, es gibt ihn nicht. Das ist nicht gut. Ebenso ist es nicht gut, dass du von einer offenbar zu allem entschlossenen Porschefahrerin verfolgt wirst, die dich mitten auf einer verlassenen Landstraße von der Straße abdrängt. Dir ist klar, was da alles hätte passieren können?"

Sie nickte zerknirscht, blieb aber ordnungsgemäß bei der Wahrheit. „Nun, das war schon auch, vor lauter Aufregung, ein winziger Fahrfehler von mir. Ich war so nervös, dass ich das Steuer verrissen habe."

„Mag ja sein. Aber hat sie angehalten, um zu sehen, ob dir etwas passiert ist? Nein! Das beweist, dass sie, so sehe ich es zumindest, genau das bezweckt hat. Zeugen waren auch keine da, folglich wäre sie prima aus dem Schneider gewesen, wenn es dich dahingerafft hätte. Sag mir, wenn ich falsch liege.“

„Stimmt schon, und dieses Mal kann es kein Zufall gewesen sein, dass sie auch auf dem Parkplatz neben dem Café war.“

„Also sind wir uns in dem Punkt einig. Jetzt hör mir gut zu. Ich brauche Namen und zwar richtige. Hat der Hoteldirektor ihn denn bei einem Namen genannt? Denk nach!“

Ilse zermarterte sich das Hirn, kam aber nicht umhin zuzugeben, dass sie darauf nicht geachtet hatte. „Aber immerhin könnt ihr jetzt Benedikt Brauner durch die Fahndung laufen lassen. Vielleicht ist der wenigstens echt?“

Phillip schob sich das letzte Stück Kuchen in den Mund und seufzte genussvoll. „Ich hab den Namen sofort an Andreas weitergegeben und der hat auch umgehend die deutschen Kollegen mit ins Boot geholt. Das alles sind zu viele Ungereimtheiten. Wenn ich das richtig verstanden habe, dann hat der angebliche Franzose bei der Frau, die dich verfolgt, Gelddinge geregelt. Ich mag mir kaum vorstellen, wie das ausschaut. Das ist mit an Sicherheit grenzender Wahrscheinlichkeit ein Fall von Betrug oder Heiratsschwindel.“

Ilse bekam plötzlich weiche Knie. „O Gott, Phillip, warum hab ich Depp nicht gleich in die Richtung gedacht? Seit wann bin ich denn dermaßen auf den Hinterkopf gefallen? Natürlich, der Franzl hat der Fremden sicherlich versprochen, sie zu heiraten. Von wegen alter Freundin ... Sie dachte, sie sei sein festes Gspusi. Logisch dreht sie durch, wenn dann plötzlich wir drei Grazien auftauchen und der schöne Marcel mit Tilde durch Bad Tölz flaniert.“

„Der ‚schöne Marcel‘ wird sicherlich mit Tilde nicht nur flanieren. Bring bitte in Erfahrung, ob er und sie schon über Anlagen gesprochen haben. Fonds, Aktien, Immobilien, egal was. Dem geht es hundertpro nur um die Kohle seiner *Damen*.“

Ilse zuckte schmerzlich zusammen. „Jetzt sag das Wort *Damen* doch nicht so abfällig. Die Frauen können nichts dafür. Es gibt so viele, die gerne wieder eine Beziehung hätten, die einsam sind und traurig. Das darfst du ihnen nicht zum Vorwurf machen. Tilde ist sicher keine einfältige oder dumme Frau. Der Trottel ist der Erste, dem sie sich geöffnet hat, seit Klaus tot ist und was passiert? Er ist ein Gauner. Ach, Phillip, was soll ich nur tun?“

Phillip wirkte um einiges freundlicher als zu Beginn der Unterhaltung. „Ich wollte Tilde nicht zu nahetreten. Sei einfach vorsichtig. Wenn er jetzt Wind davon bekommt, dass da was läuft, dann haben wir das Nachsehen. Hab Geduld, kannst du das? Einfach nur die Füße stillhalten. Das Einzige wäre, auf Tilde aufzupassen. Wer weiß, wozu die unbekannte Frau fähig ist, wenn sie in ihr eine ernstzunehmende Konkurrentin erkennt. Frauen können da ganz schnell zur Furie werden.“

„Aha, hast du da irgendwelche Erfahrungswerte?“
„Tante Ilse!“

„Entschuldige, ist mir so rausgerutscht. Versprochen, ich achte auf Tilde, so gut ich kann. Darf ich Marga einweihen?“

„Zum einen, gut aufpassen, dass *mir* nicht gleich was rausrutscht, Lieblingstante, zum anderen, ja, darfst du. Sie muss zum Beispiel von dem auffälligen nachtschwarzen Porsche wissen. Wie schon gesagt, brauchen wir das Kennzeichen. Wir müssen die Halterin ausfindig machen. Noch einmal, pass auf dich auf. Mit eifersüchtigen Frauen ist nicht zu spaßen … und behalt den Kommentar, der dir gerade auf der Zunge liegt, gerne für dich.“

***

Mit sehr gemischten Gefühlen fuhr Ilse zurück zum Hotel. Öfter als sonst huschte ihr Blick zum Rückspiegel, aber da war weit und breit kein Porsche, zumindest keiner, der sie verfolgte. Wie brachte man der besten Freundin, die zu allem Überfluss auch noch sehr sensibel war, bei, dass der Mann, von dem sie annahm, er habe sich in sie verliebt, ein ausgemachter Schurke war? Donnerwetter, sie hätte wohl doch lieber das Hotel mit dem Bierbad und der Hopfenmaske wählen sollen. Aber das nutzte nun nichts mehr.

Sie fuhr bei anbrechender Dunkelheit vorsichtig auf den Hotelparkplatz und stellte Schnucki auf einen schönen Platz. Auf dem Weg zum Eingang sah sie sich suchend um, entdeckte den Porsche aber nirgends, obwohl sie auch einen suchenden Blick hinter die Hecken des Nachbarplatzes warf. Drinnen entdeckte sie Marga und Tilde, die soeben von ihrer letzten Behandlung kamen und nun in Richtung Aufzug marschierten.

„Mädels, da seid ihr ja. Hattet ihr einen schönen Nachmittag?" Sie war selbst erstaunt, dass ihre Stimme so unverfänglich fröhlich klang.

„Alles herrlich. Das Aromabad mit anschließender Ganzkörper-Honigpackung war ein Traum. Kann ich dir nur empfehlen. So ganz nebenbei darf ich erwähnen, dass es hier eine Kosmetikerin gibt, die Lippenaufspritzungen vornimmt." Marga kicherte fröhlich. „Wir sollten Caroline einen Prospekt mitnehmen. Wobei die Frau hier das richtig gut macht. Gefällt sogar mir. Sie fabriziert Schmuselippen." Sie machte einen sehr niedlichen Schmollmund.

Tilde lachte lauthals. „Oh, Marga, du bist unverbesserlich. Die arme Caroline, als ob sie nicht genug durchgemacht hätte. Aber es stimmt, die Lippen der Frauen, die aus der Behandlung kamen, waren gar nicht übel."

Marga zog eine Grimasse. „Na ja, die Gute, also Caroline, verfügt nunmehr über ein Millionenvermögen, also zumindest hat sie Procura darüber. Sie wird in nächster Zukunft, nachdem der Prozess gegen ihren Liebhaber wahrscheinlich zu dessen Gunsten entschieden wird, mit diesem nach Mallorca verschwinden. Mein Mitleid hält sich in vernünftigen Grenzen."

Tilde legte ihre Hand auf Margas Schulter. „Gönnen wir es ihr. Wer weiß, was das Leben bisher alles mit ihr angestellt hat. Du kannst in keinen Menschen hineinsehen."

Das war Ilses Stichwort. „Wo wir gerade davon sprechen. Ich muss euch jede Menge erzählen. Ich hatte einen aufregenden Nachmittag. Was ich jetzt schon

sagen kann, das ist, dass Phillip hier um die Ecke in der
Orthopädischen Klinik liegt. Eigentlich wollten er und
Manuela nicht ins Spital, sondern über den Alpenpass
mit romantischen Zwischenstopps an diversen Hütten
wieder zurück nach Bayern. Auf einem Weg oben in
den Bergen, noch auf Südtiroler Seite, hat eine miss-
günstige Baumwurzel dem Traum ein jähes Ende gesetzt. Nun liegt er mit lädiertem Schienbein und Bän-
derriss hier in der Klinik."

„Und die Tante ist, tief in ihrem Innern, froh darüber,
dass der Bub so nahe ist?" Marga hatte plötzlich einen
sehr unschuldigen Gesichtsausdruck.

„Natürlich nicht. Wie kannst du? ... Gut, ein winziges
Bisschen vielleicht. Aber leid tut er mir schon."

„Ich will versuchen, es dir zu glauben. So, meine Lieben, im Gegensatz zu dir, liebe Ilse, hatten wir einen ku-
linarisch nicht ganz so üppigen Nachmittag. Nach dem
Aromabad gab es einen Entgiftungstee, der seinem Namen alle Ehre machte, und ansonsten nur Wasser, in
dem Bergkristalle und Zitronenscheiben lagen. Das sät-
tigt nicht so richtig, weißt du? Tilde und ich haben es
daher eilig, zum Abendessen zu kommen. Noch dazu,
da heute Mediterraner Abend ist. Mir läuft schon das
Wasser im Munde zusammen." Marga warf einen fragenden Blick in die Runde. „Wir essen gemeinsam, das
sehe ich richtig, nicht wahr?"

Ilse nickte und sah zu Tilde. Die lächelte vielsagend.
„Ja, ihr Lieben, ich bleibe euch heute erhalten. Marcel
muss dringende Telefonate führen, daher sehen wir
uns später zu einem Absacker an der Bar. Wir drei haben den Abend für uns."

Ilse nickte. „Super, das ist schön, dann können wir endlich wieder in Ruhe reden. Wie gesagt, ich habe da so ein paar Dinge, die ich euch erzählen muss. Dringend." Sie wagte kaum, Tilde anzusehen. Ihr wurde angst und bange, wenn sie daran dachte, dass sie der Freundin behutsam beibringen musste, unbedingt auf ihr Vermögen zu achten.

Von Glauben, Lüge und Wahrheit

Wie verpackte man eine solch schlimme Wahrheit in akzeptable Worte? Wie brachte man einem der wichtigsten Menschen in seinem Leben bei, dass er betrogen und belogen wurde? Schließlich war Tilde bisher auf keine ihrer behutsamen Warnungen eingestiegen. Ja, zugegeben, der – wahrscheinlich – falsche Franzose war schon ein optischer Leckerbissen. Das aber waren andere Männer auch. Ja, gut, andere wenige, revidierte Ilse kurz geistig, während sie den Sitz des silbergrauen Blazers zur weißen Jeans im Spiegel überprüfte. Sie war sonst nicht um Worte oder Erklärungen verlegen, hier aber wollte ihr nicht einmal ein unverfänglicher Einstieg ins Gespräch einfallen. Ganz üble Voraussetzungen für eine vernünftige, entspannte Diskussion der Sachlage.

Sie drehte sich ein letztes Mal vor dem Spiegel. „Ilse, hör auf damit. Dass du versuchst, es hinauszuzögern, macht's keinen Deut besser." Ab und an musste sie sich selbst zur Ordnung rufen. Aber es stimmte leider.

Verzögerungstaktik war keine gute Strategie. Darum holte sie tief Luft, griff nach ihrer Handtasche und der Schlüsselkarte und verließ ihr Zimmer.

Die beiden Freundinnen erwarteten sie bereits an ihrem üblichen Fenstertisch. Ilse bemerkte sofort die drei langstieligen roten Rosen in der silbernen Vase mitten auf dem Tisch.

Tilde zeigte mit beseeltem Lächeln darauf. „Ist das nicht eine schöne Geste? Für jede eine Rose."

Ilse hängte ihre Tasche über die Lehne und setzte sich. „Sehr nett, tatsächlich. Ihr habt euch aber heute beeilt, Mädels."

Marga zeigte auf ihren Bauch. „Da, schau hin, der wölbt sich heute schon nach innen, so wenig hat er bekommen. Das Menü für heute Abend klingt sehr vielversprechend. Aber, bitte, erzähl mal genau, was du heute alles erlebt hast. Vorhin hast du dich nicht sehr redefreudig gezeigt."

Ilse war froh darüber, dass in diesem Augenblick drei kleine silberne Tellerchen an den Tisch gebracht wurden. Das Amuse-Gueule, der berühmte Gruß aus der Küche, der auf die kommenden Gänge einstimmen sollte. Um Zeit zu gewinnen, schwenkte sie zuerst auf Phillips Anruf aus den Bergen ein, berichtete von der Rettungsaktion durch die Bergwacht. So schaffte sie es immerhin, sich bis zur spanischen Fischsuppe, dem zweiten Gang, nach einem Salat mit warmem Ziegenkäse und Rosmarin über Wasser zu halten. Als die Suppenschalen abserviert wurden, war aber dann alles rund um das wahre Thema ausgereizt bis geht nicht mehr. Sie sah die beiden Freundinnen sehr ernst an und setzte sich aufrecht in ihren Stuhl. Das brauchte sie, um die Worte vernünftig herauszubekommen.

„Das, was ich jetzt erzähle, das ist wichtig. Bitte hört mir beide nur zu. Ich versuche, es so nachvollziehbar, wie es irgend möglich ist, zu erzählen, und ich lasse alles, was derzeit nur eine Annahme oder ein Verdacht ist, beiseite. Einverstanden?"

Ilse verstand durchaus, warum Tildes Nicken zögerlich erschien.

„Gut, dann hört mir zu. Ich wollte schon am Mittag bei Marion sein, um die Zeit auch richtig genießen zu können. Darum stand ich, nachdem ich euch verabschiedet habe, auch kurz danach schon auf dem Parkplatz. Dort konnte ich beim besten Willen nicht vermeiden, ein Gespräch auf dem Areal hinter der nächsten Hecke mitanzuhören, das mich sehr nachdenklich gemacht und mich sofort arg beunruhigt hat. Wie gesagt, ich habe nur zugehört und das erzähl ich jetzt, verstanden?"

Sie berichtete so neutral wie möglich von dem Gespräch des Franzosen mit der edlen Dame. Im Anschluss erzählte sie, wie sie, neugierig und misstrauisch geworden, Marcel und seinem Maybach folgte. Bei dem Part im Café konnte Ilse deutlich erkennen, wie Tilde erbleichte, jedoch die Lippen zusammenkniff und schwieg. Als sie bei der Verfolgungsjagd mit dem Porsche anlangte, war es an Marga, erschrocken zu reagieren, aber auch sie hielt sich daran, zuerst zuzuhören. Sehr diplomatisch gelang es Ilse anhand der Vorkommnisse auf der Landstraße letztlich, eine Erklärung dafür zu haben, warum Phillip umgehend Marcel De'Albray und dessen Geschichte durchleuchtete.

„Ja, ich weiß, dass ich versprochen habe, nicht mehr Detektiv zu spielen. Allerdings wollte ich das heute tatsächlich nicht tun. Es lag nicht in meiner Absicht, bitte glaubt mir das. Ich habe es nicht darauf angelegt, im Straßengraben zu landen. Phillip und ich haben lange über die Sachlage gesprochen. Er hat darüber nachgedacht und war der Meinung, ich soll euch einweihen. Aber, bitte, und diese Bitte geht an euch Beide, es darf noch nichts durchsickern. So, jetzt hab ich alles erzählt. Mehr gibt es nicht. Es gibt noch keine Faktenlage, wie Phillip das so schön nennt. Dafür aber zahllose Verdachtsmomente.“ Sie wandte sich an Tilde, die mit ausdrucksloser Miene in ihrem Stuhl verharrte und noch immer keine Reaktion zeigte. „Tilde, sei mir nicht böse, bitte. Ich wollte dir nicht wehtun, aber ich wollte auch verhindern, dass ein anderer das tut.“

Tilde nickte beinahe unmerklich, schwieg aber noch immer.

Dafür kam Leben in Marga. „Ilse, wenn das stimmt, wenn sich das alles bestätigt, dann hast du richtig gehandelt. Das, was du in dem Café gesehen und gehört hast, das ist unglaublich. Und dass du danach auch noch in Gefahr geraten bist, unfassbar! Seltsam finde ich, dass du auf dem Parkplatz den Porsche wohl zweimal gesehen hast. Irgendwie unheimlich.“

Sie zuckte die Schultern und schnitt sich einen Bissen des zarten Iberico Schinkens ab, der inzwischen aufgetragen worden war. „Es ist nichts passiert, aber es stimmt, unheimlich war es schon.“

Endlich regte sich Tilde. Sie legte ihre Gabel zur Seite, mit der sie kleine Gemüsebällchen aufgespießt und in die feine Sherry-Sauce getunkt hatte. „Ilse, ich habe dir zugehört und ich gestehe ein, dass es alles plausibel und aus eurer Sicht nachvollziehbar klingt. Es gibt da aber noch eine andere Seite und zwar die Seite Marcels. Ich hadere mit dem Gedanken, es euch zu erzählen, da er mich inständig gebeten hat, derzeit Stillschweigen zu bewahren. Marcel arbeitet für die Bankenaufsicht. Das mag euch nun unlogisch erscheinen, ist es aber nicht. Man wurde wegen einer Klientin auf ihn aufmerksam und er wurde sogar vorgeladen, um eine Aussage zu machen. Was du gehört und gesehen hast, Ilse, das mag alles richtig sein. Wenn er jetzt von der Kripo ins Visier genommen wird und das bekannt wird, dann ist das für ihn fatal. Du hast viele Menschen rebellisch gemacht. Aber damit gefährdest du nicht nur Marcel, sondern auch noch seinen derzeitigen Auftrag. Ich kann mir denken, wie verrückt das für euch klingen muss, aber ich glaube ihm."

Ilse suchte nach den richtigen Worten. „Liebe Tilde, ich kann es verstehen, dass du an ihn glaubst. Aber bedenk bitte auch das, was rund um meine Erzählungen alles herausgekommen ist. Warum kennt ihn niemand? Ganz ehrlich, Liebes, wenn die Kripo in Frankreich noch nie etwas von ihm gehört hat, glaubst du tatsächlich, dass das möglich ist?" Sie sprach noch leiser und beugte sich nach vorn, damit die Freundinnen sie verstehen konnten. „Und warum sammelt er Geld von unterschiedlichen Frauen ein? Wo landet das? Und warum bespricht er mit unserem Hoteldirektor seine Flucht nach Mexiko?"

Tilde schüttelte mit zunehmend verschlossenem Gesichtsausdruck den Kopf. „Nun muss ich ausnahmsweise dich um dein Vertrauen und vor allem dein

Schweigen bitten, Ilse. Nach allem, was er mir schrittweise, da er auch erst Vertrauen fassen musste, anvertraut hat, bin ich sicher, dass alles zu dem mit den Behörden besprochenen Plan gehört. Bitte, sei ein wenig geduldig und du wirst erkennen, dass du im Irrtum warst. Selbst wenn derzeit tatsächlich so viel gegen ihn spricht."

Ilse seufzte laut und gönnte sich ein weiteres Stück des zarten Schinkens. „Es spricht sehr viel gegen ihn, Tilde. Ernsthaft, ich bewundere dich für den Glauben an ihn."

Tilde wehrte mit einer ungeduldigen Geste ab. „Ilse, wenn du ihn so kennen würdest wie ich, dann wären deine Zweifel rasch zerstreut. Aber ich bitte dich, ich bitte euch, nochmals Stillschweigen zu bewahren. Sein Vertrauen in mich ist sehr groß. Er hat mich sogar schon seiner Familie in Frankreich angekündigt."

Ilse sah mit wachsender Besorgnis, dass Tilde mädchenhaft errötete. Was würde wohl als nächstes kommen?

„Ich wollte es euch noch nicht sagen, aber damit ihr seht, dass ihr euch um mich nicht sorgen müsst. Ich werde mit ihm im Winter nach Frankreich reisen und Weihnachten und Silvester auf dem Gut seiner Familie in der Normandie verbringen."

Okay, das war schlimmer, als sie gedacht hatte. Tilde war eine kluge, weltgewandte und immer vernünftig denkende Frau. Was um Himmels willen hatte dieser Kerl mit ihr angestellt? Konnte Liebe denn so dermaßen blind machen? Sie vermochte es kaum zu glauben.

„Das war ein exzellentes Abendessen, meine Lieben. Ich habe es genossen. Bitte glaubt mir, dass ich euch auch sehr dankbar bin, zu sehen und zu erleben, wie rührend ihr um mich besorgt seid. So sehr im Augenblick alles gegen ihn sprechen mag, ihr werdet es sehen, dass sich jeglicher Verdacht in Wohlgefallen auflöst."

Marga legte langsam und mit Bedacht ihre Serviette beiseite. „Sicherlich, Tilde. Solange sich nicht dein Vermögen in Wohlgefallen auflöst, werden wir uns gedulden. Aber versprich uns etwas. Sei trotz allem vorsichtig, horch lieber zweimal hin und, wenn dir etwas seltsam erscheint, dann, bitte, komm zu uns. Versprichst du uns das?"

Ilse nickte hierzu mit Nachdruck. Sie war froh darüber, dass es dieses Mal nicht sie sein musste, die Tilde mahnende Worte mit auf den Weg gab.

Tilde wirkte für einen winzigen Augenblick verärgert, aber dann entspannte sich ihre Miene. „Ja, Marga, ich verspreche es. Bist du jetzt beruhigt?"

Während Tilde zu ihrem Rendezvous mit „Marcel" eilte, bestellten sich Ilse und Marga noch einen eisgekühlten Averna mit Zitrone und blieben am Tisch sitzen. Beide schienen, ohne darüber sprechen zu müssen, kein Verlangen danach zu verspüren, Tilde und den Franzosen in vertrauter Zweisamkeit zu bestaunen.

„Ilse, irre ich mich, oder denkt sie so unlogisch, wie ich es von ihr nie erwartet hätte?"

Sie nickte bedrückt. „Du irrst dich sicherlich nicht. Das ist beängstigend und zugleich besorgniserregend. Ich weiß nicht, welcher Ausdruck besser passt. Dir ist folglich auch aufgefallen, dass sie einige Dinge einfach übergangen hat? Sie sieht und hört nur noch, was sie auch hören möchte. Der Mann hat ihr eine astreine Gehirnwäsche verpasst. Wie sonst soll ich es verstehen, dass er, sobald er fernab des Hotels und fremder Ohren ist, plötzlich perfektes Ruhrpott-Deutsch spricht? Was aber viel schlimmer ist, dass unsere Tilde das einfach ignoriert."

„Richtig, der Punkt ist mir auch aufgefallen. Sehen wir es, wie es ist. Sie *will* ihm einfach glauben. Sie ist in den schönen Marcel verliebt. Und das nach allem, was sie nach Klaus' Tod durchgemacht hat. Kannst du dir vorstellen, was passiert, wenn das ganze Lügengerüst zusammenbricht?"

Der freundliche Kellner brachte die beiden Kräuterliköre und sie prosteten sich bedrückt zu.

„Herrschaftsszeiten, was machen wir nur? Hast du gesehen, wie sie abblockt, sobald etwas kritisch wird oder ihrer Sichtweise entgegensteht? Ich hab mich schon kaum mehr getraut, alles zu erzählen, und das, obwohl es wahr ist. Ach, Marga, wir sitzen kräftig im Schlamassel."

Während sie darüber sinnierten, wie sie das Problem am diplomatischsten angehen könnten, fiel Ilses Blick hinaus auf den Weg vor dem Hotel. Sie sah gleich noch einmal hin, um sicherzugehen. Nein, sie hatte sich nicht getäuscht, das war sie. Das war die Frau, die sie heute verfolgt hatte. Zumindest war es dieselbe Frau, die Marcel auf dem Brunnenplatz von Bad Tölz so zärtlich geküsst hatte. Der helle Trenchcoat, die hohe, schlanke Gestalt, um die Haare ein wahrscheinlich beiges Tuch geschlungen. Sie traute sich nicht zu, die Farben richtig zu benennen, da es draußen bis auf die Laternen neben den Wegen dunkel war. Dennoch war sie sich sicher.

„Marga, schau. Das ist sie doch? Das ist die Frau, mit der der Franzose in der Altstadt herumpussiert hat."

Margas Kopf fuhr regelrecht herum und trotzdem war die Frau schneller. Marga konnte laut eigener Aussage nur noch ein Fetzchen hellen Stoffs erhaschen, mehr entdeckte sie nicht.

„Aber gesehen hast du etwas? Bitte sag ja. Im Ernst, Marga, langsam glaube ich, dass ich Halluzinationen habe. Vor allem könnte ich schwören, wenn ich drüber nachdenke, dass die Frau, die heute hinter mir her war, wohlgemerkt in dem Auto von ihr da ..." Ihr Kinn zeigte vehement auf den leeren Raum vor dem Fenster. „... helle Haare hatte. Aber die Frau, die wir gesehen haben, die hatte kastanienrotes Haar. Bitte, sag, dass das stimmt."

Marga lächelte gönnerhaft. „Wenn's so einfach ist, deine Psyche wieder hinzubekommen, dann helfe ich dir natürlich. Ja, die Frau, die wir mit ihm gesehen haben, hatte auffällig schönes kastanienrotes Haar. Hast du mal dran gedacht, dass sie vielleicht eine Perücke getragen hat?"

Ilse setzte ihr Glas ab und musterte Marga ungläubig. „Ach geh. Wir sind doch nicht in einem Psychokrimi. Ich denke, dass sie Tilde und ihn gesehen hat und eifersüchtig ist. Oder sie hat selbst einen Verdacht. Vielleicht ist sie nicht so gutgläubig wie unsere Tilde. Stell dir vor, er hat eine Menge Geld von ihr bekommen und sie befürchtet, er hätte sie betrogen? Was, wenn sie ihm auf die Schliche gekommen ist?"

„Oder aber der Franzose, sei er, was er sei, hat ihr tatsächlich erklärt, dass er sich in Tilde verliebt hat. Ich mein, ja, das ist verflixt weit hergeholt, aber sein könnte es, was denkst du? Unsere Tilde ist nun einmal ein edler Hingucker."

Ilse schüttelte mit nachsichtiger Miene den Kopf, ehe sie antwortete. „Siehst du, das mag ich so an dir. Immer tief in dir drin nach einer positiven Lösung suchen. So gerne auch ich das glauben möchte, es ist schon sehr aus dem Bereich der Märchen und Mythen, ehrlich. Aber sag mal, Marga, was hältst du denn von einem kleinen Verdauungsspaziergang? Mir ist sehr danach, gemeinsam mit dir eine Runde über den Parkplatz zu schlendern."

Marga wirkte kurzfristig verwirrt, ehe ein Lächeln auf ihren Lippen erschien. „Ilse, du Fuchs, du willst nachschauen, ob du den Porsche findest. Du willst Phillip das Kennzeichen durchgeben, richtig?"

Sie erhob sich, strich ihre Kleider glatt, hängte sich ihre Tasche über die Schulter und nickte. „Ja, hilft ja nichts, da muss Lady Ilse eben mal wieder ermittlerisch tätig werden, oder?"

Marga nickte sehr ernst. „Ich würde dir gerne widersprechen, allein darum, weil das eventuell schon wieder gefährlich werden könnte, wer weiß, was die Frau alles tun würde, um ihren Kerl zu sichern. Allerdings ist das wohl die einzige Möglichkeit. Sei es drum, lass uns gehen, frische Luft und Bewegung sind ja so wichtig für die ältere Generation."

„Jetzt verstehen wir uns. Auf geht's." Sie hakte Marga unter und sie machten sich auf zu einem entspannten Abendspaziergang.

„Da, das muss er sein. In dem blöden Licht kann man zwar nicht genau erkennen, ob er nachtschwarz oder dunkelgrau ist, aber er muss es sein." Ilse schlich neugierig um den schönen und sehr gepflegten Wagen herum. „Ausgesprochen schönes Fahrzeug. Franz-Josef würde dahinschmelzen."

„Ah, und du nicht, was?" Marga klang amüsiert.

„Ja, schon gut, ich auch so ein bisserl. Aber ab einem gewissen Alter ist das Einsteigen in diese Modelle eine reine Qual. Rein magst du kommen, aber dafür nie wieder raus. Oh, warte." Sie sah sich vorsichtig um. „Schaust du mal, ob wer kommt?"

„Ilse! Du wirst nicht in das Auto einbrechen, hörst du? Der hat sicher eine Alarmanlage." Der Unterton in Margas Stimme war jetzt eindeutig dezent panisch.

Sie war entrüstet. „Was denkst du von mir? Ich will nur nicht dabei erwischt werden, wie ich mir die Nase an der Scheibe plattdrücke, um zu sehen, was auf dem Beifahrersitz liegt."

„Ach so, ja dann. Mach hin, ich passe auf. Schmiere stehen hab ich bei dir ja zur Genüge gelernt."

Sie verbiss sich einen Kommentar, noch dazu, da Marga richtiglag, und versuchte krampfhaft, einen Blick ins Innere zu erhaschen. Der schwache Lichtschein der Lampe erhellte den Wagen nur wenig. Aber immerhin gelang es ihr zu sehen, was da auf dem Sitz lag. Sie erkannte eine Mappe, ein Paar Autofahrerhandschuhe und – hier brach sie sich vor lauter Eifer um ein Haar das Nasenbein, so fest drückte sie dieses an die Scheibe – einen Umschlag, auf dem in großen Lettern „Mexiko" prangte. Wenn das nicht genug Beweise waren, dann wusste sie auch nicht mehr. Sah es in der Tat so aus, als würde die Dame hier mit dem schönen Marcel unter einer Decke stecken. Und so ganz nebenbei schien sie schrecklich misstrauisch zu sein. Wie sonst sollte man ihr Benehmen erklären?

„Marga, sie ist seine Komplizin. Inzwischen glaube ich sogar, dass er den Brauner über den Tisch ziehen will, möglich wäre es. Wenn da drin ein Ticket nach Mexiko ist, dann will er mit ihr verschwinden. Soviel zu Weihnachten in der Normandie für unsere arme Tilde." Sie schüttelte ärgerlich den Kopf. „Donnerwetter, so ein Kuddelmuddel. Jetzt schreib ich mir aber endlich das Kennzeichen auf. Wird Zeit, dass wir verschwinden, falls die Dame zurückkommt. Wahrscheinlich versteckt sie sich drin hinter einer Säule und beobachtet ihren Haberer und unsere arme Tilde."

Sie holte ein sauberes Taschentuch aus ihrer Jacke und reinigte auf das Ordentlichste die Seitenscheibe, da sie einige verräterische Abdrücke hinterlassen hatte. Danach notierte sie gewissenhaft das Autokennzeichen und fotografierte es sicherheitshalber noch mit dem Handy. Es war recht dunkel, aber vielleicht funktionierte es. Daraufhin eilten sie und Marga zuerst schneller, dann betont im Schlendergang wieder zurück ins Hotel.

„Sei mir ned bös, aber ich möchte das so schnell als möglich dem Phillip schicken. Ich mag nimmer anrufen, weil's schon spät ist, ich schick's ihm auf dem Zimmer via WhatsApp. Wir sehen uns morgen in der Früh."

Marga hob mahnend die Rechte. „Allerdings und nicht vergessen, wir haben morgen um acht schon unsere Faltenstraffungspackung mit Olivenöl und Zitrone. Die darf ich mir nicht entgehen lassen, du weißt, ich möchte im Herbst noch zwei oder drei Wöchelchen einen weiterbildenden Studienurlaub in der Toskana verbringen.“

Zuerst runzelte Ilse grübelnd die Stirn, dann lachte sie lauthals los. „Studienurlaub und ich gutgläubiges Schaf fall fast noch drauf rein. Keine Angst, wir verpassen die Faltenstraffung nicht, versprochen. Vorher oder nachher frühstücken?“

„Nachher! Wir verwirren unseren entzückenden Kellner mit unseren gestrafften Zügen. Schlaf gut, meine Lady, und Grüße an den Herrn Neffen.“

„Mach ich, pfiat di, baba, meine Liebe.“ Ilse beeilte sich, auf ihr Zimmer zu kommen. Dort verriegelte sie zuerst einmal die Tür. Man konnte nie wissen. Dann setzte sie sich auf das Bett und schrieb Phillip den Verlauf des Abends, was sie im Auto der Frau gesehen hatte und sie schrieb ihm das Kennzeichen. Sie fügte, der Ordnung halber, auch das leicht undeutliche Foto hinzu, prüfte noch einmal, ob sie keinen Unsinn geschrieben hatte, und schickte das Ganze dann los. Während sie sich im Badezimmer gewissenhaft mit diversen Cremes & Co für die Nacht fertigmachte, vernahm sie im Schlafzimmer den Plopp-Ton von WhatsApp. Na, das war aber schnell gegangen.

Neugierig las sie die Nachricht von Phillip.

Liebe Tante,
danke dir für die Info. Ich habe sie sofort an die Kollegen durchgegeben, die sich gleich morgen darum kümmern. Ich fürchte, das mit Mexiko wird nichts.

Ich wollte anrufen, aber hier ist schon Nachtruhe und wie du weißt, komm ich derzeit noch nicht aus dem

Bett.
Folgendes: Aufgrund deiner Beobachtungen haben die Kollegen sofort diesen Brauner genau unter die Lupe genommen. Im Gegensatz zu dem angeblichen Franzosen hat sich über Herrn Brauner viel gefunden. Benedikt Brauner hat diverse Vorstrafen wegen Betruges in seinen Akten. Ihm wurde unter anderem folgendes vorgeworfen, pass mal auf...

Mit großen Augen las Ilse Phillips lange Ausführungen. Seine Nachricht endete mit der aktuellen Sachlage und den Plänen der Polizei.

Zu deiner Info und Beruhigung, vor allem wegen Tilde: Ab heute Nacht wird das Hotel beschattet, also nicht das Hotel, sondern der Direktor. Das bedeutet, dass der schon mal nicht ungesehen in irgendein Flugzeug steigen kann. Lass uns die Frau mit dem Porsche überprüfen und dann gebe ich dir Bescheid, in Ordnung? Meine Bitte, Tante Ilse, Menschen, die darum fürchten, dass ihre seit langem vorbereiteten Pläne durchkreuzt werden, die Angst davor haben, hinter Gittern, anstatt an einem Palmenstrand zu enden, haben wenig bis gar keine Skrupel. Darum genießt du ab sofort bitte deine Beauty-Masken und Bäder und lässt die Kollegen und mich – soweit möglich – die Polizeiarbeit machen, in Ordnung? Auch wenn ich mich am liebsten in die Zunge beißen würde, aber ich muss zugeben, dass dein Riecher dich erneut nicht betrogen hat, Miss Marple. Respekt!

So sehr sie sich über Phillips Lob freute, so hätte sie in diesem Fall ausnahmsweise wirklich gern unrecht gehabt. Sie dankte ihrem Neffen rasch für die Info und versprach abzuwarten. Was sollte sie jetzt auch noch unternehmen?

In ihrer Not rief sie Marga an und erzählte ihr, was die Polizei bisher alles herausgefunden hatte.

„Das glaubst du alles nicht. In einem Hotel an der Nordsee soll Brauner gemeinsam mit einem Komplizen Geld von reichen Damen erschlichen haben. Allerdings zogen die plötzlich samt und sonders ihre Anzeigen zurück, wahrscheinlich, da ihnen die Sache sehr peinlich war. Allerdings tauchte in den Anzeigen weit und breit kein Franzose auf. Also auch hier kein Hinweis auf unseren De'Albray. Der Brauner kündigte in dem Hotel, ehe man ihn hinauswerfen konnte, und arbeitete in der Folge in einem Sternehotel nahe Frankfurt. Auch dort kam es, laut Phillip, nach einiger Zeit zu Problemen, da in dem Hotel eine ganze Weile ein mutmaßlicher Heiratsschwindler sein Unwesen getrieben hat. Allerdings ist dieser über Nacht spurlos verschwunden, ebenso wie seine persönlichen Daten, die sich bei polizeilicher Prüfung, als man sie endlich ‚fand', sowieso als falsch herausgestellt haben. Nur wenige Tage nach dem Vorfall hat Direktor Brauner in Frankfurt gekündigt und in der Tölzer Oase angefangen. Ein paar Zufälle zu viel, wie die Polizei denkt. Augenblicklicher Stand von deren Vermutungen ist, dass es sich bei dem angeblichen Heiratsschwindler um Marcel De'Albray handelt. Alles, was ich ihm erzählt habe, spräche dafür. Leider hat die Polizei nur eine einzige Anzeige, da auch hier wohl alle

entweder peinlich berührt oder verheiratet oder was
weiß ich was, waren. Marga, das ist ein Desaster.“

Wenn's mal wieder knapp

wird

Was für eine unruhige Nacht. Eigentlich sollte sie beruhigt sein, was hieße, auch ruhig zu schlafen. Weit gefehlt! Stundenlang hatte sich Ilse von einer Seite auf die andere geworfen. Nicht einmal, kurz auf dem Balkon die frische Nachtluft zu atmen, hatte etwas gebracht.

Wenn sie ehrlich war, dann war das ihre eigene Schuld. Hätte sie am gestrigen Abend Tilde nicht ins Bild gesetzt, so müsste sie nun nicht fürchten, dass diese den Möchtegern-Franzosen vorwarnen könnte. Nach dem Gespräch mit der Freundin war Ilse sich bei einem sicher: dass diese weiterhin diesem Schlawiner ihr Vertrauen schenkte, schenken wollte. Ilse zermarterte sich das Hirn, ob sie nochmals das Gespräch mit ihr suchen oder einfach abwarten sollte. Es fiel ihr verdammt schwer, aber sie entschloss sich dazu, dieses Mal zu schweigen, wozu ihr auch Marga letzte Nacht dringend geraten hatte. Phillips Informationen waren nicht für Tilde gedacht, dessen war sie sich durchaus bewusst. Wenn sie gestern Abend schon viel zu viel erzählt hatte, sollte sie das Schlamassel nicht noch schlimmer machen. Hoffentlich war Tilde nicht in Gefahr, sie würde es sich niemals verzeihen können, wenn der Freundin wegen ihrer spontanen, gut gemeinten Einmischung nun Gefahr drohen würde. *Jessasmarantjosef*, da steckte sie in einem satten Gewissenskonflikt, aber da musste sie durch, koste es, was es wolle.

„Tilde ist wohl schon beim Frühstück gewesen. Ich fürchte, sie geht uns elegant aus dem Weg." Marga zuckte die Schultern. „Was willst du da machen? Denkst du, sie hat dem – wie hast du ihn gleich wieder genannt – Froschschenkel-Lutscher von unserem Gespräch erzählt?"

Ilse nickte besorgt. „Könnt ich drauf wetten. Kruzifixnoamoi, da hab ich wieder was angestellt. Warum muss ich ihr auch davon erzählen?"

„Weil du ihre Freundin bist und dir Sorgen um sie machst. Sowas tun Freunde, so ist das. Ich muss zugeben, dass mir auch viel zu spät klargeworden ist, dass sie wahrscheinlich sofort zu Marcel rennt und ihm, wenn auch nicht alles, wie ich hoffe, von unseren Neuigkeiten erzählt. Verliebtes Huhn."

„Hm, ich hab ein richtig dummes Gefühl. Ganz ehrlich, ich mag gar nicht drüber nachdenken. Du kennst seit gestern die Fakten. Phillips Nachricht sagt ja wohl alles, oder?

„Ja, sicher, ich hab dir gut zugehört. Donnerwetter. Also ist alles wahr, was du so geargwöhnt hast. Du bist ein kriminalistisches Naturtalent, Ilse."

Sie zog eine schmerzvolle Grimasse. „Danke für die Blumen, aber davon kann sich die arme Tilde auch nix kaufen. Himme, Oasch und Zwian, ich hätt so gern unrecht g'habt."

„Quäl dich nicht, Ilse. Wir vertrauen auf Phillip und seine Kollegen, gehen jetzt da rein und lassen uns gepflegt verjüngen. Ich hab heute in der Früh einen dermaßenen Schreck bekommen, als ich mein Spiegelbild gesehen habe. Kennst du Bette Midler als Hexe in dem Film mit Michelle Pfeiffer?"

Ilse grinste. „Ja, kenn ich. Aber das ist schon übertrieben, meine Liebe."

Marga stieß prustend den Atem aus. „Von wegen. Los, ab unter die straffende Maske, so kann ich nicht in Italien aufschlagen. Ich schau ja beinahe so alt aus, wie ich bin."

Lachend hakte sich Ilse bei Marga unter. „Dann wollen wir mal, vielleicht heitert mich das ein bisschen auf und bringt mich auf andere Gedanken."

***

Tatsächlich! So eine liebevolle Behandlung, heute durch Susis sanfte Hände, vertrieb so manchen dunklen Gedanken. Zuerst ein sanftes Mandelkleie-Peeling, dann Reinigung mit lauwarmem Kamillentee und danach diese wundervolle Ölmaske. Ilse schnupperte genüsslich in die Luft. Sie roch das hochwertige Olivenöl, das Orangenöl, sogar den dunklen, zähflüssigen Waldhonig konnte sie herausriechen. Eine Mischung, die prädestiniert war, fröhlich zu stimmen. Dazu lief im Hintergrund leise Entspannungsmusik. Um ein Haar wäre sie eingeschlafen.

„So, Frau von Karburg. Ich nehme die Maske jetzt vorsichtig ab und massiere Ihnen das, was auf der Haut verbleibt, richtig schön ein. Bitte nicht gleich das Gesicht waschen, wenn es geht." Susi lächelte sie von oben an, was Ilse ein bisschen schwindlig machte, als sie zu ihr aufsah.

„Ich werde nichts dergleichen tun. Da ich annehme, dass ich um zehn Jahre jünger aussehe, gehe ich hoch erhobenen Hauptes zum Frühstück und genieße die Ovationen der Anwesenden." Sie grinste die nette junge Frau entwaffnend an. „In meinem Alter braucht man das, wissen Sie, Susi?"

„Ach geh, Frau von Karburg, Sie wissen schon, dass das, was Sie da tun, Jammern auf sehr hohem Niveau ist, gell?" Susi klang so aufrichtig, dass sie die junge Frau am liebsten umarmt hätte, was, in eine weiche Decke gewickelt und mit warmen Kompressen auf dem Gesicht, allerdings schwer machbar war.

„Schmeichlerin, aber, bitte, machen Sie ruhig weiter. Ich hör Ihnen gerne noch ein bisserl zu."

***

„Schau uns an. Ich sag es immer wieder. Pfeif auf die ganze Chemie, Naturmittel sind einfach immer wieder das Beste. Und wie wir riechen! Wie ein italienisches Dessert, klasse." Marga war eindeutig glücklich.

„Italienisches Dessert? Ich muss nicht extra erwähnen, was mir da spontan alles einfällt, nicht wahr, liebste Freundin?"

„Ilse. Lass das, auf der Stelle! Dein freches Grinsen ist so breit, dass es gerade so von deinen Ohren gestoppt wird. Ich bin kein Dessert!"

„Och, also so gesehen ... Aua!" Sie wusste selbst, dass sie sich den Klaps an den Oberarm redlich verdient hatte.

Sie schlenderten zum Frühstücksbuffet und sahen sich suchend um. Auch jetzt keine Tilde weit und breit, hoffentlich war die nicht gerade mit Marcel bei der Bank und überschrieb ihm ihr Vermögen. Ilse äußerte den Gedanken lieber erst gar nicht laut. Fand sie ihn selbst schon beängstigend genug, musste sie nicht auch noch Marga die gute Laune samt Vorfreude auf die Toskana vermiesen.

„Das Rührei mit Lachs ist hier wirklich köstlich. Ab sofort werde ich da auch Frühlingszwiebeln mit reinpacken, das gibt dem Geschmack nochmal so einen Kick in die richtige Richtung. Abgesehen davon ist der Kaffee auch richtig gut, so aromatisch und mild zugleich. Wäre so unglaublich schön hier, das muss ich zugeben." Ilse schluckte den letzten Bissen der soeben gelobten Eierspeise und spülte mit dem Kaffee nach.

„Liebe Lady, es *wäre* nicht nur schön, es *ist* schön. Daran können weder der seltsame Hoteldirektor, noch der falsche Franzose etwas ändern. Ja, wir haben da wieder einen Coup vereitelt, also respektive, du hast vereitelt, aber das Hotel kann nichts dafür. Die Angestellten sind auch reizend."

Sie konnte Marga nur zustimmen. „Stimmt schon. Trotzdem wüsste ich gerne, wo unsere Freundin abgeblieben ist. Ich hol mir noch einen Kaffee, soll ich dir was mitbringen?"

„Ja, bitte noch so ein kleines Stück von dem saftigen Marmorkuchen, der ist himmlisch.“ Marga schnalzte genussvoll mit der Zunge.

„Ich beneide dich. Wenn ich noch einen Bissen essen würde, hätte ich ein dermaßen schlechtes Gewissen, dass alles aus ist.“ Ilse blickte sehnsüchtig auf das Kuchenstück.

„Selber schuld! Übertreib es nicht so. Du siehst großartig aus. Du hast eine sehr gute Figur und du bist sportlich. Bis auf die paar Zipperlein, die wir alle irgendwann bekommen, bist du perfekt in Schuss. Das eine Stück Kuchen, das wirft dich kaum um zehn Jahre zurück. Ilse, genieße! Man lebt, zumindest in dieser Haut, nur einmal. Und jedes Stück Kuchen unterstützt deren Spannkraft, das hab ich dir schon mal gesagt, erinnerst du dich?“ Marga lächelte und biss herzhaft in den Marmorkuchen.

„Hast du. Um bei der Wahrheit zu bleiben, du hast recht. Ich sollte mir öfter etwas Gutes gönnen und seltener auf die Kalorientabelle schauen.“ Ilse nippte an ihrem Kaffee. „Aber alte Gewohnheiten legst du nicht so leicht ab.“

„Kleine Schritte, liebe Ilse, ganz kleine Schritte. Wie wäre es mit einem Schokoladen-Eclair?“

Schmunzelnd stellte sie ihre Tasse zurück auf den Unterteller. „Musst du es gleich wieder übertreiben? Die Dinger haben Kalorien, für die ich ein Dreigangmenü verdrücken könnte. Aber ich beweise meinen guten Willen. Pass mal auf. Wir haben unser Heublumen-Bad erst heute Abend, kurz vor dem Abendessen, richtig?“

Marga nickte stoisch. „Richtig.“

„Sehr gut, dann geben wir der unsichtbaren Tilde Bescheid und fahren danach nach Rottach-Egern. Am Tegernsee war ich schon lang nicht mehr und ich brauch ein neues Dirndlkleid, abgesehen davon gibt's beim Bachmair einen hervorragenden *Four O'Clock Tea*."

„Einen was?"

„Einen Vier-Uhr-Tee."

„Liebes, sag das doch gleich. Ja, ich erinnere mich ... da waren wir vor acht Jahren! Ilse! Acht Jahre, da war unsere Welt noch komplett in Ordnung. Das ist eine sehr gute Idee. Welch eine herrliche Erinnerung." Marga wirkte regelrecht gerührt.

Tatsächlich war es eine spontane Idee gewesen und je länger sie darüber nachdachte, desto mehr freute Ilse sich. Ja, einmal wieder ein kleines bisschen verrückt sein und ein noch kleineres bisschen wieder Mädchen sein dürfen.

***

Tilde ging nicht an ihr Handy, obwohl Ilse es gleich drei Mal versuchte. Schließlich gab sie auf und schickte der Freundin eine WhatsApp-Nachricht, dass sie und Marga zum Tegernsee fahren wollten.

Würden dich sehr gerne bei uns haben, aber du scheinst verschwunden zu sein. Bitte lass mich wissen, dass es dir gut geht. Umarmung, deine Ilse.

Besorgt blickte sie auf ihr Display. Das sah Tilde gar nicht ähnlich, sie war gewissenhaft und zuverlässig. Einfach zu verschwinden, dann auch noch nicht zu antworten, das passte nicht zu ihr. Nein, sie konnte nicht einfach losfahren, solange sie nicht wusste, dass bei Tilde alles gut war. So straffte sie, in der vagen Hoffnung, dass Brauner noch nicht informiert und somit vorgewarnt war, die Schultern und marschierte zum Tresen in der Lobby. Allerdings traf sie dort nicht den Hoteldirektor an, sondern eine der netten, hilfsbereiten Empfangsdamen.

„Guten Morgen, Frau von Karburg. Kann ich etwas für Sie tun?"

„Das können Sie tatsächlich. Ich bin auf der Suche nach meiner Freundin, Frau Berger. Wir möchten gerne einen kleinen Ausflug machen und ich kann sie nicht finden."

Die junge Frau wirkte urplötzlich schuldbewusst. „Herrje, gnädige Frau, da ist wohl etwas schiefgelaufen. Ich hatte gedacht, dass meine Kollegin Sie schon informiert hätte. Frau Berger hat sich spontan entschlossen, eine Bergtour zu machen. Das Wetter hat sich so gut angeboten und Herr De'Albray wollte schon lange in die Berge. Warten Sie bitte, Frau Berger hat eine Nachricht hiergelassen. Es tut mir sehr leid, wir wollten nicht, dass Sie sich Sorgen machen müssen, das war unser Fehler."

Sie wehrte ab. „Schon in Ordnung, machen Sie sich keine Vorwürfe, das kann passieren." Sie nahm das Kuvert mit dem Emblem der Tölzer Oase entgegen, bedankte sich bei der zerknirscht wirkenden Frau und setzte sich in einen der Sessel, die in der Lobby verteilt standen. Inzwischen war auch Marga bei ihr, die sich, so wie sie selbst, für Rottach fein gemacht hatte.

„Schon etwas Neues gehört von unserer Tilde? Langsam wird es seltsam."

Ilse, die gerade den Umschlag öffnete, nickte. „Gleich wissen wir mehr. Sie ist laut der Rezeption mit Marcel auf einer Bergtour. Das gefällt mir gar nicht. Wart, ich lese vor, was sie schreibt.

Ihr Lieben,
da ich vermeiden möchte, dass ihr euch um mich sorgt, ganz kurz zu eurer Beruhigung.
Ich habe gestern noch mit Marcel gesprochen. Keine Sorge, Ilse, ich habe nicht alles erzählt, nur das, was ich unbedingt loswerden musste. Es ist so, wie ich dachte. Sobald sich alles geklärt hat und sobald er auch über seine Tätigkeit sprechen darf, wird er gerne auch euch alles genau erklären. Er konnte jeden Zweifel ausräumen und ich weiß, dass ich bei ihm in guten Händen bin.
Da wir am gestrigen Abend gehört haben, dass das Wetter heute herrlich werden soll, haben wir uns spontan entschlossen, eine schon einmal angedachte Bergtour zu machen. Keine Angst, keine Klettersteige, sondern eine angenehme Wanderung, bei der nichts passieren kann. Wir sind früh aufgebrochen und ich werde gegen 16.00 Uhr wieder im Hotel sein, da Marcel dann einen Termin wahrnehmen muss. Lasst uns danach reden, in Ordnung? Ich wünsche euch einen schönen und erholsamen Tag und bitte ein weiteres Mal um euer Vertrauen. Ihr werdet sehen, es wird nicht enttäuscht werden.
Herzlichst, eure Tilde.

„In guten Händen?? Weißt du, was das heißt? Dass sie ihm bereits Geld gegeben hat, oder wie sonst würdest du das verstehen?" Marga fing an, ihr in Sachen logisch-kriminalistisches Denken ernsthaft Konkurrenz zu machen.

„Das denke ich auch. Allerdings müssen wir uns wenigstens da nicht mehr sorgen. Darf ich daran erinnern, dass Phillip und die bayrische Polizei bereits Bescheid wissen. Ganz davon abgesehen, dass der Herr Direktor seit heute in der Früh beschattet wird und vielleicht ja sogar der Herr Franzose auch, ich weiß es nicht. Auf jeden Fall wird Tilde, selbst wenn sie ihm einen Haufen Geld überschrieben oder es investiert hat, mag man es nennen, wie man will, ihr Geld nicht verlieren. Was sie aber verlieren wird, das ist ihr mühsam aufgebauter Glaube daran, dass sie wieder lieben kann. Das tut wesentlich mehr weh als ein paar Geldscheine, glaub mir das. Es wird ihr das Herz brechen und wir können ihr nicht einmal helfen." Ilse fühlte sich hilflos und traurig, ein schreckliches Gefühl.

„Wie denn auch, wenn sie uns nicht glauben will. Aber davon, dass wir hier herumsinnieren, wird nichts besser. Komm, lass uns fahren und Spaß haben, bitte. Ich brauch das jetzt dringend und du auch, denke ich. So sind wir zurück, wenn Tilde wieder hier eintrudelt. Ich will an den Tegernsee, auf geht's." Wenn Marga etwas wirklich wollte, konnte sie ausnehmend überzeugend sein.

***

Ihre Sachen hatten sie schon bei sich und so liefen sie zügig zu ihrem Auto. Der Maybach des Franzosen war weit und breit nicht zu sehen. Ilse überlegte, ob er tatsächlich mit dem Wagen zum Einstieg in die Wanderwege gefahren war. Das wäre unverständlich und ziemlich dumm, denn alles war zu Fuß zu erreichen. Vielleicht konnte Tilde das später erklären. Ihr sollte es derzeit egal sein.

Was sie umgehend beruhigte, war der dunkelblaue VW-Kastenwagen, der gegenüber dem Hotel am Straßenrand parkte. Er sah aus wie einer der Transporter, die Material für Handwerker anliefern. Bieder und unauffällig wirkte er und war damit die perfekte Tarnung. Im Inneren sah es anders aus, High-Tech vom Feinsten, das wusste Ilse, sie kannte die Autos der Polizei inzwischen recht gut. Also lief zumindest das wie von Phillip angekündigt. Auf die Jungs war eben Verlass.

Sie wartete, bis sich eine Lücke im fließenden Verkehr auftat, reihte sich ein und freute sich. „Ach, Marga, ich glaube, dass alles gut werden wird. Wenn die Polizei alles im Blick behält, sollte nichts Unvorhergesehenes mehr passieren, oder?"

Marga nickte zustimmend, sah aber angestrengt in den Rückspiegel, wobei sie sich um ein Haar den Hals ausrenkte. Ehe Ilse sich allzu sehr wundern konnte, legte Marga ihr die Hand auf den Oberschenkel.

„Huch, Marga, zärtliche Anwandlungen, oder wie darf ich das verstehen?"

„Keine Zeit für amüsanten Smalltalk, gib mal etwas mehr Gas, bitte."

Überrascht kam Ilse der Bitte nach. „Seit wann das denn? Sonst bestehst du immer auf Einhaltung der Geschwindigkeitsregeln."

„Sonst fährt uns auch kein dunkler Porsche hinterher und das exakt, seit wir auf die Straße abgebogen sind. Er hatte ebenfalls am Straßenrand geparkt, war zuerst zwei Autos hinter uns, aber die sind an der Ampel abgebogen. Nun klebt er uns hinten an der Stoßstange."

Ilse wurde leicht nervös. „Denkst du, es ist unsere Porschefahrerin? Das wäre den Jungs des Überwachungsteams aber aufgefallen, denke ich. Die haben seit letzter Nacht das Kennzeichen."

Marga stieß einen undefinierbaren Laut aus. „Mag sein. Trotzdem ist das Auto noch immer hinter uns, fahr bitte noch etwas schneller. Wann müssen wir abbiegen?"

„Noch zwei Straßen, dann fahren wir auf die Landstraße. Wenn ich aber in die nächste reinfahre, dann kommen wir über die Querverbindung auch auf die Landstraße. Das würde keiner machen, der nicht komplett deppert ist, weil es ein halber Kilometer mehr und ein Zone-30-Gebiet ist. Soll ich?" Ilse warf Marga einen fragenden Blick zu.

„Mach hin. Ich will wissen, ob der Fahrer auch abbiegt und hinter uns bleibt oder geradeaus weiterfährt."

Ilse salutierte. „Jawoll, Frau Leutnant, wird gemacht." In leicht überhöhtem Tempo bog sie in die schmale Straße ab und dankte den Göttern, dass weit und breit kein Kind oder sonstige Fußgänger zu sehen waren. Sie hatte nicht einmal geblinkt, um, falls es denn die Frau wäre, dieser keinen verfrühten Hinweis zu geben. Gewagte Aktion!

„Geschafft, der Porsche ist weg. Entweder war es ein normaler Verkehrsteilnehmer, denn diese Nobelschlitten sind hier ja an der Tagesordnung, oder sie war es und wir haben sie ausgetrickst."

Ilse verlangsamte eilig das Tempo. „Da bin ich aber froh. Ich muss sagen, dass ich auf eine Verfolgungsjagd in einer verkehrsberuhigten Zone gerne verzichte. Nicht schon wieder einen Strafzettel. Langsam funktioniert mein Augenaufschlag nämlich nur noch sehr zögerlich. Alt werden ist einfach blöd."

Marga kicherte wie ein junges Mädchen. „Jammer bitte ein bisschen herum, meine Lady. Du hast eh Glück mit deinen Genen und allem Drum und Dran. Aber es stimmt, besser so als anders. Und nun darf ich bitten, ohne weitere Verzögerungen den Tegernsee anzusteuern. Ich werde ab und an einen Blick nach hinten werfen, nur zur Sicherheit."

***

Ihr Weg führte sie über die Landstraße, die zu großen Teilen durch Wälder und hügelige Landschaft verlief. Im Winter mochte Ilse diese Strecke nicht. Einige der Steigungen waren so enorm, dass man sie entweder nur mit wirklich guten Winterreifen oder mit Schneeketten bezwingen konnte. Hier musste es in der Nacht geregnet haben, oder der Morgennebel lag noch auf den Straßen. Auf jeden Fall war es feucht und an vielen Stellen hatten sich durch den Wind Ansammlungen von Tannennadeln und Blättern gebildet. Eine unschöne Rutschfalle, wie sie aus leidvoller Erfahrung wusste. Ilse hoffte, dass die Straßen am Nachmittag wieder trocken wären, denn in der Dämmerung und bei glitschigem Untergrund war das eine Herausforderung. An Winterreifen hatte sie bei dem guten Wetter in München noch nicht gedacht. Immerhin waren heute keine Traktoren unterwegs. Die Riesenfahrzeuge verwandelten die Straßen ebenfalls in Rutschbahnen, wenn sie aus den Feldern fuhren und die nasse Erde aus den Reifen bröckelte. Andererseits, die Landwirte hatten keine andere Wahl, also akzeptierte sie das immer klaglos und sehr verständnisvoll. Obwohl Ilse vorausschauend und mit viel Bedacht fuhr, rutschte Schnucki in einer der langgezogenen Kurven beinahe von der Straße. Diese war aber auch aufgrund der schrägen, dem felsigen Untergrund geschuldeten Bauweise eine Herausforderung.

„Öha, das ist beinahe so, als ob man auf Blitzeis kommt. Donnerwetter, da muss man schon arg aufpassen. Ist nicht witzig hier oben, denn man rutscht, ohne was dagegen tun zu können, in den Wald." Ilse atmete erleichtert aus, als sie das Waldstück hinter sich ließen und einen langen, von der Sonne bereits getrockneten Straßenabschnitt erreichten.

Marga legte mit einer beruhigenden Geste ihre Hand auf Ilses Schulter. „Meine Liebe, wenn jemand das meistert, dann du. Hätte ich mich jemals dazu entschlossen, die Rallye Paris-Dakar zu fahren, ich hätte mich, ohne lange nachzudenken, für dich als Copilotin entschieden."

Ilse konnte sich ein Grinsen nicht verkneifen. „Danke für die Blumen, meine Gute. Aber wenn du Paris-Dakar gefahren wärst, dann hätte das wahrscheinlich ein Jahr gedauert. Nichts für ungut."

Marga schwieg daraufhin vielsagend und mit einem Lächeln auf den Lippen.

Sie gelangten ohne weitere Zwischenfälle, von zahllosen Baustellen auf so gut wie allen Straßenabschnitten einmal abgesehen, an den schönen Tegernsee. Im Hochsommer viel zu überlaufen und vor allem von den gestressten erholungshungrigen Münchnern regelrecht heimgesucht, war die Besucherdichte heute angenehm. Ilse suchte und fand einen Parkplatz nahe am See, von wo aus alles gut zu erreichen war. So konnten sie ihre Einkäufe, von denen sie selbstverständlich ausging, gleich ins Auto bringen.

Obwohl es langsam frisch wurde, gelang es der Sonne noch immer, die Luft zu erwärmen. Die Sonnenstrahlen brachten die Oberfläche des Sees zum Glitzern, was fast schon magisch schön wirkte. Zwei Schiffe der Tegernseer-Schifffahrt dümpelten am Anleger und Ilse musste Marga nur einen fragenden Blick zuwerfen.

„Schiffchen fahren? Aber selbstverständlich. Die haben sehr guten Kaffee an Bord und eine Rundfahrt ist immer schön. Es ist noch früh und wir haben alle Zeit der Welt." Schon strebte Marga mit entschlossen hochgerecktem Kinn in Richtung des Holzhäuschens, an dem man seine Karten kaufen konnte.

„Aber wart kurz, bitte. Ich möchte Phillip noch schnell eine Nachricht schicken und fragen, ob sie die Fahrerin des Porsche schon haben. Ich bin heute besonders neugierig." Während Marga die Karten besorgte, tippte Ilse in aller Eile eine Nachricht an Phillip in das Handy. Sie berichtete auch von der vermeintlichen

Verfolgung am heutigen Morgen, die ihr noch immer gehöriges Kopfzerbrechen bereitete. Was wollte diese Frau von ihr? Wenn, dann müsste sie eigentlich den schönen Marcel und Tilde verfolgen. Aber doch nicht sie. Egal, sie beendete ihre Nachricht mit drei dicken Küsschen und beeilte sich, zu Marga aufzuschließen, die, anscheinend magisch von den Fluten des Tegernsees angezogen, zur schmalen Gangway stapfte.

Ganz schön brenzlig

Phillip

Er hasste es, an ein Bett gefesselt zu sein, mochte das Bett auch noch so komfortabel erscheinen. Immerhin lag er endlich in einem Einzelzimmer und durfte sein Telefon benutzen, wann er wollte. Andreas hatte sich aus Wien zu Wort gemeldet und in Österreich war der Hoteldirektor, im Gegensatz zu Deutschland, ein Unbekannter. Hier hingegen kamen immer mehr Einzelheiten ans Tageslicht. Der Herr Direktor hatte so einiges auf dem Kerbholz. Unterschlagung, die man ihm sogar nachweisen konnte, die aber aus unerklärlichen Gründen nicht zur Anzeige gekommen war, und eindeutige Falschaussagen, sobald es um die Vorgänge in den jeweiligen Hotels ging, in denen er tätig gewesen war.

Aus dem Hotel an der Nordsee war mittlerweile ein umfassender Bericht bei den bayrischen Kollegen eingegangen, dass es seinerzeit ein seltsames Aufeinander-

treffen von Arbeitsbeginn des neuen Vize-Direktors
und einer Diebstahlsserie, gefolgt von mehreren Damen, die sich darüber beklagten, dass ein Herr mit
Wohnsitz in Luxembourg ihnen Aktien einer aufstre-
benden Bank verkauft habe und nach kürzester Zeit
spurlos verschwunden wäre. Einige machten sich gar
Sorgen, ihm sei etwas zugestoßen, und wollten Ver-
misstenanzeige erstatten. Zum großen Schreck für die
Damen, die alle auch angaben, zarte Bande mit dem
Herrn geknüpft zu haben, stellte sich heraus, dass es
binnen drei Monaten insgesamt wohl achtzehn Fälle
gegeben hatte und keine der Frauen auch nur ansatzweise wusste, wie der Mann wirklich hieß, geschweige
denn, wo er wohnte. Man hatte ihn lediglich des Öfte-
ren mit Brauner gesehen, was dieser zwar eingestand,
aber angab, dass der Mann auch ihn belogen und im
Hotel die Zeche geprellt habe. Der Pass des Mannes sei
ebenso falsch gewesen wie seine Angaben zum Woh-
nort und offensichtlich auch zu seinem Namen. Man
fühlte sich in eine Art „Thomas Crown"-Kriminalspiel
versetzt, denn der Kerl schien ein Phantom zu sein. Er
tauchte auf, log, betrog, sackte Unmengen an Geld ein
und verschwand auf Nimmerwiedersehen. Sowohl
Brauner wie auch sein damaliger Chef sagten überein-
stimmend aus, man könne nicht jeden einzelnen Gast
von der Polizei untersuchen lassen. Außerdem habe
der Herr ausnehmend seriös gewirkt, habe hervorra-
gende Umgangsformen besessen und den Eindruck gemacht, er wisse sehr genau, wovon er spreche.

Was sowohl Phillip als auch die Polizei erstaunte, war
die Tatsache, dass nur eine einzige der betrogenen

Frauen ihre Klage aufrecht hielt. Leider nutzte ihr das wenig, da man den Fremden nicht auffinden konnte.

Ein Umstand, den Phillip nicht ganz nachvollziehen konnte, war der, dass es ein Konto gegeben haben musste. Denn wohin sollten sonst die Summen verschwunden sein? Bei den Frauen, die ihm unvorsichtigerweise Bargeld ausgehändigt hatten, war es nachvollziehbar. Aber drei von ihnen hatten angegeben, mit ihm in der Bank gewesen zu sein. Ein Konto, auf das solche Summen flossen, konnte nicht einfach spurlos verschwinden. Oder doch?

Er trank einen Schluck des Tees, um den er gebeten hatte, und verzog angeekelt das Gesicht. Pfui Deibel, das schmeckte wie ausgekochte gelbe Rüben. Es wurde Zeit, dass er wieder mobil wurde.

Der nächste Punkt waren die Geschehnisse in dem Nobelhotel nahe Frankfurt. Laut Aktenlage trat Brauner, dieses Mal als Direktor des Hauses, seine Stelle an und keine Woche später checkte ein Gast ein, der den Namen Marcus Black angab und offenbar auch über die passenden Papiere verfügte, zumindest dachte man das. Solange, bis nach über einem Monat eine erste Meldung bei der Polizei einging. Ein weiblicher Gast des Luxushotels, die sich in dem Haus eine kostspielige Verjüngungskur angedeihen ließ, meldete einen möglichen Betrugsfall. Ein Herr Marcus Black habe ihr versprochen, ihr über Beziehungen seiner Familie einen nagelneuen Mercedes Maybach zum Sonderpreis zu besorgen. Sie habe in gutem Glauben, da man sich auch menschlich nähergekommen sei, über zweihunderttausend Euro vom Konto abgehoben und ihm ausgehändigt. Er wollte den Kauf schnellstmöglich über die

Bühne bringen und bat sie, schon einmal ein Wochenende in einem herrlichen Luxushotel in der Schweiz zu buchen, um den Wagen einzuweihen. Sie wurde erst misstrauisch, als es nach zwei Tagen im Hotel hieß, der Herr habe ausgecheckt und sei noch am selben Tag in die Vereinigten Staaten gereist. Ein Maybach war in der ganzen Zeit, laut Unterlagen der Firma Mercedes Benz, nicht an ihn verkauft worden.

Wie gerissen der Betrüger agierte, stellte sich heraus, als man die Flüge überprüfte und tatsächlich einen Marcus Black fand. Ein unbescholtener Bürger des Staates Washington, der sich noch an einen sehr seriösen und weltgewandten Mann erinnerte, der ihm vor Monaten auf einem Pharmakongress in Frankfurt erzählte, er würde Luxuskarossen vermitteln. Im Nachhinein war er unendlich froh darüber, dass er nie im Leben so viel Geld hätte aufbringen können, wie der Fremde benannt hatte. Ihm genügte es vollauf, dass der für seine unlauteren Machenschaften nunmehr seinen Namen benutzte.

Von Phillips Handy erklang ein lautes *Pling* und er wusste, dass er eine Nachricht seiner Tante erhalten hatte. Er las sie sofort und war besorgt. Gleich nach Ilses Nachricht am gestrigen Abend hatte er alle Daten an die Kollegen weitergeleitet. Eigentlich sollte die fremde Dame nicht seine arme Tante verfolgen, sondern von den Beamten vernommen werden. Seltsam.

Angespannt wählte er die Nummer des Kollegen, der in der Sache federführend ermittelnd tätig war.

Der ging erst nach mehrmaligem Läuten an sein Telefon.

„Servas, Herr Kollege, Vancura hier. Meine Tante hat sich gerade gemeldet und mir erzählt, dass sie schon wieder von der Dame im schwarzen Porsche verfolgt worden ist. Zumindest hatte sie das Gefühl. Sie hat den Wagen abgeschüttelt, ist aber sehr beunruhigt.“

Die Antwort des Beamten verstand er nicht sofort. „Entschuldigung, ich steh grad a weng daneben. Wie meinten Sie das, als Sie gerade sagten, das dürfte schwierig werden mit der Verfolgung?“

Als er die Ausführungen des Kollegen zum Sachstand bekam, verstand er sehr wohl und mit jedem Wort, das er hörte, stieg seine Sorge. „Danke für die Info. Ich kümmere mich sofort darum. Bitte halten Sie mich auf dem Laufenden.“

Er beendete das Gespräch und wählte sofort Ilses Nummer. Kein Empfang. Egal, wie oft er es versuchte, seine Tante schien entweder in einem Funkloch zu sein oder sie hatte ihr Handy ausgeschaltet.

„Verdammt, Tante Ilse, wo steckst du?“

Das wollte ihm gerade so überhaupt nicht gefallen.

***

„Herrlich, nicht wahr? Bayern ist schon sehr schön, zumindest an vielen Orten ist es das noch.“ Ilse saß auf einer der Bänke an Deck, hatte die Füße weit von sich gestreckt und genoss den schönen herbstlichen Sonnenschein.

„Das darfst du laut sagen. Und so friedlich ist es hier.“ Marga gefiel die Fahrt sichtlich. „Trotzdem mache ich mir Sorgen um unsere Tilde. Ja, ich weiß schon, dass eigentlich nichts passieren kann, aber ihr Herz, das können die von der Polizei nicht schützen."

Ilse rümpfte nachdenklich die Nase und blinzelte in die Sonne. „Richtig, aber ganz ehrlich, Marga, wir haben alles versucht. Ich hab sie von Anfang an vor dem Möchtegern-Käsebaron gewarnt, aber sie wollte halt nicht auf uns hören. Weißt du, was das Schlimmste ist? Ich kann sie verstehen. Ich kann verstehen, dass man noch einmal lieben und geliebt werden möchte. Sie und Klaus hatten etwas so Wundervolles, so Einzigartiges, dass man sich nicht so einfach damit abfinden kann, dass es solch ein tiefes Gefühl nur einmal geben soll. Ich denke, sie konnte nicht anders. Dieser Marcel oder wie auch immer er heißen mag, ist Klaus vom Erscheinungsbild her so ähnlich, dass sie automatisch in ihrem hübschen Kopf Äußeres und Inneres gleichsetzt. Nur war bei Klaus eben beides schön, sein Äußeres und sein Charakter. Ich mag mir nicht vorstellen, wie weh es ihr tun wird, wenn das Ganze ans Licht kommt, und das ist bald der Fall. Davor können wir sie aber nicht mehr beschützen, dafür ist es zu spät. Wir können nur für sie da sein, wenn sie uns braucht, und sie wird Freunde brauchen, das versprech ich dir." Es stimmte sie traurig, dass es ausgerechnet Tilde traf, die immer so freundlich, so offen und so hilfsbereit war. Es gab ja nun wahrlich Frauen, die einen dezenten Dämpfer in Sachen Hochmut, Arroganz und – da war sie ehrlich – Ausnehmen von verliebten Männern hätten gebrauchen können. Aber Tilde?

„Mein Gott, schau dir die Uferregion an. Da kann sich jeder Indian Summer in Kanada verstecken." Marga zeigte strahlend auf den herrlichen, in zahllosen Rottönen begeisternden Ausblick.

Ilse lächelte und musterte die langjährige Freundin liebevoll. „Kanada. Euer einziger richtig großer Urlaub, ihr zwei Arbeitstiere. Muss eindrucksvoll gewesen sein, wenn du heute noch so davon schwärmst."

Marga seufzte. „Schön war es, sehr schön und wir haben es auch genossen. Aber die Zeit danach war schwer. Wir haben viel gearbeitet, aber Hans hat für seine Firma gelebt, das weißt du. Ich mein, du hast es schließlich alles mitbekommen. Und obwohl es hart war, möchte ich nicht einen einzigen Tag davon missen."

„Auch das weiß ich, Marga. Ihr wart Seelenverwandte, gesucht und gefunden und nie mehr losgelassen."

„Ja, bis zum letzten Tag. Ich bin traurig, sehr traurig, dass Hans so früh gehen musste. Aber die vielen wunderbaren Jahre davor, die waren einfach nur herrlich."

Ilse legte der Freundin den Arm um die Schultern. „Siehst du, so soll es sein. So war es bei Franz-Josef und mir und so war es bei Tilde und Klaus. Ich bin sehr dankbar für diese Jahre, für die gemeinsame Zeit. Aber du weißt schon noch, was mein Mann auf dem Sterbebett gesagt hat?"

Marga nickte, lächelte und sagte: „Eins sag ich dir, Ilse, wenn du dein Leben nicht weiterlebst, wenn du dein Leben nicht genießt, dann such ich dich als Geist heim. Nur dass das klar ist." Marga drückte ihre Hand. „Als ob ich das jemals vergessen könnte."

„Du sagst es. Und da der letzte Wille heilig ist, tu ich haargenau das, was er mir mit auf den Weg gegeben hat. Ich lebe."

„*Wir* leben, meine Liebe, wir! Und darum hab ich auch kein schlechtes Gewissen oder sowas wegen der *Studienreisen* in die Toskana. Er tut mir gut, so richtig gut. Bei ihm leb ich wieder und wir lieben uns. Nicht die tiefe Liebe wie bei Hans und mir, aber eine schöne, eine fröhliche Liebe, die der Seele und dem Herz guttut, weißt du, was ich meine?"

Ilse atmete tief ein. „Logisch, ich bin ja nicht senil oder so. Vielleicht komm ich demnächst mal mit in die Toskana, die Italiener haben es einfach, das gewisse Etwas."

Marga wirkte hocherfreut. „Das wäre perfekt. Ich schwöre dir, du würdest es lieben. Die Wärme, die fröhlichen Menschen, die herrlichen Landschaften, die einzigartigen Bauwerke. Die Sonne, wenn sie tief über den Pinienhainen steht, und das exzellente Essen."

„Essen?" Ilse kratzte sich schmunzelnd am Kinn. „Da sagst du was sehr Vernünftiges. Ich hab Hunger. Wenn das Schiff anlegt, gehen wir in Rottach ins Strand-Café. Danach bummeln wir und shoppen, was die Kreditkarte hergibt, und ausklingen lassen wir es dann wie geplant beim Bachmair. Wie klingt das?"

Marga seufzte genussvoll. „Nach einem wunderschönen Tag mit meiner besten Freundin, ohne Krimifälle und ohne Ganoven. Dafür mit vielen schönen Dingen, so mag ich das."

***

„Herr Vancura, wie geht es Ihnen? Ich würde Sie gerne von den engen Verbänden erlösen. Allerdings sollten Sie sich nicht zu früh freuen. Sie bekommen eine Schiene und einen unserer modischen Gehstiefel." Der freundlich wirkende Chefarzt mit den bereits ergrauenden Haaren, musterte ihn fragend. „Kommen Sie mit Krücken zurecht?"

Phillip nickte ein klein wenig bedrückt. „Aus mehrfacher leidvoller Erfahrung weiß ich mit Krücken sehr gut umzugehen."

„Ah, das ist dann wohl nicht Ihr erster Mountainbike-Unfall?"

„Nicht wirklich. Gebrochen habe ich mir aber erst zwei Mal etwas."

Der Mediziner schüttelte sichtlich besorgt den Kopf. „Ich habe mir die Ausführungen der Bergwacht und der Rettungssanitäter durchgelesen. Das hätte richtig schiefgehen können, dessen sind Sie sich bewusst? Angesichts des Bruches und eingedenk der Tatsache, dass, wenn ich Ihre Akte richtig gelesen habe, nicht zum ersten Mal sämtliche Bänder in Ihrem Unterschenkel gerissen oder angerissen sind, sollten Sie dringend in sich gehen. Herr Vancura, solche Verletzungen darf man, besonders in Ihrem Beruf, nicht auf die leichte Schulter nehmen. Sie müssen im Notfall schnell sein, liege ich richtig?"

„Durchaus, ich weiß."

„Das höre ich gerne. Denn wenn Sie das wissen, dann möchte ich Sie dringend bitten, zukünftig bei Ihren Downhill-Abenteuern mehr Vorsicht walten zu lassen. Aber nun bringen wir Sie erst einmal in den Behandlungsraum und danach können Sie langsam anfangen, mit den Krücken zu laufen, einverstanden?"

Und wie er damit einverstanden war.

Eineinhalb Stunden später lag er wieder in seinem Bett und musterte misstrauisch die Krücken, die am Esstisch lehnten. Pink mit Glitzer darauf. Wüsste er es nicht besser, so könnte man annehmen, dass ihm seine Tante hier einen Streich spielte. Apropos Tante. Er musste unbedingt den aktuellen Stand der Dinge wissen und sie dann so schnell als möglich erreichen.

Phillip drehte sich ein wenig zu schwungvoll nach rechts, um zu seinem Handy zu kommen. Als es ausgerechnet in diesem Augenblick an der Tür klopfte und diese sich öffnete, gelang es ihm gerade noch so, nicht aus dem Bett zu rutschen.

Der Mann trug eine graue Jacke und einen ebenso grauen Rollkragenpullover, eine Jeans ... und ein Pistolenhalfter samt Waffe.

„Herr Vancura? Phillip Vancura? Mensch, Kollege, Sie müssen nicht gleich aus dem Bett fallen. Ich komme in friedlicher Absicht." Das Grinsen des Kerls war eine Unverschämtheit, aber durchaus sympathisch. „Ich bin Martin Hanser, wir haben heute schon telefoniert." Er trat an Phillips Bett und reichte ihm die Hand.

Er ergriff sie erfreut. „Das ist aber nett, dass Sie hier vorbeikommen. Ich wollte Sie gerade anrufen. Hat sich schon etwas ergeben?"

Der andere wurde sofort ernst. „Nicht sehr viel mehr, als ich Ihnen schon am Telefon erzählt habe. Heute am frühen Morgen haben wir die Halterin des Porsche herausgefunden und eine Streife zu ihrem Haus geschickt. Schicke Villa, so ganz nebenbei. Die Kollegen haben geklingelt und geklopft, aber es hat ihnen niemand geöffnet. Da der Wagen in der Einfahrt stand, gingen sie davon aus, dass die Bewohnerin des Hauses mit ziemlicher Wahrscheinlichkeit zu Hause sein dürfte. Darum gingen sie um das Haus herum und fanden die Terrassentür nur angelehnt vor. Es hat auf ihr Rufen niemand geantwortet und so sind sie ins Haus gegangen. Sie fanden Frau Moosfeld am Fuß der Treppe, die in den ersten Stock führt. Für jemanden, der keine Erfahrung hat, oder der nicht so genau hinsieht, könnte es durchaus ein Unfall gewesen sein. Aber nicht nur die Kollegen waren sofort misstrauisch, auch der Gerichtsmediziner hat den Verdacht bestätigt. So, wie sie lag, kann sie weder ausgerutscht noch gestolpert sein. Sie wäre bei beidem sicher in der Lage gewesen, sich zu halten, da sie nichts in den Händen hatte, wie sich herausgestellt hat, und es zwei Geländer gibt. Frau Moosfeld wurde gestoßen und zwar von ganz oben und mit viel Kraft. Da war jemand wütend oder enttäuscht. Sie hat einen doppelten Schädelbruch und einen Bruch der Halswirbelsäule. Sie dürfte sofort tot gewesen sein.“

Phillip schüttelte sich, was er umgehend bereute, da das seinem Bein gar nicht bekam. „Au, verdammt. Die arme Frau, tut mir aufrichtig leid. Meine Tante hat sie, wie gesagt, noch vor kurzem in der Tölzer Innenstadt mit diesem angeblichen Franzosen gesehen, höchst lebendig.“

„Hm, jetzt ist sie das nicht mehr. Laut Aussage der Gerichtsmedizin dürfte der Todeszeitpunkt bei letzter Nacht kurz nach Mitternacht anzusetzen sein. Folglich kann sie Ihre Tante heute nicht vom Hotel aus verfolgt haben. Außerdem haben wir das Auto beschlagnahmt, darum kann auch kein Fremder gefahren sein.“

„Dubios, sehr dubios. Meine Tante war sicher, es sei der dunkle Porsche gewesen. Ich muss zugeben, ich mach mir Sorgen um sie. Sie ist am Tegernsee und hat keinen Handyempfang. Noch mehr Sorgen mach ich mir aber im Moment, ehrlich gesagt, um ihre Freundin Tilde, die mit dem seltsamen Franzosen unterwegs ist. Was, wenn der diese Frau Moosfeld aus dem Weg geschafft hat? Dann könnte Frau Berger die Nächste sein."

„Das ist richtig. Ich muss zugeben, dass das gerade eine vertrackte Situation ist. Wir überwachen zwar das Hotel, aber hier vor allem Brauner, den anderen Typen hatten wir bis heute Früh zwar als Betrüger, aber nicht als gefährlich eingestuft. Hier könnten wir uns geirrt haben, was nun wahrlich fatal wäre."

Phillip überlegte angestrengt. „Also, wenn Frau Moosfeld tatsächlich das Opfer einer Gewalttat wurde, dann hieße das aber, dass irgendetwas passiert sein muss, was die Herren aufgeschreckt hat. Oder die Frau hat endlich verstanden, mit wem sie es zu tun hat, und damit gedroht, sie auffliegen zu lassen."

„Gut kombiniert. Ich habe mir das Protokoll extra nochmal durchgelesen. Ihre Tante hat gehört, wie die Beiden von einer letzten Fuhre gesprochen haben. Also planten sie offenbar ihr Verschwinden innerhalb der nächsten Tage. Ich habe, ehe ich hierhergekommen bin, meine Leute angewiesen, die Flüge nach Mexiko in den nächsten Tagen zu überprüfen. Ich hab noch keine Rückmeldung, aber immerhin, sollten die Typen sich ihrer Sache so sicher gewesen sein, wie es scheint, dann ist es durchaus möglich, dass sie unter den tatsächlichen Namen gebucht haben. Sein könnte es. Dann hätten wir eventuell auch endlich den Namen des falschen Franzosen. Was wir jetzt bräuchten, wäre jemand, der sich unauffällig im Hotel umsehen kann. Ich kann das nicht, ich falle immer als Kriminaler auf, keine Ahnung warum.“

Phillip nickte. „Ist so eine Berufskrankheit. Ich würde mich anbieten, wenn es eine Rehaklinik wäre.“ Er zeigte auf sein geschientes und in dem klobigen Schuh steckendes Bein. „Aber dass ich eine Wellness-Behandlung buchen möchte, glaubt mir so kein Mensch.“

Wie auf Kommando klopfte es in diesem Augenblick. Als Phillip sein „Herein“ rief, ging langsam die Tür auf und Manuela erschien im Türrahmen.

„Ah, ich sehe schon. Hier bin ich richtig. Hallo zusammen. Ich dachte mir, du könntest frische Kleidung und auch sonst ein paar Dinge brauchen.“ Sie musterte Phillip fragend. „Warum siehst du mich so komisch an. Oder besser gesagt, warum seht ihr mich so komisch an?“

Phillip grinste zufrieden. „Schatz, ganz davon abgesehen, dass ich mich tierisch freue, dich zu sehen. Was hältst du von einem Beauty-Wochenende in der Tölzer Oase?“

***

„Ui, das ist ganz bezaubernd. Marga, was denkst du?“ Begeistert hielt Ilse der Freundin ein Dirndl in Meeresblau, Schwarz und Silber vor die Nase.

„Das passt perfekt zu dir. Zu deinen Augen, zu deinen Haaren und überhaupt. Los, probiere es an, ich suche eine passende Bluse.“ Schon war Marga unterwegs in Richtung der Ständer mit Dirndlblusen.

Ilse war hocherfreut. Der Tag war bis jetzt ein voller Erfolg. Das Wetter war großartig, die Rundfahrt auf dem Tegernsee hatte durchwegs schöne Erinnerungen an die Oberfläche gespült, der russische Apfelkuchen im Strandcafé ein Augen- und Gaumenschmaus. Jetzt noch die schönen Kleider, und das Ganze im Schlussverkauf um dreißig Prozent reduziert. Sie argwöhnte zwar, dass das so ein „Dauer-Sale" war, aber egal. Hauptsache es war schön.

„Da, sieh dir die an. Da kommt dein Dekolleté gut zur Geltung." Marga hielt ihr eine nur dezent gerüschte Bluse entgegen. „Zu viele Rüschen schaut in unserem Alter so seniorenmäßig aus."

Beide brachen gleichzeitig in lautes Gelächter aus.

Ilse fing sich als erste. „Da hast du recht, nur nicht aussehen, als gehöre man zum Kaffeekränzchen der ‚Häkelnden Ömchens'. Gib her, die gefällt mir."

Fünf Minuten später stand Ilse vor dem großen Spiegel im Umkleidebereich und freute sich. „Marga, schau, was meinst du? Soll ich?"

„Ilse, ich sehe doch, dass du hin und weg von dem Kleid bist. Natürlich kaufst du es dir, es steht dir hervorragend und macht dich schon wieder zehn Jahre jünger."

Sie verließen die Trachten-Boutique mit einem Dirndl, zwei Blusen und einem elegant-traditionellem Kropfband für Ilse sowie einem sehr schönen, geschmackvollen Landhauskleid für Marga.

„Damit ich für meine Studienreise etwas Schönes zum Anziehen habe." Marga warf ihr einen sehr glücklichen Blick zu.

Ilse freute sich für die Freundin. „Ja, das auch. Aber ich habe gesehen, dass der Reißverschluss sehr bedienungsfreundlich ist, den bekommt man ganz leicht auf, das heißt ...“

„Liebste Lady, Ruhe jetzt. Eine wahre Dame genießt und schweigt, darüber sind wir uns einig, nicht wahr?“

Ilse nickte mit ernster Miene. „Voll und ganz, Bellissima.“

Vor einer Auslage mit ausgefallenen Taschen blieb Ilse stehen und begutachtete die Ausstellungsstücke. Ihr fiel ein kupferfarbiges Abendtäschchen ins Auge. „Marga, was meinst du? Das passt zu Tildes schönem Kleid. Ich glaub, ich kauf es ihr. Ich könnte mir denken, dass sie in der nächsten Zeit Aufmunterung und hübsche Überraschungen wird brauchen können.“

„Richtig. Wie es ihr wohl geht? Ob sie noch auf Wolke Sieben schwebt oder schon heruntergefallen ist?“ Marga sah selbst traurig aus, als sie das sagte. Wie sollte dem auch anders sein?

„Ich weiß es nicht. Ich mag auch nicht anrufen, sonst denkt sie, wir überwachen sie. Leider ist Tilde in Punkto Marcel ein wenig paranoid. Mir ist nur wichtig, dass sie sicher ist. Mit der Beschattung durch die Polizei ist immerhin das gesichert. Los, komm, ich kauf die jetzt.“

***

„Beauty-Wochenende? Willst du mir irgendetwas sagen?“ Manuela musterte ihn mit bedenklich gerunzelter Stirn.

171

Phillip verstand schnell. „Blödsinn, du bist wunderschön so, wie du bist. Aber wir bräuchten jemanden, der in dem Hotel nach dem Rechten sieht. Wenn ich dir erzähle, was passiert ist, wirst du das verstehen."

Möglichst schnell, dafür sehr präzise, schilderte Phillip ihr, was geschehen war, und dass Tilde allein mit dem verdächtigen Franzosen unterwegs war.

„Uns wäre wichtig zu wissen, dass es ihr gutgeht. Ich kann meine Tante nicht erreichen, was per se sehr schlecht ist, da sie heute scheinbar von einer bereits toten Frau verfolgt wurde und mir das zu denken gibt. Aber dass ihre Freundin mit dem Kerl unterwegs ist, will uns beiden nicht gefallen."

Manuela kniff die Lippen zusammen und pfiff dann leise. „Verdammt, das hört sich nicht gut an. Habt ihr schon etwas von den Kollegen, die am Flughafen nachforschen sollen, gehört?"

Martin Hanser zuckte die Schultern. „Schön wäre es, aber ganz so schnell geht es halt dann doch nicht. Immerhin können sie jetzt nach drei Namen suchen."

„Drei Namen?" Phillip war erstaunt. „Warum das denn?"

„Na, dank Tante Ilse wissen wir, dass Frau Moosfeld ebenfalls ein Ticket im Auto liegen hatte. Stimmt doch, oder? Wir haben das schon im Hinterkopf behalten und im Haus danach gesucht, aber nichts gefunden. Seltsam, nicht wahr?"

„Menschenskinder, richtig! Es schien zwischenzeitlich so, als sei sie Teil des Ganzen. Das wurde ihr nun wahrscheinlich zum Verhängnis."

Er wandte sich Manuela zu. „Mit Ihnen haben wir eine Kollegin am Start, die immerhin die drei Damen kennt. Frau Berger könnte in Gefahr sein, ich glaube, darüber sind wir uns einig?

Sofort nickte Manuela. „Da stimme ich zu. In Ordnung, dann rufe ich in der Tölzer Oase an und bitte darum, das Hotel ansehen zu dürfen, da ich es auf TripAdvisor gefunden habe und ich es sofort sehr ansprechend fand. Richtig so?"

Phillip war spontan stolz auf seine Freundin. „Gut kombiniert, meine Liebe."

Manuela beugte sich zu ihm herunter und küsste ihn auf die Stirn. „Weil das ja nun so schwer war, was?"

„Bitte seien Sie vorsichtig, dieser Benedict Brauner hat ein imposantes Vorstrafenregister. Dass es ihm gelungen ist, in dermaßen noblen Häusern zu arbeiten, zeigt, dass er genau weiß, wann er welche Strippe ziehen muss. Und nicht vergessen, dass im Notfall die Verstärkung vor der Tür steht." Hanser war eindeutig besorgt.

Manuela nickte. „Mit solchen Exemplaren habe ich Erfahrung. Keine Angst, das wird schon." Sie griff sich ihr Handy, suchte die Nummer des Hotels und rief dort an.

Während sie telefonierte, läutete das Telefon von Martin Hanser. Der nahm das Gespräch an, lauschte in den Hörer und schüttelte dann den Kopf. „Ich glaub es ja nicht. Danke, Männer, gute Arbeit. Haltet ab sofort die Augen offen und holt euch im Falle eines Falles Verstärkung von den Kollegen am Flughafen." Hanser beendete das Telefonat und sah zu ihm und Manuela. „Langsam wird es eng für die Herrschaften. Hört euch das an."

***

Ilse warf einen prüfenden Blick auf die mittlerweile imposante Menge an edlen Einkaufstüten. „Marga, wollen wir die ins Auto packen, ehe wir zum Vier-Uhr-Tee gehen?"

Marga schüttelte entschlossen den Kopf. „O nein, es sieht immer wahnsinnig wichtig aus, wenn man mit Tüten und Taschen von irgendwelchen Nobelschuppen beladen in einem Lokal auftaucht. Da ich sowas alle Jubeljahre einmal mache, koste ich es heute aus, du verstehst das?"

Natürlich verstand sie das. „Klar. Brauchen wir noch etwas? Wir haben Kleider, Taschen, Handschuhe, Creme, die angeblich sofort fünf Jahre wegzaubert, und ein richtig schönes Leiberl für Phillip. Da hat er wieder was Neues für seinen Sport."

Marga schmunzelte amüsiert. „Sagte er nicht, du sollst ihm keine mehr kaufen?"

„Sicher, das sagt er jedes Mal und jedes Mal freut er sich, wenn ich es ihm gebe. Immer das Gleiche. Ich weiß genau, was er mag und was nicht. Lang genug kenn ich den Kerl ja nun schon."

Marga warf einen Blick auf die Uhr. „Wir können dann, hast du zufällig eine Nachricht von Tilde bekommen? Ich hab ein schlechtes Gefühl im Magen. Und ehe du einen entsprechenden Kommentar abgibst, es kommt nicht von der Käsesahne-Torte, nur dass das klar ist."

Ilse übte sich in der Kategorie „gänzlich unschuldiger Blick". „Als ob ich sowas sagen würde. Aber nein, ich hab nichts. Allerdings hab ich gar nichts. Vielleicht ist

174

der Empfang hier nicht so gut. Phillip wollte sich eigentlich auch melden. Versuchen wir es einfach im Bachmair, da gibt's gewiss exzellentes WLAN."

Und so strebten sie, beladen mit ihren neu erworbenen Schätzen, dem bekannten Nobelhotel am Seeufer zu.

***

„Herzlich willkommen in unserem Haus, Frau Bauer. Wir hatten telefoniert. Sie haben Interesse an einem Entspannungs-Wochenende?" Die freundliche junge Frau am Empfang war ihr sofort sympathisch.

Manuela nickte. Ihr war das Entspannungs-Wochenende weniger seltsam erschienen als ein Beauty-Treatment. „Ja, richtig. Stressiger Job, Sie verstehen? Ab und an sind die persönlichen Akkus leer. Ihr Haus liegt nahe an München, es ist perfekt für mich. Wenn mir jemand alles einmal zeigen könnte, dann würde ich mich vielleicht auch spontan entscheiden."

„Sehr gerne. Im Normalfall macht der Chef das persönlich, heute aber ist er sehr eingespannt. Ich hoffe, es ist in Ordnung für Sie?"

„Natürlich, das macht mir nichts aus." Verflixt, sie hätte Brauner schon gerne kennengelernt. Immerhin wusste sie somit, dass er noch hier im Haus und nicht auf dem Weg zum Flughafen war.

Nach einer halben Stunde kannte Manuela die Tölzer Oase, samt den diversen Bereichen für Wellness, Sport und Entspannung. Ein richtig schönes Hotel, nicht allzu überkandidelt, aber leider von einem Verbrecher

175

geleitet. Schade eigentlich. Wieder zurück am Empfang setzte sie eine zufriedene Miene auf.

„Ihr Haus ist sehr schön. Angenehme Atmosphäre und sehr gut ausgestattet. Ich denke, hier werde ich mich wohlfühlen. Zuvor muss ich noch rasch mit meinem Verlobten sprechen, da er eventuell mitkommen möchte, aber im Prinzip haben Sie mich überzeugt." Sie kam sich ein kleines bisschen mies vor, als sie das erfreute Strahlen der Angestellten sah, aber der Zweck heiligte hier eindeutig die Mittel.

„Selbstverständlich. Ich bin hier, falls Sie gleich reservieren möchten, Frau Bauer."

Sie bedankte sich, ging nach draußen, suchte sich einen Platz, von wo aus sie alles im Blick hatte und ihr niemand zuhören konnte. Phillip war nach dem ersten Klingeln am Telefon.

„Gut, dass du anrufst. Hat alles funktioniert?"

Sie berichtete ihm von ihrem Rundgang, davon, dass Brauner sich noch im Haus befinden sollte und dass sie Tilde nicht gesehen hatte.

Phillip klang angespannt. „Hör zu, wir wissen zwar jetzt mit ziemlicher Sicherheit, wie der Franzose heißt, aber wir haben keine Ahnung, wo er und Tilde Berger abgeblieben sind. Ich muss zugeben, eine tote Frau würde mir für heute genügen. Kannst du noch eine Weile dort herumhängen?"

„Herumhängen? Du machst mir Spaß, aber ja, das kann ich. Sie haben ein sehr nettes Mittagsbüffet, das auch für Nichtgäste zugänglich ist. Ich reserviere dann auch gleich ein schönes Doppelzimmer für mich und meinen Verlobten."

„Für wen, bitte?" Oh, welch angespannter Ton.

Sie grinste. „Na, für mich und dich, du begriffsstutziger Kerl.“

„Sag das doch gleich. Mach das, vielleicht fahren wir tatsächlich hin, wenn alles vorbei ist.“ Er klang deutlich entspannter.

Ein dezent süffisantes Lächeln umspielte ihre Lippen. „Wohl kaum, mein Schatz.“

„Und warum nicht, wenn die Frage gestattet ist?“

„Weil du, mein holder Downhill-Champion, zuallererst in eine Rehaklinik wirst verschwinden müssen. Ich wage zu hoffen, dass dir das eine Lehre sein wird. Ein kleines bisschen wahnsinnig bist du nämlich schon.“

Sie hörte ihn lachen. „Du hast ja recht. Aber mal im Ernst, mit wem willst du dann dahin?“

Ihr Lächeln wurde etwas breiter, mochte er das auch nicht sehen können. „Mit Tante Ilse!“

***

„Ja, spinnst, bist deppat! Ich hab total vergessen, wie schön es hier ist und wie verflixt gut das ganze Zeug schmeckt.“ Voller Begeisterung biss Ilse in ein noch leicht warmes Scone-Brötchen, das sie hingebungsvoll mit clotted cream und hausgemachter Walderdbeermarmelade bestrichen hatte. Ein himmlisches Geschmackserlebnis und old England Feeling vom Allerfeinsten. „So schade, dass Tilde nicht bei uns ist, wir hätten sicher Spaß.“

Marga trank einen Schluck des edlen Tees, eine Hausmischung, die man bei Bachmair extra aus dem Teekontor kommen ließ. „Köstlich, wirklich. Der Tee ist

177

ein Traum. Ein winziger Hauch an Sahne, Kandiszucker und er ist perfekt. Aber zurück zu Tilde. Mach dir nicht so viele Sorgen. Wir werden sie wieder einnorden, es nutzt nichts, wenn wir uns den Kopf zerbrechen. Sie wird sehr bald aufwachen aus ihrem Traum und dann fangen wir sie auf." Margas Blick huschte über den reich gedeckten Tisch. „Ilsehase, gibst du mir bitte so ein Petit Four? Das rosarote mit den silbernen Blümchen bitte."

„Silberblümchen? Immer gerne, liebste Freundin. Und weißt du was? Heute gönne ich mir auch solch eine winzige Sünde. Dafür setze ich mich morgen eine Stunde auf den Hometrainer."

Marga sah sie an, dann lachte sie. „Tu das. Setz dich drauf, aber treten müsstest du dann auch, sonst hilft es nicht so besonders viel."

Ilse schüttelte seufzend den Kopf. „Ich seh es schon, ich werde nicht ernst genommen."

Sie verbrachten einen wunderschönen Nachmittag mit sehr feinen Leckereien und freiem Blick auf den See. Ilse beobachtete neugierig, wie sie die Schiffe nach der letzten Rundfahrt am Landungssteg vertäuten. Im Hintergrund sah man die rotgoldenen Sonnenstrahlen, die den See in ein glitzerndes, funkelndes Märchen verwandelten. Ja, sie lebte gern hier, mochte sie ab und an ihr Wien zwar vermissen, so war ihr Bayern zur Heimat geworden. Letztendlich waren es nur knapp fünf Stunden, bei etwas zügigerer Fahrweise gar nur vier Stunden, um einmal wieder durch den Prater zu schlendern. Den kommenden Winter musste sie das unbedingt wieder tun. Man konnte nie wissen, wie viel Zeit einem blieb.

Sie wischte den letzten Gedanken entschlossen beiseite und blickte wieder zu Marga. „Lass uns den Tee austrinken und ganz langsam an die Heimfahrt denken. Man soll immer aufhören, wenn's am schönsten ist. War der Tag nach deinem Gusto, meine Liebe?“

„O ja und wie. Ich habe es sehr genossen. Es ist immer wieder wunderschön hier. Ich kann die Touristen schon verstehen, dass sie ihnen hier am See die Bude einrennen. Selbst wenn die Leute hier langsam ungehalten werden, wer im Paradies lebt, sollte teilen können.“

Ilse seufzte tief. „Welch wahre und weise Worte. Dann zahlen wir und packen langsam zusammen. Ich glaub, ich brauch heute kein Candlelight-Dinner mehr, ich bin pappsatt.“

„Oh, je. Apropos Candlelight-Dinner, darauf hat sich Tilde so gefreut, das hat sie mir schon vorgestern verraten. Die Arme, ich mag mir nicht vorstellen, was sie wird durchmachen müssen, wenn es so weit ist.“

Ilse, die gerade den Kellner auf sich aufmerksam machte, zuckte mit einer hilflosen Geste die Schultern. „Liebes, ich kann's nicht ändern, glaub mir, ich tät's, wenn ich es könnt.“

Marga wirkte sehr bedrückt. „Vielleicht gibt's ja noch eine Chance, vielleicht mag er sie wirklich.“

Ilse steckte ihre Geldbörse wieder ein und musterte sie liebevoll. „Du und dein Harmoniebedürfnis. Ganz im Ernst, wenn der Pseudofranzose sie tatsächlich liebt, dann bin ich die Königin von Saba.“

Marga lächelte traurig, stand auf, zog sich ihre Jacke über und meinte: „Ich denke, du hast wie so oft recht.

So lasst uns aufbrechen, Eure Majestät. Hoffen wir, dass unsere Kutsche nicht allzu kühl ist."

Schutzengel im Sonder-

einsatz

Es wurde bereits dämmrig, als sie den Fußweg zum Parkplatz entlang gingen. Ilse war so sehr in Gedanken, dass sie um ein Haar über eine Bodenwelle, verursacht von einer mächtigen Buche und deren Wurzeln, gestolpert wäre.

„Sag mal, bin i jetzt z'deppat zum Gehen, oder wos?" Sie konnte sich gut fangen und lief jetzt konzentrierter neben Marga in Richtung ihre Autos. Ihr Blick glitt suchend über den Parkplatz.

Sie erkannte den Wagen sofort, ebenso die Umrisse einer menschlichen Gestalt.

Direkt neben Schnucki parkte der verdächtige Porsche und sie war sich absolut sicher, sich nicht zu irren.

„Marga, schau, schnell, das ist das Auto, das mich dauernd verfolgt. Das muss die Frau sein, mit der Monsieur Marcel sich in Tölz getroffen hat."

Marga kniff die Augen etwas zusammen, wahrscheinlich, um besser sehen zu können, so ganz ohne Brille. „Bist du dir absolut sicher? Davon gibt's viele."

„Das werden wir jetzt gleich wissen, wenn's ein Miesbacher Kennzeichen ist und wenn's diese seltsame matte Nachtschwarz-Lackierung ist, dann gibt es keinen Zweifel mehr." Ilse beschleunigte aufgeregt ihre Schritte. Just, als sie den Parkplatz durch die kleine Holzpforte betraten, gingen bei dem Porsche die Lichter an, der Motor heulte auf und ehe sie es sich versahen, fuhr das verdächtige Fahrzeug mit weit überhöhter Geschwindigkeit davon.

„Bist du nun überzeugt?" Ilse sah dem davonrasenden Auto kopfschüttelnd hinterher. „Und kannst du mir sagen, was die hier macht, anstatt auf der Polizeidienststelle die Fragen der Beamten zu beantworten?"

„Ruf Phillip an, der muss das wissen. Los, mach schon."

Ilse nickte. „Das werde ich sofort tun. Ich bin eigentlich ein entspannter Mensch, aber langsam mache ich mir schon Sorgen." Sie angelte das Handy aus ihrer Umhängetasche und tippte die Nummer ihres Neffen. Nichts. Aber rein gar nichts. Das Telefon war tot. Sie warf einen genervten Blick darauf und stöhnte auf. „Und ich werd doch senil. Ich hab es die ganze Zeit angehabt, jetzt ist der Akku leer. Irgendeine App muss sich eingeschaltet haben, als ich es in die Tasche geworfen hab. Auch das noch."

„Magst du mit meinem telefonieren?" Marga dachte praktisch.

„Nein, lass es gut sein, Marga. Ich denke, wir sollten auf dem schnellsten Weg ins Hotel. Ich mache mir erst recht Sorgen um Tilde. Wenn diese Irre schon uns auflauert, was tut sie dann mit der Frau, die sie als

Konkurrenz betrachten muss?" Sie sperrte den VW auf und warf ihre Einkäufe schwungvoll auf den Rücksitz.

Auch Marga kletterte behände auf ihren Sitz. „Glaubst du ernsthaft, dass die Frau hinter uns her ist?"

„Marga, zuerst fährt sie uns in Tölz fast über den Haufen, danach lande ich im Seitenstreifen der Landstraße, nachdem sie zuvor in dem gleichen Ort war wie ich, und jetzt steht sie neben uns in Rottach-Egern? Ja, Marga, sie verfolgt mich oder uns, was auch immer." Ilse schnaubte empört auf. „Und das auf meine alten Tage." Entschlossen startete sie ihr Auto und verließ den Parkplatz. Nur wenige Minuten später ging es erneut auf die kurvige Straße in Richtung Tölzer Land.

„Dafür gibt es aber keine vernünftige Erklärung. Was sollte sie von uns wollen, respektive von dir?" Marga klang verunsichert.

„Lass mich nachdenken. Also, zuerst sieht sie den Kerl, an dem ihr anscheinend viel liegt, mit Tilde in Tölz, wahrscheinlich hat sie dabei auch uns beobachtet, wie wir neugierig in das Café gespäht haben. Ich wage zu behaupten, dass sie ihn und unsere Freundin schon zuvor zusammen entdeckt hat. Sie ist eifersüchtig, das ist das eine. Aber allein, dass ich den Brauner und ihren *Amoureux*, also ihr Gspusi, in dem Café belauscht hab, dürfte sie in hab-Acht-Stellung gebracht haben. Du erinnerst dich, sie hatte, als ich das Auto untersucht habe, ein Ticket nach Mexiko auf dem Beifahrersitz. Angenommen, sie arbeitet mit *chère Marcel*, der kleinen Kröte, zusammen, dann muss sie fürchten, dass ich schnüffle und sie auffliegen lasse."

„Was nun nicht so weit von der Wahrheit entfernt ist, liebe Lady."

„Eben! Sie ist, denk ich zumindest, kein Opfer, sondern sieht sich mit ihm bereits unter Palmen in Acapulco. Wenn dann auch noch unsere liebeskranke Tilde dem Gauner vertrauensvoll von meinem Verdacht erzählt hat, dann macht es das noch schlimmer. Dann bin ich eine echte Bedrohung für sie und ihre Komplizen. Ich gebe es gerne zu, das klingt alles ziemlich wild und wirr, aber ich schwöre dir, dass ich, wenn schon nicht punktgenau, so aber immerhin ganz nah an der Wahrheit dran bin.“

„So wirr klingt das gar nicht. Im Gegenteil, so scheint es wenigstens Sinn zu ergeben. Auch wenn ich tatsächlich noch immer nicht verstehe, warum sie dem Franzmann Glauben schenken sollte. War sie nicht auch mit ihm in einer Bank?“

Ilse warf einen Blick in den Rückspiegel. Hinter ihnen war kein Auto. Dafür war es recht dunkel und mit der Beleuchtung auf Landstraßen haperte es nun einmal auch in Bayern. Sie konzentrierte sich, so gut es ging, auf den Straßenverlauf, was, bedingt durch die Dunkelheit, zunehmend herausfordernder wurde.

„Ja, war sie. Das sagt nur nichts aus. Sie können ja ebenso gut das bestehende Konto aufgelöst und den ganzen Schmodder schon einmal auf ein Konto ins Ausland überwiesen haben. Wie wäre es mit der Theorie?“

„Ich bin beeindruckt. Du hättest damals echt zur Polizei gehen sollen. Du kombinierst besser als der *Bulle von Tölz*.“ Marga betrachtete sie mit bewunderndem Blick.

„Besser als wer? Wie sprichst du über die Polizei?“

„Ilse, denk nach! Das war die Fernsehserie mit Otti Fischer, die noch dazu in Tölz gespielt hat. Du willst mir nicht erzählen, dass du die nicht kennst."

Sie grinste. „Die kenn ich natürlich. Das war mal wieder eine gute Serie, aber ich habe sie vor allem wegen seiner Mutter geliebt. Ruth Drexel ist unerreicht."

„... und dir ein kleines Bisschen ähnlich." Marga klang sehr amüsiert.

„Tja, ich kann nicht anders. Nicht alle haben den siebten Sinn für Verbrechen."

„Apropos Verbrechen, ehe wir ins Hotel fahren, solltest du bei Phillip reinschauen. Der muss das alles wissen. Langsam ist es unheimlich und erscheint trotzdem logisch. Vertrackt das. Hoffentlich ist Tilde nicht auch in der Schusslinie."

„Genau das macht mir Sorge. Eine Bergtour! Und das mit einem Menschen, der in den Startlöchern steht, um nach Südamerika zu verschwinden. Aber du hast schon recht. Fahren wir zuvor in der Klink vorbei. Die werden sich freuen. Die Besuchszeit ist längst vorüber."

„Egal, das ist ein Notfall und Phillip ist Polizist. Da wird gar nicht lange diskutiert."

„Du kannst richtig streng sein, wenn du willst."

„Du hast ja keine Ahnung." Marga wusste eindeutig, was sie wollte. „Ähm, Ilse, Liebes. Ich verstehe, dass du schnell in Tölz sein willst, aber bei der kurvigen, unübersichtlichen Strecke bin ich echt besorgt. Du fährst ganz schön zügig."

Da lag Marga schon richtig, aber irgendwas schien mit ihrer Gangschaltung nicht zu funktionieren. Sie versuchte erneut, einen Gang zurückzuschalten. Der Gang ließ sich leicht ändern, aber auch wenn sie fest auf die Bremse trat, veränderte sich die Geschwindigkeit nicht. Ilse versuchte das Ganze noch einmal. Kein Erfolg. Im Gegenteil, da sie soeben eine Hügelkuppe überwunden hatten und es nunmehr relativ steil bergab ging, wurden sie vielmehr schneller anstatt langsamer. Erneut trat sie auf Kupplung und Bremse, keine Reaktion. Was war hier los? So etwas hatte ihr Auto noch nie gemacht. Er war immer zuverlässig gewesen. Konnte das am Getriebe liegen?

„Ilse, ernsthaft. Du solltest langsamer fahren. Das, was du gerade tust, ist mehr als gewagt." In Margas Stimme schwang ein Hauch von Panik mit.

„Marga, das versuche ich ja. Aber der Wagen reagiert nicht. Zumindest bringt es nichts zu bremsen. Er wird nicht langsamer, er wird schneller. Ich weiß nicht, was ich noch tun soll."

„Handbremse?"

„Versuch es bitte, ich schalt nochmal, vielleicht liegt es daran."

Sie sah aus dem Augenwinkel, wie Marga mit beiden Händen die Handbremse betätigte. „Nichts, das fühlt sich an, als ob sie überhaupt nicht greift. O Gott, Ilse, was tun wir denn jetzt?"

„Gute Frage!" Sie trat die Bremse voll durch, ohne dass sie auch nur einen Hauch langsamer geworden wären. Dazu kam, dass hier im Wald die Straße schon wieder, oder immer noch, nass und glitschig war. Es gelang ihr kaum mehr, den viel zu schnell fahrenden VW zu kontrollieren. Ihr wurde noch flauer im Magen, als sie vor sich eine scharfe Rechtskurve erblickte, die wesentlich schneller näherkam, als ihr lieb sein konnte.

Nein, das konnte sie nicht bewältigen. Die glatte Straße, das hohe Tempo und dazu die steile Kurve, sie sah das Unglück unaufhaltsam auf sich zukommen und konnte nichts dagegen unternehmen.

„Marga, halt dich fest!!" Automatisch streckte sie schützend den rechten Arm vor die Freundin.

***

Phillip, mittlerweile voll bekleidet und mit den beiden Krücken bewaffnet, saß gemeinsam mit Martin Hanser in dem für Krankenhaus-Verhältnisse regelrecht edlen Café der Orthopädischen Klinik.

Sein behandelnder Arzt hatte gar nicht erst versucht, ihn aufzuhalten. „Machen Sie, was Sie sich selbst zutrauen. Aber nicht übertreiben, sonst verpasse ich Ihnen einen Halbkörpergips."

Die Drohung saß und er würde den Teufel tun, sich zu viel zuzumuten. Immer wieder fiel sein Blick auf das Mobiltelefon auf dem Tisch.

„Kollege, davon, dass du es dauernd anstarrst, läutet es auch nicht früher."

Mittlerweile war man zum freundlichen Du übergegangen, wie es in ihren Kreisen meist üblich war.

Er stöhnte genervt auf. „Weiß ich schon, ich mache mir Sorgen. Nicht nur um meine Tante, jetzt auch noch um Manuela. Ernsthaft, wer hätte geglaubt, dass Kerle, die in Sachen Heiratsschwindel und Romance-Scammer oder wie das neuzeitlich heißt, unterwegs sind, plötzlich zu Mördern werden?"

Hanser verzog das Gesicht. „Niemand, genau das ist es ja. Ich muss zugeben, ich ärgere mich. Diese Dinge werden noch immer auf die leichte Schulter genommen. Erst vor ein paar Wochen hatten wir einen Fall, bei dem eine Frau auf so einen Betrüger hereingefallen ist. Sie hat ihn im Internet auf einer Social-Media-Plattform kennengelernt. Zuerst große Liebesschwüre, dann die Ankündigung, dass er nach Deutschland kommen will, und urplötzlich angeblich ein schwerer Autounfall. Er hat behauptet, dass er Probleme mit seiner Versicherung hat und die Krankenhausrechnung so hoch wäre, dass er Deutschland absagen müsse. Die arme Frau hat ihm zehntausend Euro überwiesen. Wohlgemerkt auf ein Konto in Deutschland. Und was tun wir? Nichts! Weil der Provider im Ausland sitzt und unsere Chancen gering sind, an ihn ranzukommen. Mit dem heutigen Wissenstand denke ich, dass wir da an uns arbeiten müssen, dringend."

„Hm." Phillip nickte zustimmend. „Ist ein altes Problem, aber sie werden gieriger. Ich meine, Heiratsschwindel gab es schon immer, seien wir ehrlich. Wenn ich richtig informiert bin, geht es aber bei diesen Geschichten mittlerweile um mehrere Millionen. Folglich stimme ich zu, dass man da langsam tätig werden sollte. Solche Sprüche wie: Die Frauen sind selber schuld, kann man sich sparen, denn inzwischen betrifft das auch Männer. Allerdings, dass sie dafür morden, das ist heftig. Ich würde zu gerne wissen, was Manuela da in der Oase so treibt."

***

Manuela sah sich interessiert in dem edlen Restaurant des Hotels um, als sie eine sehr freundliche

Stimme vernahm. „Haben Sie schon gewählt? Sie können sich auch am Büffet bedienen, da hätten Sie eine große Auswahl und Sie wüssten, was Sie bei Ihrem Aufenthalt in unserem Haus erwartet."

Verflixt, das Personal hier in der Oase war dermaßen freundlich, herzlich und liebenswert, dass Manuela um ein Haar vergessen hätte, warum sie eigentlich hier war. „Danke, das ist eine gute Idee, ich nehme das Büffet. Zum Trinken hätte ich gerne ein Tonic und dazu eine Flasche Mineralwasser."

„Sehr gerne, kommt sofort. Am Büffet kann ich Ihnen heute unsere Kürbiscreme-Suppe indische Art ganz besonders empfehlen, sie ist köstlich."

Manuela dankte der hilfsbereiten Servicekraft und beeilte sich, der Empfehlung nachzukommen. Während sie ihre Suppe löffelte, behielt sie durch den großen Torbogen, der hinaus in den Empfangsbereich führte, und die breite Fensterfront hin zur Einfahrt alles perfekt im Auge. Mittlerweile war es Nachmittag und gemeinsam mit ihr saßen mehrere Gäste, noch im Wanderoutfit, im Restaurant. Von Tilde leider keine Spur. Interessanter fand sie allerdings, dass man draußen an der Rezeption unruhig zu werden schien. Fehlte jemand? War ein besorgniserregendes Telefonat eingegangen?

Immer wieder suchte sie auch den Einfahrts- und Parkplatzbereich, soweit sie sehen konnte, ab. Endlich kam Leben in den bis dato kaum befahrenen Parkplatz. Ein großer, schicker Wagen kam auf das Hotel zu, blieb jedoch nicht in der Einfahrt stehen, sondern fuhr weiter auf die Parkplätze. Sie war nicht ganz so bewandert bei Automarken, das aber könnte der Maybach des angeblichen Franzosen gewesen sein. Sie vergaß vor lauter Konzentration beinahe ihre Suppe. Interessant wurde es, als kurze Zeit später ein Mann im dunkelgrauen Anzug durch die offenstehende gläserne Eingangstür trat. Manuela konnte schon immer ausnehmend gut hören und so verstand sie auch die aufgeregte Angestellte bestens.

„Herr Brauner, da sind Sie ja. Wir hatten keine Information, dass Sie außer Haus waren, wir haben Sie überall gesucht. Sie hatten einen Termin mit den Herren von der Handwerkskammer, wegen des Kongresses nächsten Februar."

Ganz abgesehen davon, dass sie sich nicht schlecht wunderte, dass die Handwerkskammer im Wellnesshotel tagte, war sie wie elektrisiert. Das war Brauner, der Mann, der schon mehrmals auffällig geworden war und von dem man inzwischen wusste, dass er mit dem Schwindler gemeinsame Sache machte. Er war also gar nicht im Haus gewesen. Noch wichtiger war in diesem Zusammenhang die Information, dass der Franzose und Tilde Berger offenbar zu Fuß unterwegs waren. Nicht sie, sondern der Herr Hoteldirektor war mit dem Wagen unterwegs gewesen.

So schnell wie bei dieser Gelegenheit hatte Manuela noch nie Essen von einem Büffet geholt. Erst als sie wieder am Tisch saß, bemerkte sie, dass sie Rosenkohl mit aufgeladen hatte. Ja, pfui Deibel, sie sollte sich dringend auf das Essen konzentrieren.

Noch während der Hoteldirektor, anscheinend ein wenig ungehalten, ob der Worte seiner Angestellten mit ihr nach hinten verschwand, entdeckte Manuela draußen Tilde Berger, die in bester Laune mit einem tatsächlich ausnehmend gutaussehenden Mann auf das Hotel zustrebte. Gott sei Dank, Frau Berger ging es gut. Nun hieß es, vorsichtig sein, denn wenn Tilde ihre Identität verriet, dann konnte vieles schiefgehen. Sie musste achtsam sein. Tilde und den Fremden im Auge behaltend, tippte sie eilig eine Nachricht an Phillip.

***

„Brauner war mit dem Maybach unterwegs. Das ändert einiges. Habt ihr die Überwachungskameras auf dem Weg zum Haus von Frau Moosfeld überprüft?" Phillip legte das Handy wieder auf den Tisch.

„Haben wir, also vielmehr: machen wir gerade. Denkst du, dass der tatsächlich mit der auffälligen Karre zu der Frau fährt, sie tötet und dann seelenruhig wieder davonfährt? Das halte ich für ein Gerücht." Hanser schien so seine Zweifel zu haben.

„Nein, eben nicht. Aber er hat gerade eindeutig den Wagen benutzt. Vielleicht hat er ihn in einer Nebenstraße abgestellt und ist zu Fuß gegangen. Ich kenne weder Brauner noch den anderen, aber das sind in meinen Augen keine harmlosen Ganoven. Die haben ein Format, das bisher, so glaube ich zumindest, unterschätzt wurde. Wenn er mit dem Wagen unterwegs war, dann nicht nur wegen der komfortablen Fortbewegung, sondern aus anderen Gründen. Die sollten wir so schnell wie möglich herausfinden. Immerhin wissen wir, dass es Frau Berger gutgeht, das ist schon einmal etwas. Aber ich habe noch immer keinen Ton von meiner Tante gehört. Das macht mir Sorgen. Ich könnte schwören, dass die gutgläubige, weil Hals über Kopf verliebte, Frau Berger dem Kerl von Tante Ilses Erkenntnissen erzählt hat. Das ist schlecht. Denn wenn die Herrschaften Angst haben aufzufliegen, dann dürften Skrupel eher zweitrangig sein."

Hanser nickte. „Leider wahr. Aber ich bin sicher, dass deine Tante bald wohlbehalten wieder im Hotel eintrifft. Die scheint einen verflixt scharfen Verstand zu haben, oder?"

Er grinste den Kollegen breit an. „Davon darfst du ausgehen. Die weiß sich meist recht gut zu helfen."

***

Ilse konnte die dicken Baumstämme nur erahnen, als sie und Marga samt dem VW ungebremst durch den Wald pflügten. Ohne dass sie auch nur ansatzweise etwas hätte unternehmen können, war das Auto von der Fahrbahn direkt ins Unterholz gerast. Hier wurden sie zwar ein wenig langsamer, dem weichen Untergrund geschuldet, sollte sich ihnen aber ein Baum in den Weg stellen, so war das Tempo noch immer viel zu hoch, um das unbeschadet zu überstehen. Zweige peitschten gegen die Frontscheibe und das laute Knirschen von Ästen, oder über was auch immer sie fuhren, drang an ihr Ohr. Ilse schwitzte selten. Jetzt rann ihr der Schweiß aus allen Poren. So fest sie konnte, umklammerte sie das Lenkrad und versuchte, irgendetwas zu erkennen. War das auf der Straße schon schwer gewesen, so war es hier, zwischen den hohen Tannen und dem Buschwerk darunter, schier unmöglich. Als direkt vor ihr im wild tanzenden Licht ihrer eigenen Scheinwerfer ein Baumstamm auftauchte, riss sie automatisch das

Lenkrad herum. Der Baumstamm verschwand nach rechts und sie glaubte, aufatmen zu können.

Schnucki durchbrach eine regelrechte Wand aus Büschen, neigte sich leicht nach links und wurde langsamer. Das geringere Tempo bewirkte, dass die Lichtkegel der Scheinwerfer nicht mehr hüpften wie ein wild gewordenes Blinkerkaninchen. Ilse kniff die Augen zusammen und versuchte verzweifelt, zumindest Schemen oder Schatten erkennen zu können. Neben sich vernahm sie die leisen Schreckenslaute der Freundin. Sie hätte sie gern beruhigt, nur wie?

Der Untergrund schien noch weicher zu werden. Zumindest wurde das Auto tatsächlich immer langsamer. Erneut erblickte Ilse kleine Tannenbäumchen und Buschwerk im Schein der Lichter vor sich. Sie flehte alle möglichen Heiligen an, dass diese natürliche Barriere sie endlich zum Stillstand bringen würde. Sie bremste zwar erneut ab, das erwies sich wie zu erwarten war als sinnlos, noch immer rutschte das Auto. Mit einem Mal erkannte Ilse, dass sich vor ihr etwas auftürmte. Nur ein kleiner Wall aus Erde, so nahm sie an, aber vielleicht ihre Rettung. Ja! Endlich schien ein Hindernis es geschafft zu haben, ihre aberwitzige Höllenfahrt zu beenden. Schnucki neigte sich zuerst im Zeitlupentempo nach vorn, dann in ebensolchem Tempo wieder nach hinten. Eine ungewöhnliche Bewegung. Warum schaukelte denn das Auto auf diesem Untergrund?

Ilse atmete tief durch und versuchte, sich zu beruhigen. Auch ihre Scheinwerfer wurden mit der Zeit vollkommen unbewegt und strahlten hinaus in die Dunkelheit. Nun, ganz so dunkel war das plötzlich gar nicht mehr und das, was Ilse sah, das hatte sie ganz gewiss als Allerletztes sehen wollen. Sie blickte nach vorn und sah ... nichts!

Kaum bewegte sie sich auch nur ansatzweise, übertrug sich das gefährlich auf das Auto. Sie versuchte es erneut. Nur ein vorsichtiges nach vorn beugen. Das Auto „beugte" sich ebenfalls. Zurück! Dasselbe Schauspiel. Kein Zweifel. Sie sah das, was da vor ihnen lag, schon richtig. Da konnte nichts sein. Sie waren bis zum Abgrund gerutscht, der auf der anderen Seite des Waldstückes hinunter auf den Zubringer zur Autobahn führte. Ja, sie kannte die Strecke bei Tag, aber warum zur Hölle mussten sie ausgerechnet hier hineinschlittern? Warum? Warum konnten es nicht ein paar vermoderte und somit angenehm weiche Baumstämme sein oder eine fette Brombeerhecke?

Ihr böses kleines Männchen im Ohr gab prompt die Antwort: Weil zu dir kein Prinz gekommen wäre, um sich durch die Dornenhecke zu dir durchzukämpfen und dich wach zu küssen.

„Oida, mia sitzn sauba im Mist."

„Das kannst du laut sagen. Aber, bitte, bitte beweg dich dabei nicht mehr." Margas Stimme klang sehr verzweifelt und voller Angst.

„Ich halt mich eh schon still. Ist dir was passiert, Marga, hast du dir was getan?" Sehr behutsam drehte sie den Kopf in Richtung Beifahrersitz und dennoch knarzte das Auto unter ihr.

„Nur das rechte Knie hab ich mir gestoßen und das rechte Handgelenk tut weh, weil ich mich so verkrampft an der Tür festgeklammert hab. Sonst ist, glaube ich wenigstens, alles in Ordnung. Und bei dir?"

Ilse horchte aufmerksam in ihren Körper. „Also, sofern ich jemals meine Hand wieder vom Lenkrad wegbekomme und meine Schulter, die ich mir am Holm gestoßen habe, aufhört zu toben, dann ist auch bei mir alles noch ganz, denk ich."

„Ilse, bitte sag mir, dass ich mich irre. Sag mir, dass das Auto nicht über einem Abhang zum Stehen gekommen ist."

Sie schnaubte ärgerlich. „Tät ich gerne, wirklich, wäre aber leider gelogen. Wir hängen zu, wie ich schätze, einem Drittel über dem Nichts." Sie spähte ins Dunkel unter sich. „Ich modifizier das kurz. Wir hängen über dem befestigten Hang neben dem Autobahnzubringer. Immerhin ist er nicht einsturzgefährdet." Sie zuckte die Schultern, was erneut zu einer leichten Erschütterung im Wagen führte.

„Ilse, bitte, mach jetzt keine Scherze. Das ist nicht witzig. Im Gegenteil, es ist brandgefährlich."

„Na geh, es haast doch des letzte Auto is oiwei a Kombi. Mia ham kaan Kombi, oiso is a ned as letzte Auto." Prompt verfiel sie wieder ins Wienerische.

„Ilse, keine dummen Sprüche bitte. Ich bin nicht in Stimmung. Was machen wir denn jetzt?"

Sie blickte erneut nach vorn, wo die Scheinwerfer ihres treuen Schnuckis bei jeder noch so geringen Bewegung begannen zu schaukeln. Auf und ab, auf und ab. Ganz sanft und sachte. Ilse war sich dessen sehr wohl bewusst, dass sie Angst haben sollte, und zwar nicht zu knapp. Helfen würde das aber nicht. Was nutzte es, wenn zwei panische ältere Damen angstkreischend in einem im Walzertakt schaukelnden Auto saßen? Nix!

Das mit dem Walzertakt gefiel ihr. „Ich könnt das Radio anmachen, wenn das noch geht, und wir könnten ein bisschen schunkeln, was meinst?"

„Ilse!"

„Ach, Marga, hab keine Angst. Das wird schon wieder, ganz g'wiss, ich versprech's dir."

„Du kannst mir viel versprechen, wenn wir hier in der Gegend herumhängen und eventuell in den Tod stürzen." Marga wollte sich anscheinend auf keinen Trost einlassen.

„Abhängen, da fühl ich mich gleich wieder jünger." Ilse grinste zu Marga hinüber. „Bitte, Marga, sei optimistisch. Was kann schon passieren? Wenn wir runterfallen, sind wir immerhin gleich auf der Zubringerstraße und haben's nicht mehr so weit ins Spital."

Sie sah es Marga an. Sie wusste, wann die Freundin mit sich kämpfte. Jetzt tat sie es und Ilse war sich sicher, dass das ein gutes Zeichen war.

„Ilse, hörst du sofort mit dem Unfug auf? Wenn ich in dieser Lage einen Lachkrampf bekomme, dann kannst du Gift darauf nehmen, dass unser letztes Stündlein geschlagen hat. Wenn ich hier körperlich in Wallung gerate, dann verliert dein Schnucki ganz schnell die Haltung. Das war es dann für uns."

„Quatsch, Schnucki packt das schon." Sie grübelte mit gerunzelter Stirn vor sich hin. „Marga, kannst du SOS funken? Also so mit Lichtzeichen? Ihr wart doch mal auf'm Schiff."

„Ilse, das war vor zig Jahren. Woher soll ich das Zeichen für SOS kennen? Wenn, dann solltest du das kennen, meine Liebe. Wer ist denn mit seinem Mann auf dem Fischerboot aufs Meer gefahren, hm?"

„Sag noch einmal Fischerboot zu unserer hübschen Yacht und ich tanz hier drin die Macarena. Ich denk schon die ganze Zeit drüber nach. Wart mal, das gibt's doch nicht, dass ich das vergessen hab. Franz-Josef würde mir sowas von die Leviten lesen.“

„Abgesehen davon, dass ich nicht helfen kann, warum denkst du überhaupt darüber nach? Du hast weder ein Funkgerät noch sonst was und bewegen darfst du dich schon gar nicht. Ich warne dich, wenn du auf die Idee kommst, nach deiner Handtasche zu greifen, um dein Handy zu holen, spring ich raus!“

Ilse seufzte. „Ich bin ein bisserl irre, aber nicht lebensmüde. Ich muss mich bloß an die Abfolge erinnern. Verdammt, ich wusste das alles einmal. Oid wern ist total bled, hea ma auf.“

„Ich würde sehr gerne aufhören und, ja, alt werden ist schwer, aber du sagst immer, dass es eine Lösung für alles gibt. Also denk gefälligst nach.“ Aha, Marga fand zu ihrer alten Selbstsicherheit zurück.

„I zerhau ma eh scho den Schädl.“ Sie ärgerte sich enorm über sich und ihre Vergesslichkeit, mochte die sich auch in Grenzen halten, aber ausgerechnet in diesem Augenblick war sie ausgesprochen störend.

SOS, Donnerwetter, wie war das doch gleich gewesen?

„Zefix! Ich weiß es wieder!“

Sie versuchte, so sachte als möglich ihre Hand vom Lenkrad zu lösen. Ihre Finger hatten sich so sehr darum verkrampft, dass es regelrecht schmerzte, sie zu bewegen. Aber es gelang ihr. Vorsichtig, sehr vorsichtig streckte sie mehrmals ihre Finger aus und ballte dann die Hand zur Faust. Das tat sie so lange, bis sie der

Meinung war, ihre Hand wieder vernünftig benutzen zu können.

„Dreimal kurz, dreimal lang, dreimal kurz, dann warten und wieder von vorne. Herrschaft, das ist ja wahrlich keine Doktorarbeit. Aber immerhin ist es mir wieder eingefallen."

Marga sah sie mit ratlosem Blick an. „Und was genau hilft uns das jetzt?"

Ilse lächelte. „Das wirst du gleich erleben, meine Liebe."

Sie streckte langsam und mit viel Bedacht den Arm aus und griff nach dem Hebel für das Licht.

„Kurz, kurz, kurz – lang, lang, lang -kurz, kurz, kurz. Siehst du? Wenn das jemand sieht von unten, dann muss das auffallen. Selbst wenn du das Signal für den Notruf nicht kennst. Aber das kennt jeder Lastwagenfahrer, jeder Polizist, jeder Feuerwehrmann und jeder Sanitäter. Ob ausgerechnet jetzt ein Kapitän vorbeischippert, wage ich zu bezweifeln, aber unsere Chancen stehen trotzdem gar nicht so schlecht."

In Margas Blick hatte sich eindeutig Bewunderung geschlichen. „Ilse, du bist einfach unglaublich!"

***

Manuela überlegte angestrengt. Sie sollte dringend Frau Berger warnen. Vor allem musste das rasch geschehen. Draußen standen die Kollegen und auf einen Anruf hin würde dazu noch Verstärkung anrücken. Ihr Essen war bezahlt, ihre Pro-forma Reservierung getätigt. Manuela hatte bei ihrer Ankunft die kleine, unauffällige Seitentür gesehen, von der aus man sein Gepäck, so man wollte, direkt zu einem Aufzug bringen konnte. Aber was nutzte das? Himmel, ihr sollte etwas einfallen und das bitte zügig. Hatte sie das Hotel erst verlassen, würde das alles erschweren.

Sie war beinahe schon am Ausgang, als der Zufall ihr zu Hilfe kam. Aus dem Augenwinkel entdeckte sie Tilde, die hinter ihr aus dem Aufzug trat.

Jetzt oder nie.

Sie drehte sich scheinbar erstaunt und mit ungläubigem Blick um. „Tilde? Bist du das? Tante Tilde, das kann nicht wahr sein. Was für ein unglaublicher Zufall ist das denn?" Sie lief auf die sichtlich ratlos dastehende Frau zu und umarmte sie.

„Spielen Sie bitte mit, Frau Berger. Ich bitte Sie," flüsterte sie. Ihr blieb nur, auf den eigentlich wachen und klugen Kopf der Frau zu hoffen.

Das Glück war ihr hold. Wenn auch mit einem Hauch Verzögerung, der sich durch die Überraschung erklären ließ, reagierte Frau Berger. „Manuela, Kind, was tust du denn hier? Ich denke, du bist auf einem Seminar."

Manuela dankte den Göttern. Offensichtlich hatte sie sich in Tilde Berger nicht getäuscht.

„Im Prinzip, aber ich brauche Erholung und das dringend. Da habe ich mir das Haus hier angeschaut. Ob du es glaubst oder nicht, aber deine Freundin Ilse hat mich darauf gebracht. Ich habe mir schon alles zeigen lassen und auch reserviert. Ich habe noch ein bisschen Zeit. Wollen wir uns die Beine vertreten, ehe ich wieder losfahre?"

Tilde musterte sie sichtlich nervös, aber sie gab sich keine Blöße. „Sehr gerne, Manuela. Ich hole nur meinen Mantel und meine Tasche."

Frau Berger stand so schnell wieder neben ihr, dass Manuela bewusstwurde, wie aufgeregt diese sein musste.

Sie reichte ihr den Arm und Tilde hakte sich sofort unter.

„Gehen wir, Ilse und Marga sind sowieso noch nicht wieder zurück."

Sie verabschiedeten sich mit einem freundlichen Winken von der Rezeptionistin. Brauner und der andere Mann waren nirgends zu sehen.

Erst, als sie den Parkplatz hinter sich gelassen hatten, sah Manuela sich suchend um. Sie hatte ein gutes Auge und konnte schnell reagieren. Aber es war niemand zu sehen. Auf dem Parkplatz hatte sie nach dem Maybach Ausschau gehalten, ihn aber nirgends entdeckt. Sollten die Vögel gar schon ausgeflogen sein?

Sie strebte mit Tilde eiligen Schrittes auf den Überwachungswagen zu. Sie waren gerade direkt neben dem Fahrzeug und somit der Sicht von der Hoteleinfahrt aus entzogen, als sich die Schiebetür öffnete.

„Kann es sein, dass ihr dringend rein wollt?" Die Stimme des Kollegen war tief und beruhigend.

„Richtig, Kollege. Ihr steht perfekt." Sie und der Beamte halfen Tilde in den Wagen.

Im Inneren erwartete sie ein weiterer Beamter in Zivil. „Grüß Gott, die Damen. Frau Kollegin, alles soweit in Ordnung?"

Sie nickte, während sie Tilde half, sich auf eine schmale Bank zu setzen. „Bei mir schon. Allerdings entzieht es sich meiner Kenntnis, ob die beiden noch im Hotel sind. An der Rezeption war der Herr Direktor schon einmal nicht."

Der Beamte, der sie ins Auto geholt hatte, zog eine ärgerliche Grimasse. „Kann er auch nicht. Er hat, kurz nachdem er vorhin eingetroffen ist, einen großen Koffer aus dem Haus gewuchtet. Sein Kompagnon hat, vor grob zehn Minuten, denke ich, das Gleiche getan. Etwa vier Minuten, ehe ihr beiden herausgekommen seid, ist der Maybach hier in halsbrecherischer Geschwindigkeit davongerauscht. Aber keine Sorge, die Kollegen von der Fahndung sind dran und am Flughafen wartet das Sonderkommando samt Flughafenpolizei. Die kommen nicht mehr aus der Sache raus."

„Bitte, kann mich jemand aufklären? Ich bin, ehrlich gesagt, überfordert und was ich höre, will mir gar nicht gefallen." Tildes Stimme klang leise und brüchig.

Sofort verspürte Manuela Mitleid mit der Frau, die sie als angenehme Person kennengelernt hatte. Sie zwängte sich neben sie auf die Bank.

„Frau Berger, das, was ich Ihnen nun erzählen muss, wird Ihnen, so sehr ich das bedaure, noch weniger gefallen. Bitte hören Sie mir einfach zu, ja?"

Tilde nickte schweigend und so begann Manuela die gesamten Vorkommnisse und Erkenntnisse zu berichten. Da Tilde immer blasser wurde und mehrmals leise, erstickt klingende Laute von sich gab, legte sie ihr irgendwann tröstend den Arm um die Schultern. Als sie mit den heutigen Geschehnissen in Zusammenhang mit denen der vergangenen Nacht endete, drückte sie Frau Berger, die begonnen hatte zu zittern, sehr sanft und, wie sie hoffte, beruhigend.

„Frau Berger, haben Sie das alles verstanden? Ich weiß, das trifft Sie sicherlich gerade tief, aber, bitte, ich muss Ihnen ein paar Fragen stellen. Sie müssen unbedingt ehrlich darauf antworten. Es könnte sein, dass das Leben Ihrer beiden Freundinnen davon abhängt, in Ordnung?"

„Ja, das habe ich verstanden." Tildes Antwort war fast nur ein leiser Hauch, kaum mehr zu verstehen.

Manuela konnte ihre Tränen beinahe spüren. Aber sie musste die Arme noch etwas quälen, ihr blieb keine andere Möglichkeit. „Frau Berger, wir wissen, dass Ilse Ihnen alles erzählt hat, mit der eindringlichen Bitte, es nicht an Herrn Martin Schwartz, das ist De'Albrays richtiger Name, weiterzugeben. Wir wissen leider auch, dass Sie in gutem Glauben vieles an ihn weitergegeben haben. Bitte sagen Sie uns, was er alles weiß."

„Ich fragte ihn hauptsächlich nach der Dame in Bad Tölz und ich fragte ihn nach seiner Beziehung zu Herrn Brauner. Er hatte vernünftige Erklärungen bereit, das müssen Sie mir glauben. Ich wollte auch noch wissen, ob er tatsächlich Familie in der Normandie hat. Er zeigte mir Bilder vom Château der Familie. Es gab sogar ein Foto, auf dem er in jüngeren Jahren mit zwei älteren Herrschaften davor abgelichtet war. Angeblich waren das seine Eltern. Ich habe sogar nach den Fondspapieren gefragt, in die … oh, mein Gott." Tilde begann nun zu weinen und verbarg ihr Gesicht in ihren Händen.

Sachte löste Manuela Tildes Hände. „Frau Berger, bitte, ich verstehe Sie, aber Sie müssen weitererzählen."

„Gewiss. Ich fragte ihn also nach den Papieren und er zeigte mir die Homepage des Fonds. Es sah alles korrekt aus, er versicherte mir mehrmals, dass ich gerne die Kontaktadresse anrufen könne. Ich habe ihm vertraut. Frau Bauer, ich habe Marcel eine Viertelmillion für Fondsanteile überwiesen.“

Manuela verzog das Gesicht. „Das ist gerade nicht unser größtes Problem, vertrauen Sie darauf, dass Sie den Betrag zurückerhalten werden. Viel wichtiger ist, ob Sie einem der beiden Männer erzählt haben, was Ilse und Frau Menzing heute vorhaben.“

Tilde sah sie ehrlich erschrocken an. „Nicht nur das. Ich habe gestern vor unserem Ausflug leider in einem angeregten Gespräch auch davon erzählt, dass Ilses Neffe ein wichtiger Mann bei der Polizei in Wien ist. Ich weiß nicht, warum ich das getan habe. Bitte verzeihen Sie mir.“

Nicht Manuela, sondern ihr Kollege antwortete. „Das ist besorgniserregend. Das bedeutet, dass den beiden der Boden unter den Füßen verdammt heiß wurde. Wenn dann auch noch diese Frau Moosfeld in irgendeiner Form Druck ausgeübt hat oder gar den fatalen Fehler gemacht hat, einem von ihnen zu drohen, dann wäre das ein guter Grund, warum sie heute nicht mehr lebt.“

„Nein, um Himmels willen, wollen Sie damit etwa andeuten, dass ich durch meine vertrauensselige Dummheit das Leben eines Menschen auf dem Gewissen habe?“ Tilde war eindeutig entsetzt.

„Machen Sie sich darüber bitte jetzt keine Gedanken. Viel wichtiger ist, dass wir Ilse und Frau Menzing finden. Die beiden Frauen scheinen wie vom Erdboden verschluckt zu sein.“

Ilse hatte fast schon einen Krampf in den Fingern, so oft drückte sie den Lichtschalter. Mittlerweile war sie sich nicht mehr ganz so sicher, ob wirklich viele Menschen die Abfolge des Notsignals kannten. Unter ihnen verlief eine viel befahrene Straße, immerhin eine Zubringerstraße zur Autobahn. Hier fuhren immer Autos. Mochte auch nicht ein jeder in Richtung Himmel sehen, so wäre eigentlich anzunehmen gewesen, dass blinkende Lichter an einem Abhang, aus Bäumen heraus, auffallen sollten. Noch dazu immer und immer wieder in sturer Eintönigkeit die gleiche Abfolge.

„Denkst du ernsthaft, dass das jemand von da unten sehen kann? Die sitzen alle in ihren Autos und haben den Blick auf der Straße, was auch sinnvoll ist. Ilse, es wäre ein Wunder, wenn jemand nach oben schaut und uns hier herumblinken sieht." Margas Glaube an Wunder schien inzwischen aufgebraucht zu sein.

Sie atmete tief ein und wieder aus. „Liebes, im Ernst, wenn du eine bessere Idee hast, dann her damit. Ich bin für alles dankbar. Immerhin besteht ein Hoffnungsschimmer, dass einer von unten die Lichter sieht. Was haben wir außer dieser Option denn für Möglichkeiten? Ich könnte das Dach zurückklappen und dann könnten wir probieren, nach hinten zu klettern, aber das wär's dann wahrscheinlich für uns gewesen. So weit kämen wir garantiert nicht. Ans Handy komm ich nicht und außerdem ist es leer. Würd ich mich bücken, heißt das, das Auto schaukelt wieder nach vorne, blöd. Da blinke ich lieber so lange in der Gegend rum, bis die Batterie leer ist."

„Bis die Batterie leer ist?“, echote Marga mit schwacher Stimme. „Wie lange denkst du, dass sie halten wird?“

Ilse zuckte die Schultern. „Kann ich dir nicht sagen. Ist zwar eine neue seit dem letzten TÜV, aber wie lang sie hier durchhält, kann ich nur schätzen. Also wahrscheinlich ein paar Stündchen.“

„Na, bravo. Wenn es hell wird und wir noch immer hier sitzen, dann sieht man nicht mal mehr die Scheinwerfer. Ich sehe uns hier schon langsam verfaulen.“

Trotz aller Unbill grinste Ilse. „So schnell verfaulen wir nicht. Hier im Wald werden wir kühl gehalten und wir haben von Haus aus eine gute, gesunde Grundsubstanz.“

„Herrschaftszeiten nochmal, Ilse, wie kannst du immer noch seltsame Witze reißen angesichts unserer ausweglosen Lage?“ Marga klang einigermaßen genervt.

„Ach, Schatzerl, es nutzt uns nichts, wenn ich durchdreh, und dir ebenso wenig. Bis heute haben meine Schutzengel immer gut gearbeitet. Warum sollten sie ausgerechnet heute versagen, hm?“

„Schutzengel? Also Mehrzahl? Dir genügt wohl einer nicht, oder wie?“

Sie schüttelte mit Überzeugung den Kopf. „Einer? Bist deppat? Ich brauch da schon mehrere, einer allein wär bei meinem Leben schon längst im Vorruhestand, das darfst du mir aber glauben.“

„Du wirst lachen, das glaub ich dir unbesehen.“ Marga atmete hörbar aus.

Sofort war Ilse besorgt. „Geht es dir nicht gut? Hast du was?“

„Ja, meine Liebe, keinen Boden unter den Rädern und,
wie ich gern zugebe, eine Scheißangst."

„Ach geh. Ein bisschen Boden haben wir schon unter
den Rädern und Angst hab ich auch. Früher, als Kind,
hab ich immer gesungen, wenn ich Angst gehabt habe.
Wenn meine Mutter mich in den Keller geschickt hat,
um Kohlen zu holen. Die lagen in einem großen Bret-
terverschlag, zu dem man nur kam, wenn man im Keller um eine Mauer herumging und dann dahinter einen
Lichtschalter anmachte. Das war gar kein richtiges
Licht, das war so eine dustere Funzel, keine Ahnung,
wie viel Watt das Ding hatte. Da waren also die schwarzen Kohlen, dieses mickrige Licht, die Bretterwände,
schwarz vom Kohlenstaub, und ich hab früher immer
so gerne Hexengeschichten gelesen. Das war eine richtig dumme Idee von mir. Ich hab mich dermaßen ge-
fürchtet, dachte immer, gleich kommt die Hex vom
Berg. Ich dachte, Musik könnt vielleicht helfen. Ja,
dann hab ich eben gesungen, laut und in dem Moment
wahrscheinlich schrecklich falsch. Aber es hat geholfen, laut singen hilft immer."

„Darf ich fragen, was du dargeboten hast?" Marga
klang nicht überzeugt.

„Natürlich." Sie lächelte, räusperte sich kurz und
schmetterte dann voller Inbrunst den *Drunken Sailor.*

Marga prustete leise. „Ilse, wirklich? Ein Seemanns-
lied im Keller, in Wien?"

„Sicher. Ein Lied vom Meer, von Freiheit und so. Den
Hamburger Veermaster kann ich auch und später
dann noch *La Paloma.* Soll ich?"

„Ach was soll's, leg los."

So saßen sie kurze Zeit später nebeneinander in einem sich immer wieder sachte wiegenden VW-Cabrio, über einem Abgrund, von dem sie nicht benennen konnten, wie tief er war, und sangen voller Begeisterung Freddies Version von *La Paloma*.

Wenn schon sterben, dann bitte mit Stil!

Sie hatten gerade den *Hamburger Veermaster* beendet, als es am Wagen ruckelte. Ein neugieriges Tier? Gar ein Wildschwein, das Schnucki als Hindernis ansah und ihn gern hinabbefördern wollte? Beide saßen kerzengerade und nun mucksmäuschenstill auf ihren Sitzen.

„Hast du das gehört?"

Marga nickte kaum merklich. „Und es klang nicht gut."

„Stimme zu, aber es scheint wieder weg zu sein." Ilse wagte nicht, sich zu bewegen.

Ein erneutes Klappern, direkt gefolgt von einem kräftigen Ruckeln ließ sie aufschreien. Ilse war eigentlich nicht von der ängstlichen Sorte, aber nun so Hals über Kopf über den Rand befördert zu werden, war dann doch beängstigend. Allerdings leuchteten urplötzlich von hinten Lichter auf. Die Lichter waren so hell, dass sie beide erschrocken aufstöhnten und die Augen zukniffen. Es ruckte erneut, kräftig und regelrecht fordernd, dazu klapperte es wieder.

„Ilse, das ist kein Tier."

„Wenn's eins ist, dann hat's echt helle Augen. Nein, Marga, ich wage es kaum zu glauben, aber ich denke, da irgendwo hinter uns ist ein Auto. Wenn ich schätzen müsst, dann sogar ein sehr großes." Sie getraute sich noch immer nicht, sich zu bewegen.

Wieder ein Ruck, ein sehr heftiger, dazu ein lautes Röhren. Das, was sie kaum mehr zu hoffen gewagt hatte, geschah. Schnucki setzte sich in Bewegung - und zwar nach hinten. Zentimeter für Zentimeter glitten sie weg vom Abgrund, zurück auf festen Boden. Immer weiter ging es rückwärts, zwischen den Bäumen hindurch, so lange, bis ihr Auto mit sanftem Ruck zum Stehen kam. In dem taghellen Scheinwerferlicht erkannte Ilse mit Mühe, dass sie sogar aus dem Waldstück herausgezogen worden waren. Sie suchte nach dem Griff der Fahrertür. Erst jetzt bemerkte sie, wie sehr sie zitterte. Sie bebte so unglaublich, dass sie den Griff nicht festhalten konnte. Hilflos und zitternd wie Espenlaub saß sie auf ihrem Sitz und war zu nichts mehr fähig. Wenn sie nach rechts blickte, so sah sie, dass es Marga ebenso erging. Zumindest saß auch die bleich und bewegungslos in ihrem Sitz.

Von außen ertönte etwas wie ein Scharren und dann zog jemand an der Fahrertür, die sich quietschend öffnete.

„Alles gut bei dir? Nix kaputt, Frau Ilse?"

Diese Stimme kannte sie, aber sie wagte nicht, es zu glauben, dass er es wirklich war. Das grenzte nun wahrlich an ein Wunder. Sie drehte sehr langsam den Kopf nach links. Er war es tatsächlich. Das freundliche, im Moment eindeutig tief besorgte Gesicht Alexejs des Truckers war direkt neben ihr.

„Alexej, bist du das wirklich? Wie kann das sein? Eto ne vozmozhno! Das ist unmöglich."

Alexej schüttelte sehr bedächtig sein mächtiges Haupt. „Net, nix unmoglich. Ich gesagt, wenn Frau Ilse braucht Alexej, dann Alexej da."

„Aber wie? Wie hast du uns gesehen? Zdes' temno ... es ist dunkel."

„Net, svet yarkiy ... Licht war hell, hab ich gesehen SOS. U dereva net sveta ... Baum hat kein Licht. Ich hergefahren und gesehen Frau Ilse Auto. YA pomog, ich geholfen."

Sie war so erleichtert, dass ihr die Tränen kamen. „Ja, Alexej, du hast geholfen. Du hast uns sicher das Leben gerettet. Wir waren verzweifelt. My byli v ottachyanii. Danke, Alexej, danke! Spasibo!"

„Rauskommen, Frau Ilse, bitte. Geht?"

Sie versuchte, sich zu bewegen, aber es wollte ihr nicht gelingen. „Net. Ich bin ganz steif, alles tut weh."

Alexej nickte wissend. „Helfen, komm, leg Arm um Hals."

Es gelang ihr, ihren Arm um den Hals des großen Mannes zu legen, und der hievte sie so vorsichtig, als handle es sich um ein Porzellanpüppchen, aus dem Auto. Gerade, als er sich mit ihr in den Armen umwandte, erschienen Blaulichter an der Straße. Alexej setzte sie behutsam neben sich ab und winkte wild.

„Chier! Chier sind wir."

Im Nu kamen gleich vier Polizisten auf sie zugelaufen, was leichter klang, als es bei dem aufgeweichten und nun auch noch von LKW-Reifen durchpflügten Untergrund tatsächlich war.

Alexej beugte sich zu Ilse. „Habe gerufen Putzilei, Frau Ilse. Gut so?"

Ihr gelang ein schiefes Grinsen. „Sehr gut! Ochen' khorosho, Alexej."

Eine Minute später raste ein Rettungswagen des Roten Kreuzes herbei und Alexej trug Ilse erst einmal

dorthin. Offenbar wagte niemand, ihm zu widersprechen, er sah aber auch sehr eindrucksvoll aus und Ilse
fühlte sich rundum sicher. Inzwischen befreiten zwei
Polizisten Marga aus ihrer misslichen Lage und sie
wurde von ihnen ebenfalls in den Rettungswagen ver-
frachtet. So saßen die beiden Frauen nebeneinander im
Rettungswagen, in Wärmedecken gewickelt, jede ein
Glas Wasser in den Händen und beantworteten die Fragen der Polizei, soweit sie dazu in der Lage waren.

Man muss ans Glück auch glauben

„Frau von Karburg, sind Sie sich ganz sicher, dass es die Bremsen waren? Die Straße ist feucht und teilweise voller Tannennadeln und Blätter. Könnte es sein, dass Sie zu schnell waren?" Der junge Beamte musterte sie sehr streng. Wahrscheinlich dachte er, dass sie alte Dame einfach nicht mehr schnell genug reagieren konnte und sich eher einen sicheren Rollator statt des schnittigen Autos zulegen sollte.

„Herr Polizeiobermeister, bei allem Respekt, aber ich kann Autofahren. Ich mache auf Anweisung meines Neffen jedes Jahr ein Fahrertraining am Nürburgring und ich gehöre immer zu den Besten. Das wollte ich nur mal angemerkt haben. Davon abgesehen, kenne ich die Strecke und weiß, wann ich vorsichtig sein muss, und glauben Sie mir, ich war sehr vorsichtig, da ich schon bei der Hinfahrt bemerkt habe, dass es glitschig ist. Nein, es waren eindeutig die Bremsen. Wenn eine Bremse gar nicht mehr greift, wenn die Handbremse vollständig versagt, dann ist das kein Fahrfehler."

Marga nickte bei jedem von Ilses Sätzen zustimmend.

„Ich glaube Ihnen ja, Frau von Karburg, aber sie sagten, der Wagen kam erst kürzlich von der Inspektion zurück. Hätte man da einen Defekt nicht erkannt?"

Sie schnaubte ungehalten. „Ganz sicher sogar! Aber wie soll man einen Defekt erkennen, den es damals nicht gab? Es war Manipulation, das kann ich beschwören." Aufgeregt berichtete sie den Beamten von der Frau im Porsche und allem, was sich in der letzten Zeit zugetragen hatte. „Auch mein Neffe sagt, dass das nicht mit rechten Dingen zugehen kann. Er hat die Autonummer und alles. Eigentlich sollte die Frau heute am Morgen schon überprüft werden. Warum sie dann aber in Rottach-Egern auftaucht, direkt neben meinem Auto, das ist mir ein Rätsel."

„Das klingt jetzt ein bisschen abenteuerlich, finden Sie nicht auch? Das ist beinahe schon wie in einem Krimi."

Seufzend nahm Ilse einen Schluck von dem fad schmeckenden Wasser, aber ihre Kehle war so trocken, dass es schwer war, überhaupt zu sprechen.

„Nicht nur beinahe, Herr Polizeiobermeister, das *ist* ein Krimi, aber das müssen Sie sich von den Kollegen in Tölz und meinem Neffen erzählen lassen."

„Ach, ist Ihr Neffe bei der Polizei?" Langsam dämmerte es dem Beamten offenbar.

„Ja, ist er." Sie nannte ihm Stelle und Dienstgrad und erntete erstaunte Blicke.

„Weiß er, wo Sie gerade stecken?"

Immerhin konnte sie schon wieder lächeln. „Nein, aber ich steck ja auch nicht mehr, dank Alexej. Ich würd ihn trotzdem gerne anrufen, aber mein Handy ist leer."

„Wissen Sie die Nummer auswendig?" Schon wieder dieser zweifelnde Blick.

„Gewiss, ich bin ja schließlich nicht senil." Sie streckte ihm auffordernd die Hand entgegen.

„Geben Sie mir bitte die Nummer, ich verbinde Sie dann gleich weiter." Aha, er traute ihr immer noch nicht, aber bitte.

Sie nannte Phillips Nummer und der Polizist tippte sie zügig ein.

„Herr Vancura? Polizei Miesbach hier, Polizeiobermeister Rauch. Kann es sein, dass Sie eine Ilse von Karburg kennen?" Der junge Mann lauschte und nahm dann regelrecht Haltung an. „Natürlich können Sie mir ihr sprechen. Sekunde." Er reichte ihr das Telefon. „Ihr Neffe."

Mit gnädiger Miene nahm sie das Handy entgegen. „Ich dachte mir schon sowas."

***

Er war unendlich erleichtert, ihre Stimme zu hören. Als sie ihm die Kurzfassung dessen erzählte, was passiert war, wurde ihm kalt.

„Tante Ilse, das hätte verdammt schiefgehen können. Was bin ich froh, dass es dir gut geht. Und bei Alexej würde ich mich gerne persönlich bedanken, wenn das möglich ist. Verletzt bist du nicht? Willst du nicht lieber im Spital vorbeischauen, auch wegen Marga?"

Sie verweigerte das natürlich, so wie er es auch erwartet hatte. Dieser Sturschädel. Er hätte sich gern darüber

213

aufgeregt, nur ging das nicht, da er genauso dickköpfig war wie seine Tante. „Gut, dann sollen sie euch bitte hier ins Hotel bringen. Wir sind alle da. Alles weitere dann persönlich, in Ordnung?"

Nach ihrer Zustimmung verabschiedete er sich von ihr und beendete das Telefonat. Langsam drehte er sich zu Manuela und dem Kollegen Hanser um.

„Das war verdammt knapp. Sie hätten beide tot sein können. Meine Tante hat einen richtig guten Draht zu außergewöhnlichen Schutzengeln."

***

„Liebe Frau von Karburg, wir haben Anweisung, Sie ins Hotel zu Ihrem Neffen und zu den Kollegen aus Tölz zu bringen. Ist das in Ordnung für Sie?"

Da schau her, der Herr Polizeiobermeister war die Freundlichkeit in Person. Aber sie war ihm nicht gram, im Gegenteil, sie verstand ihn sogar.

„Ja, sehr gerne. Aber was ist mit Alexej? Muss der jetzt einfach so weiterfahren?"

„Nein, wir brauchen seine Aussage zum Hergang. Außerdem sollen wir ihn auch zu Ihrem Neffen bringen. Geht es Ihnen soweit gut? Wir würden dann losfahren. Ihr Auto kommt zur kriminaltechnischen Untersuchung."

Sie nickte und plötzlich fühlte sie sich schrecklich müde. „Ja, gerne. Fahren wir los." Sie sah sich suchend um und entdeckte Alexej im Gespräch mit einem der Polizisten.

„Alexej, uvidimsya v otele, korosho?"

„Ich kommen in Hotel, Frau Ilse!" Alexej nickte zustimmend.

„Sie sprechen Russisch?" Die Augen des jungen Beamten waren voller Erstaunen auf sie gerichtet.

„Ach, Sie glauben ja nicht, was ich alles kann, wenn ich will!" Sie legte ihm lächelnd eine Hand auf den Arm. „Und jetzt dürfen Sie die alte Dame zu Ihrer Kutsche geleiten, ist das was?"

Er schmunzelte sichtlich erheitert. „Könnte es sein, dass die *alte Dame* voller Überraschungen steckt?"

Ilse lächelte lediglich vielsagend und ließ sich, nachdem sie sich versichert hatte, dass Marga ebenfalls in diese Richtung unterwegs war, zum Polizeifahrzeug bringen. Als sie und Marga auf dem Rücksitz Platz nahmen, bemerkte sie, wie blass die Freundin war.

„Marga, wie geht's dir? Du bist so bleich. Es tut mir leid, dass du das mitgemacht hast."

Die hob abwehrend beide Hände. „Ach, Ilse, das ist nicht deine Schuld, ganz sicher nicht. Ich bin auch kein ängstlicher Mensch. Allerdings war es schon eine Herausforderung an meine positive Lebenseinstellung, fast eine Stunde über einem Abhang zu baumeln. Du hast getan, was du konntest. Sogar gesungen hast du für mich."

Vom Fahrersitz erklang ein nur schlecht unterdrücktes Lachen. „Frau von Karburg, Sie singen also auch noch?"

Sie hob herausfordernd die rechte Augenbraue. „O ja, junger Mann, und wenn Sie mich lieb bitten, dann fang ich gleich wieder damit an. Altes deutsches Liedgut, Sie verstehen?"

„Äh, ich bin schon still. Wobei ... neugierig wär ich eigentlich.“

„*La Paloma*?“

„... vielleicht lieber doch nicht.“

„Dachte ich mir. Können Sie bitte die Heizung anmachen? Ich glaube, mein Nervenkostüm braucht dringend Wärme.“

***

Sie gelangten, dank der schnittigen Fahrweise des älteren der beiden Polizisten, schnell an ihr Ziel. Vor dem Hotel standen mehrere Polizeiautos und ein Krankenwagen. Ilse erschrak zutiefst, als sie das sah.

„Um Himmels willen, es wird hoffentlich nichts mit Tilde sein. Wenn er ihr etwas angetan hat, erwürg ich den Pseudofranzosen mit bloßen Händen.“

Polizeiobermeister Rauch löste seinen Gurt und musterte sie im Rückspiegel. „Wissen Sie was, Frau von Karburg? Ich würd's Ihnen zutrauen.“ Er stieg aus und half ihr und Marga aus dem Wagen. „Wollen Sie sich bei mir einhaken oder geht's wieder?“

Sie konnte nicht anders. „Als ob ich solch ein Angebot ablehnen könnte, bei so einem hübschen, jungen Mann.“

„Nicht rot werden, Kollege.“

Rauch zog eine lustige Grimasse. „Gehen wir rein, ich sag gar nichts mehr.“

Sie betraten das hell erleuchtete Hotel und Ilse hatte ihre liebe Mühe, alles in sich aufzunehmen.

Da war Phillip im dunkelgrünen Jogging-Anzug auf Krücken, dann entdeckte sie Manuela, die den Arm um die ebenfalls anwesende Tilde gelegt hatte, die kreidebleich in einem der Sessel verweilte. An Tildes anderer Seite kniete ein Sanitäter, der ihr, soweit sie das richtig sehen konnte, eine Spritze gab. Immerhin lebte Tilde und sah auch nicht schwer verwundet aus. An der Rezeption standen mehrere Polizeibeamte und zwei Herren in Zivil. Eine der netten Rezeptionistinnen saß weinend auf einem Stuhl.

Kaum entdeckte Phillip sie, kam er, so schnell es ihm möglich war, auf sie zu. „Menschenskinder, Tante Ilse, kann man dich eigentlich gar nicht mehr allein lassen? Also echt." Er schloss sie, trotz Krücken, fest in die Arme und es tat unendlich gut und gab ihr die Sicherheit, die sie anscheinend dringend gebraucht hatte.

„Du siehst es ja selber. Aber ich schwöre, dass der Unfall kein Fahrfehler war. Die Bremsen haben nicht mehr funktioniert, ich bin ganz sicher. Marga kann es bezeugen. Sie hat die Handbremse gezogen, nichts, rein gar nichts. Der Wagen ist immer schneller geworden und in der Kurve war's das dann."

Er nickte mit grimmiger Miene. „Du machst keine Fahrfehler, das weiß ich. Da steckt ganz sicher eine Schweinerei dahinter."

„Das darfst du annehmen. Ich hab's schon erzählt: Die Porschefahrerin stand wie schon einmal neben meinem Auto, als wir zurück auf den Parkplatz gekommen sind. Kaum hat sie uns gesehen, ist sie abgehauen."

„Tante, das ist wichtig. Wen hast du in dem Porsche gesehen?" Er klang auf einmal verdammt nach Polizei.

„Ähm, ich hab nur eine Gestalt gesehen. Es fing schon an zu dämmern und der Lichtschein der Lampen hat sich in den Scheiben gespiegelt. Ich hoffe sehr, dass ihr das Kennzeichen überprüft habt.“

Phillip nickte. „Ja, haben wir, darum frage ich so nachdrücklich. Tante Ilse, wenn das die Fahrerin des mattschwarz lackierten Porsche mit Miesbacher Kennzeichen war, dann hast du heute einen Geist gesehen.“

Verwirrt traf nicht einmal ansatzweise, wie sie sich in diesem Augenblick fühlte. „Einen Geist? Denkst du denn, ich bilde mir das alles ein? Phillip, du weißt, dass ich eine schnelle Auffassung habe, immer noch. Ich weiß, was ich gesehen habe, und es war das Auto.“

„Das ist schier unmöglich und ich will dir keineswegs zu nahetreten, das wollte ich nur erwähnen. Ich glaube dir, dass es ein Wagen der gleichen Marke und der gleichen Bauart war, sicherlich auch dunkel, sicherlich auch mit verdunkelten Scheiben. Aber, bitte glaub mir, Tante Ilse, es war nicht die Besitzerin des Porsche, den du hier auf dem Parkplatz oder sonst wo gesehen hast.“

„Woher, bitte schön, nimmst du diese Gewissheit? Das würde mich schon interessieren.“ Sie verschränkte in einer fast schon trotzig anmutenden Geste die Arme.

„Weil Tote kein Auto mehr fahren können. Tante Ilse, Brigitte Moosfeld, die Besitzerin des Wagens, wurde letzte Nacht in ihrem Haus ermordet. Der Mörder hatte es wohl sehr eilig und wollte schnellstmöglich weg vom Tatort. Er ließ es aussehen wie einen Unfall. Das haben unsere Leute sehr schnell herausgefunden. Laut Gerichtsmedizin ist sie zwischen Mitternacht und dem frühen Morgen gestorben.“

„Jetzt wird’s interessant. Vor allem darum, weil die andere eben da war. Ich wage es kaum auszusprechen, aber kann es sein, dass es zwei von den Sportwägen gibt?"

Polizeiobermeister Rauch, der ihrem Gespräch aufmerksam gefolgt war, schaltete sich ein. „Nicht nur zwei, Frau von Karburg. Von der Bauart und vor allem mit dieser neuen matten Lackierung haben wir jede Menge. Die Dinger gelten hier im Umfeld als gute Geldanlage, da Liebhaber viel dafür auf den Tisch legen. Wenn Sie in Rottach auf dem Parkplatz das Kennzeichen nicht sehen konnten, wird es schwer herauszufinden, wer die oder der geheimnisvolle Fremde sein könnte."

„Ich mische mich ungern ein, aber ich habe da etwas im Kopf, das vielleicht hilfreich sein könnte." Marga klang wieder recht munter, was eventuell an der dampfenden Teetasse liegen konnte, die sie mit beiden Händen umklammerte.

Phillip nickte ihr aufmunternd zu. „Sehr gerne, immer raus damit."

Marga runzelte die Stirn und schien sich zu konzentrieren. „Also, hört zu. Wir haben den Wagen ja nur zweimal gemeinsam gesehen, sonst warst das immer nur du allein, Ilse, richtig?"

Sie dachte scharf nach, ehe sie antwortete, aber Marga hatte recht. „Richtig."

„Gut. Das erste Mal war, als sie uns am Fußgängerweg fast über den Haufen gefahren hat, das zweite Mal heute auf dem Parkplatz. Ilse, du sprichst immer von einem schwarzen Wagen. Das erste Mal, also am Übergang, war direkt über uns eine große Laterne. Ich könnte es beschwören, dass die Farbe nicht nachtschwarz und schon gar nicht matt war. Das hat metallisch geglänzt. Ich bilde mir ein, dunkelbraun oder vielleicht sogar Kupfer. Aber dafür müsst ich es im Tageslicht sehen. Letzten Abend stand der Wagen wieder so, dass das erste Laternenlicht und das letzte Tageslicht darauf gefallen sind. Ilse, sei mir bitte nicht böse, aber er war nicht schwarz."

„Aber ich hab ihn öfter gesehen und auch bei Tag und bei der Gelegenheit draußen auf dem Parkplatz war Sonnenlicht. Er war schwarz." So richtig sicher war sie sich nun selbst nicht mehr. Aber sie sah gut … eigentlich.

„Leute, ich muss mich setzen. So ein Bruch tobt dann ab und an ein bisserl." Phillip setzte sich ächzend in einen der Sessel und legte die Krücken neben sich. Er schien angestrengt nachzudenken und, ihn darin zu unterbrechen, wäre ihr nie in den Sinn gekommen. Schließlich sah er auf und kratzte sich am Kinn. „Tante, es ist eine Tatsache, dass, wenn man einen Gegenstand ein oder zwei Mal sehr klar und deutlich sieht und man danach einen ähnlichen zu Gesicht bekommt, man Stein und Bein schwört, es sei derselbe gewesen. Unser Hirn gaukelt uns vor, dass das ganz normal ist. Kleine Unterschiede werden nicht mehr wahrgenommen. Du hast, so nehme ich inzwischen an, zwei verschiedene Autos gesehen. Ein irrer Zufall, aber durchaus erklärbar. Und wie gesagt, die Nobelkarossen gibt es hier und am Tegernsee im Dutzend billiger. Da wohnen einfach die ganzen G'spickten."

Noch zögerte sie. „Meinst du wirklich? Des is aber scho a bissl arg vui Zufall, was meinst?"

„Deswegen heißt es Zufall, Tante. Solche Dinge passieren. Die Dame, die ihr in der Altstadt und die du dann auf dem Parkplatz gesehen hast, die hat mit absoluter Sicherheit deine Bremsen nicht manipuliert.“

„Manipuliert wurden sie aber wahrscheinlich.“ Ein älterer Mann in einem grauen Overall trat an die Gruppe heran. „N'Abend, Maier, von der Spusi. Wir haben draußen auf dem Parkplatz minimale Spuren von Bremsflüssigkeit gefunden. Wenn geplant war, dass die Bremsen einige Stunden später erst versagen, dann muss ich zugeben, Respekt. Da wusste einer, was er getan hat. Das ist ein Profi gewesen.“

Phillip nickte mit ernster Miene. „Hab ich mir gedacht. Dieser Brauner ist ein verflucht gerissener Kerl. Wenn unsere Akten stimmen und davon geh ich aus, hat der früher in der Werkstatt eines Verwandten gejobbt, der ist ein kriminelles Allroundtalent, der auch vor Mord nicht zurückschreckt, wie wir nun wissen.“

Mord. Da war es wieder, dieses Wort, das sie so verabscheute. Tilde! Endlich dachte sie in all der Aufregung wieder an die Freundin. Die saß noch immer bewegungslos in dem Sessel, umsorgt von Manuela und dem Sanitäter.

Ilse ging langsam auf sie zu und beugte sich zu ihr hinunter. „Tilde, meine Liebe, ich mag kaum fragen, aber wie geht es dir?“ Sie hätte sich nicht gewundert, wenn sie keine Antwort bekommen hätte.

Aber Tilde sah auf und suchte ihren Blick. „Guter Gott, Ilse. Ich bin einfach mit den Nerven am Ende und zu Tode erschrocken über all das, was auf mich einprasselte. Aber viel schlimmer ist mein Schuldgefühl dir oder vielmehr euch gegenüber. Ihr habt mich immer wieder gewarnt. Du, liebe Ilse, hast so vieles herausgefunden und versucht, es mir schonend beizubringen.

Ach, Ilse, ich war so furchtbar dumm. Ich kann nicht verstehen, was mit mir los war. Vor allem habe ich letztendlich mit dieser Naivität und Dummheit auch noch euch in Gefahr gebracht. Warum habe ich nur nicht auf dich gehört? Warum musste ich diesem Mann davon erzählen, was du mir im Vertrauen berichtet hast? Es war alles schlüssig und trotzdem wollte ich nicht glauben, dass er ein Verbrecher ist. Ilse, er klang so überzeugend."

Ilse schob den Sanitäter mit höflichem Lächeln etwas beiseite und legte ihre Hände auf Tildes Schultern. „Quäl dich nicht, bitte. Es ist alles gutgegangen. Wenn ich dir erzähle, wer uns gerettet hat, dann glaubst du mir das nie. Weißt du, Tilde, das Gute kommt immer zu uns zurück. Mach dir keine Vorwürfe, du wolltest dem Kerl einfach glauben und das kann dir niemand verübeln. Marga und ich leben und du auch. Nur das zählt im Augenblick. Hörst du mich?" Sie drückte sanft die Schultern der verzweifelten Freundin.

„Ja, ich höre dich, aber schuldig fühle ich mich trotzdem. Ich bin kein naiver, verliebter Teenager mehr, sondern eine erwachsene, alte Frau die, so sollte man denken, über genug Lebenserfahrung verfügt, um solch einen Betrüger erkennen zu können. Und was mache ich? Ich werfe mich ihm regelrecht an den Hals. Es ist mir so peinlich."

„Hörst du auf damit!" Marga meldete sich gewohnt resolut zu Wort. „Das wird alles wieder. Jetzt gerade tut's weh und ich glaube dir, dass es dir arg unangenehm ist, aber das wird wieder gut. Verstanden?"

Tilde nickte kaum merklich. „Ich will es hoffen."

Ilse streichelte noch einmal tröstend die tränennasse Wange der Freundin und richtete sich stöhnend wieder auf. „Drecksarthrose! Aber zum Sachstand. Habt ihr sie alle überprüft? Habt ihr sie davon abgehalten, das Land zu verlassen? Sitzen sie hinter Schloss und Riegel? Habt ihr das Geld sicherstellen können? Und wer zur Hölle ist dieser Marcel De'Albray denn nun wirklich?" Als sie sich umdrehte und alle ansah, musste sie unwillkürlich schmunzeln. Sie blickte in durch die Bank amüsierte Gesichter. „Kann mir bitte jemand sagen, was so lustig ist?"

„Du, Tante Ilse. Wir sind, so denke ich, hier alle davon überzeugt, dass du einen exzellenten Dienststellenleiter abgeben würdest. Jetzt setz dich bitte mal, während der Kollege Rauch deinen Alexej befragt, was anscheinend gar nicht so einfach ist, werde ich dir den derzeitigen Stand mitteilen, okay?"

Ilse wusste sehr wohl, dass sie dem „Kollegen Rauch" hilfreich unter die Arme hätte greifen können. Allerdings sah sie Alexej, welcher eine riesige Tasse Kaffee in den Händen hielt und ab und an in ein dickes Schnitzelsandwich biss, recht entspannt die Fragen des Beamten beantworten. So konnte sie ihm eine kurze zusätzliche Ruhepause verschaffen und die hatte sich der Trucker redlich verdient.

Daher setzte sie sich, nachdem sie sich vergewissert hatte, dass es auch Marga gutging, neben Phillip. „Ich höre!" Sie wedelte auffordernd mit beiden Händen. „Und bitte kurz, aber inhaltlich umfassend, ich brauch dann dringend meinen Schlaf."

Phillip schüttelte grinsend den Kopf. „Du bist so ein Unikum. Also, hör zu. Wie gesagt, die Dame mit dem

Porsche hieß Brigitte Moosfeld. Laut dem vor einigen Stunden wieder hergestellten Chat auf ihrem Handy arbeitete sie wahrscheinlich mit Martin Schwartz alias Marcel De'Albray, alias Marc Black zusammen. Wie, das hoffen wir im morgendlichen Verhör der beiden Herren herauszufinden. Eines wissen wir bereits: Sie hat vor zwei Jahren schon ein Sonderkonto eingerichtet, auf das alle ergaunerten Beträge flossen. Zu unserer Überraschung waren es keine Riesensummen. Es waren eher sehr viele kleinere, wobei klein natürlich immer relativ ist. Fünfzehntausend Euro sind für manche ein großes Vermögen. Sie hatte ebenso wie die Herren ein Flugticket nach Mexiko gekauft. Allerdings unabhängig von unserem Gaunergespann. Die Kollegen argwöhnen, dass die Dame ungemütlich wurde und begann, Forderungen zu stellen. Dass sie die zwei Betrüger damit unter Druck gesetzt hat, ist offensichtlich. Etwas lief anscheinend schief. Was, das werden wir morgen versuchen herauszufinden. Brauner ist, so wie es sich darstellt, der federführende gewesen. Schwartz war vor allem für zwei Dinge zuständig. Punkt eins war, klug und professionell über Geldanlagen zu sprechen, und das konnte der ehemalige Bankangestellte tatsächlich. Punkt zwei war schlicht und ergreifend, nur schön zu sein und den Damen den Kopf zu verdrehen. Die Herren dürften sich in Hamburg kennengelernt haben, wo Schwartz vor vier Jahren gearbeitet hat und Brauner, wie wir wissen, in einem Nobelhotel tätig war. Grob geschätzt haben die Herrschaften in diesen vier Jahren weit über vier Millionen ergaunert. Während der Coronazeit verlegte man sich, wie unsere IT herausgefunden hat, auf fieses Romance-Scamming."

Sie war kurzfristig überfordert. „Worauf bitte schön?"

„Romance-Scamming, liebe Tante, ist eine seit geraumer Zeit gängige Masche, bei der sich Betrüger im Internet Frauen suchen, von denen sie denken, sie könnten auf Partnersuche sein. Sei das auf den Social-Media-Plattformen oder bei Partnerbörsen. Sie flirten auf Teufel komm raus, erzählen Lügen ohne Ende und betören die sich nach einem liebevollen Partner sehnenden Frauen mit falschen Fotos. Die armen Kerle auf den Bildern, meist gutaussehende Models oder Skilehrer oder was auch immer, haben keine blasse Ahnung davon, dass mit ihren Fotos Schindluder getrieben wird. Das Schlimme daran, das ist eigentlich, dass die Frauen so unfassbar gutgläubig sind. Die Typen geben meist an, entweder Arzt oder Ex-Militär zu sein. Schon nach relativ kurzer Zeit wird der Besuch angekündigt und dann fast immer die gleiche Masche: Es passiert etwas. Ein angeblicher Unfall, eines der Kinder, die sie natürlich alle haben, die armen Witwer, wird krank bla bla bla. Auf jeden Fall bitten sie ‚verzweifelt' um Geld und, man mag es kaum glauben, siebzig Prozent aller Betroffenen überweisen einem Wildfremden Geld. Oft beträchtliche Summen, die von fünftausend bis zwanzigtausend Euro rangieren. Das Geld ist danach weg und der Betrüger ebenso. Das haben die beiden auch gemacht und das mit Jugendbildern von unserem Martin Schwartz, auf denen der Kerl tatsächlich aussah wie ein noch ziemlich junger Alain Delon. Kannst du dir vorstellen, was die beiden Saubeutel an Geld abgeräumt haben?"

Ilse versuchte, das zu verarbeiten. „Moment. Es gibt Frauen, die solchen Heinis ernsthaft derartige

Summen überweisen? Fremden Männern? Im Ernst, Junge, wenn der *mir* Geld gäbe, könnten wir drüber reden, aber ich ihm? Zahlen an einen Menschen, den ich nie gesehen habe? Mein Gott, was ist denn mit meinen Geschlechtsgenossinnen los?"

Leider zu spät erhaschte sie Phillips mahnenden Blick. Sie zuckte schuldbewusst zusammen und wagte es kaum, zu Tilde zu schauen. Die hatte schon wieder Tränen in den Augen.

„Ilse, du hast ja recht", sagte die Freundin matt. „Aber ich kann dir erklären, wie das sein kann. Wenn du eine wunderbare Beziehung gehabt hast und nach der vielen Trauer wieder einmal ansatzweise daran glaubst, dass sich solch ein Wunder der Liebe, der Vertrautheit, wiederholen könnte, dass da jemand ist, der an deiner Seite sein möchte, dann *willst* du das glauben. Vernunft oder logisches Denken haben damit dann leider gar nichts mehr zu tun."

Ilse schluckte schwer. „Oh, Tilde, meine Liebe, es tut mir leid, ich wollt dir nicht wehtun, das musst du mir glauben."

„Das weiß ich, Ilse. Was denkst du, wie ich mich derzeit fühle? Als habe man mir den Boden unter den Füßen weggezogen. Mit diesen dummen, einfältigen Entscheidungen leben zu müssen, mir meine Unfähigkeit, eine Lüge zu erkennen, eingestehen zu müssen, das ist es, was weh tut."

„Ich trau mich fast nicht zu fragen", sagte Ilse zögerlich, „du musst auch nicht antworten, aber hast du ihm denn schon … ich meine, hast du ihm Geld überwiesen?"

Tilde nickte, während sie sich erneut Tränen aus dem Gesicht wischte. „Frag nur, ich hab es nicht anders verdient. Ja, er hat Geld von mir. Ich war so gutgläubig, ihm zweihundertfünfzigtausend Euro auf das Fondskonto zu überweisen. Eine todsichere Kombianlage, Solaraktien, Immobilien im Süden, Tiefseebergbau, Elektromobilität und damit zusammenhängend Lithiumaktien. Dass gerade die Gewinnung dieses Baustoffes für Batterien derzeit unseren Planeten zerstört, dass der Tiefseebergbau unsere Ozeane vernichtet, all das habe ich heute, während alle so beschäftigt waren, recherchiert. Ich hätte nur wegen eines hübschen Gesichtes gedankenlos in die Zerstörung unseres Planeten investiert!"

„Tja, ein hübsches Gesicht verheißt nicht auch gleichzeitig einen hübschen Charakter. Ich denke, du weißt, was ich meine?" Sie warf Tilde einen mitfühlenden Blick zu.

„Ja, ich weiß es leider inzwischen nur allzu gut. Hätte ich nur auf dich gehört."

Ilse lehnte sich seufzend zurück. „Quäl dich nicht, das nächste Mal weißt du es besser."

Marga, die der Unterhaltung schweigend gelauscht hatte, schaltete sich lächelnd ein. „Tilde, du musst dich nur an unser altes Sprichwort erinnern. Nicht verzagen, Ilse fragen. Bist dennoch du verzagt, hast du Ilse nicht gefragt. Das musst du noch wissen, oder?"

Der Schatten eines Lächelns zeigte sich auf Tildes blassem Gesicht. „Ja, ich werde das nie wieder vergessen. Davon dürft ihr ausgehen." Sie wandte sich an Phillip. „Phillip, wie geht es nun weiter? Ich muss zugeben, ich bin sehr müde und erschöpft. Mit geht es nicht gut. Ich würde mich gerne hinlegen. Braucht mich noch jemand?"

Phillip blickte sich suchend um und entdeckte den Kollegen Hanser. „Gehe ich recht in der Annahme, dass wir morgen alles auf dem Revier hier in Tölz klären, oder bleiben die Herrschaften schon in München?"

„Die Herren dürfen in München in Stadelheim über ihre Schandtaten nachdenken. Morgen bringen die Kollegen sie zum Verhör zu uns. Wir sind übereingekommen, dass wir den Damen das anstrengende Hin und Her nicht zumuten wollen."

Phillip sah zufrieden aus. „Sehr gut, dann können sich unsere Ladies jetzt zurückziehen und versuchen, eine Mütze voll Schlaf zu bekommen. Tante Ilse, du siehst auch ein bisschen mitgenommen aus."

Sie hob bedauernd die Schultern. „Ja mei, kein Wunder, dass ich mitgenommen ausschau. Wenn ich dauernd irgendwohin mitgenommen werde. Aber ehe ich schlafen gehe, muss ich noch was erledigen." Sie hatte sich extra versichert, dass Polizeiobermeister Rauch noch immer mit Alexejs Aussage kämpfte, und das war gut so. „Entschuldigt mich eine Minute, bin gleich wieder da."

Ohne eine Antwort abzuwarten, lief sie zielsicher in Richtung Küche. Dort lag die Küchencrew im wahrsten Sinne des Wortes in den letzten Zügen. Die Geschehnisse des Tages hatten auch hier ihre Spuren hinterlassen. Aber sie musste die Damen und Herren noch einmal kurz beanspruchen.

„Guten Abend, die Herrschaften. Bitte entschuldigen Sie mein Eindringen in Ihre Gefilde, aber ich habe eine Bitte. Da draußen sitzt ein Lastwagenfahrer, der mir und meiner Freundin heute mal schnell das Leben gerettet hat. Er hat einen viel zu engen Fahrplan, viel zu wenig Ruhezeiten und viel zu wenig Lohn. Ich würd gern wenigstens ein bisschen was davon ändern. Bitte, haben Sie Baguette, Schinken, Käse, Tomaten, Zwiebelchen, Gürkchen, ein wenig Mayo oder wenigstens Brotscheiben? Oder Überbleibsel vom Kuchenbüffet, irgendwas, das ich dem Mann mitgeben kann, damit er wenigstens keinen Hunger haben muss? Ich mach die Sandwiches auch selbst, ich kann das! Und ich zahl extra dafür."

Mochten die Gesichter der Angestellten, als sie in die Küche kam, etwas finster und gestresst gewirkt haben, so änderte sich das nun. Wahrscheinlich hatten sie gedacht, dass da eine reiche Tussi unbedingt noch ein leichtes Soufflé haben wollte. Dass ein LKW-Fahrer versorgt werden sollte, um den die Frau sich sorgte, änderte alles.

„Sicher, gnädige Frau, wenn Sie uns helfen, dann zaubern wir Ihrem Retter einen schönen Essenskorb, so wie unsere Ausflügler ihn bekommen. Sandwiches, Obst, Kuchen, Kekse und Saft. Was denken Sie?"

Ilse war glücklich. „Ich denke, das ist perfekt. Was kann ich helfen?"

Fünfzehn Minuten später schleppte sie freudestrahlend einen riesigen Fresskorb aus der Küche ins Foyer. Sie ging direkt damit zu Alexej, der sich soeben seine Jacke wieder anzog.

„Alexej, schau her. Ich habe dir ein bisschen was zum Mitnehmen besorgt. Poyest' dlya tebya, etwas zum Essen für dich." Sie streckte ihm den Korb entgegen, wobei ihr fast die Arme abfielen, so schwer und vollgepackt war der. „Pass auf, wenn du die Schachtel mit Kuchen aufmachst. Den habe ich selbst geschnitten und eingepackt! Bud’ ostorozhen, vorsichtig sein, ja?“

Alexej strahlte über das ganze breite, gutmütige Gesicht. „Danke, Frau Ilse! Spasibo! Wir sind Freunde, ja?“ Er griff beinahe schon ehrfürchtig nach dem üppigen Geschenk. Allerdings stellte er ihn erst einmal auf dem Tisch ab, auf dem noch die Notizen der Befragung lagen. Er drehte sich um, musterte Ilse lächelnd, dann nahm er sie in seine kräftigen Arme. „Ty moy angel. Du bist meine Engel.“

Ilse drückte schmunzelnd zurück. „Wenn du wüsstest!“

Alexej verabschiedete sich von allen und ließ es sich nicht nehmen, auch Phillip zu drücken. „Vy sem’ya!“

Auf den hilfesuchenden Blick ihres Neffen übersetzte sie großherzig. „Du bist Familie.“

Als der Russe das Hotel verlassen hatte, legte Phillip seinen Arm um sie. „Da hast du jemandem eine große Freude gemacht. Das scheint er nicht gewöhnt zu sein.“

Sie nickte. „Ich hoffe, dass die zweihundert Euro in der Kuchenschachtel noch ein bisschen mehr Freude verursachen werden. Weißt du, das sind die Menschen, denen man vertrauen kann und die, wenn’s knapp wird, für dich da sind. Bauchgefühl, du verstehst?“

Sie wusste, dass er verstand.

Fragen und Antworten

Das Hotel stellte ihnen am nächsten Morgen eine Limousine zur Verfügung, die die drei Freundinnen zur Polizeiwache in der Tölzer Altstadt brachte.

Ilse befingerte begeistert das weiche, schöne Leder der Sitze. „Alle Achtung, gute Ausstattung, ich muss schon sagen."

„Er wird aber auch gehegt und gepflegt." Der Blick des Fahrers begegnete ihr aus dem Rückspiegel.

„Ihrer?" Jetzt war sie neugierig.

Das laute Lachen ließ sie die Antwort schon vorab erahnen. „Schön wäre es, Frau von Karburg. Nein, die Oase gehört ja zur Kette der Romantik Hotels, im Sommer fahr ich den hier und im Winter, ob Sie's glauben oder nicht, oft einen Schlitten, also einen echten, mit Pferd vornedran, Sie verstehen?"

Sie beugte sich nach vorn. „Ach geh, also ein Rentier hätte ich jetzt schon erwartet."

Marga stieß ihr den Zeigefinger in die Rippen. „Wir sind auf dem Weg zu einer sehr ernsten Vernehmung und du erzählst was von Rentieren, also wirklich."

„Ach, lass sie doch. Wenigstens hat sie ihren Humor nicht verloren." Tilde sah das offenbar vernünftig.

Ilse zwinkerte dem Fahrer noch einmal zu und ließ sich dann wieder in die angenehm weichen Polster sinken. „Gut, lasst uns ernst sein."

Vor dem Revier erwarteten sie bereits Phillip und Manuela. Phillip sah in seiner grünen Cargohose, die seine Schiene versteckte, und dem grünen, enganliegenden Rollkragenpullover aus wie ein durchtrainierter Marine der US Army.

Sie musterte ihren eindrucksvollen Neffen voller Stolz. „Guad schaugt a aus, da Bua!"

„Ja, das ist einer, der ist außen und innen schön." Schon klang Tilde wieder traurig.

Sofort griff sie nach der Hand der Freundin. „Sowas gibt's. Zugegeben nicht ganz so oft, aber es ist möglich. Du wirst sehen, nicht heute, nicht morgen, aber der Tag wird kommen."

„Wenn du das sagst. Derzeit sehe ich jedoch schwarz."

Nicht lachen, Ilse, jetzt bitte nicht lachen. Nur mit Mühe gelang es ihr, eine ernste Miene zu bewahren. Die Assoziation zwischen schwarz und dem Ganoven Schwartz entbehrte in ihren Augen nicht einer gewissen Komik.

„Da seid ihr ja, dann kommt mit uns rein. Wir werden erwartet. Die beiden Herren sitzen schon in den Vernehmungsräumen." Phillip, noch immer auf seine Krücken gestützt, warf Manuela einen hilfesuchenden Blick zu. Die öffnete dem Quartett hinter sich sämtliche Türen und ging voran.

„Meine Damen, guten Morgen. Vielen Dank, dass Sie gekommen sind. Wie geht es Ihnen denn?" Hanser war sichtlich besorgt um ihr Wohlergehen.

Da Tilde lediglich schluckte und anscheinend schon wieder mit den Tränen kämpfte, während Marga neugierig das Revier in Augenschein nahm, antwortete sie ihm.

„Ich würde sagen, den Umständen entsprechend. Der Schlaf war ein bisschen unruhig, da ich andauernd irgendwo abgestürzt bin, Tilde hat nur ein paar Stunden Schlaf gefunden und Marga hat Muskelkater, weil sie sich gestern, als wir über dem Abgrund hingen, wohl sehr verspannt hat."

„War ja wohl auch eine *leicht angespannte* Situation. Kein Wunder, dass ich verspannt bin", kam es ein wenig süffisant von Marga zurück. Dann zuckte sie die Schultern. „Aber das bekommt Achmad sicher wieder in den Griff."

Marga eben, immer eine Lösung im Auge.

Hanser bat nunmehr Tilde darum, mit ihm zu kommen. „Sie kennen das sicher aus Filmen. Ich bringe Sie in ein kleines Nebenzimmer unseres Verhörraumes. Darin sitzt Herr Martin Schwartz und wird von uns befragt. Wir haben Ihre Aussage vorliegen und können sofort einhaken, wenn er lügt. Bitte achten Sie auf alles, was er sagt, sollte Ihnen etwas auffallen, notieren Sie es bitte auf dem Block, der im Raum liegt. Ich weiß, dass wir viel von Ihnen verlangen, aber damit helfen Sie uns sehr."

Tilde straffte die Schultern und reckte kampfeslustig das Kinn in die Höhe. „Ja, ich würde ihn am liebsten ohrfeigen, aber allein, dass er nun niemandem mehr wehtun kann und endlich im Gefängnis landet, macht es bereits leichter für mich." Sie warf Ilse einen vielsagenden Blick zu. „Ab sofort höre ich auf gut gemeinte Ratschläge. Lassen Sie uns gehen. Bringen wir es hinter uns."

„Tante, du kommst bitte mit mir. Wir tun das Gleiche bei Brauner. Ist das in Ordnung für dich? Marga, wenn du bitte dem Herrn dort noch einmal ganz genau den gestrigen Ablauf schildern könntest, dann haben wir ein hieb- und stichfestes Ablaufprotokoll. Geht das?"

Ilse betrachtete sehr amüsiert das Gesicht der Freundin. „Der Herr dort" war ein ausgesprochen attraktiver Mitvierziger, der Marga bereits lächelnd einen Stuhl zurechtrückte.

Marga nickte huldvoll. „Das dürfte gehen. Könnte ich vielleicht ein Tässchen Kaffee bekommen?"

Phillip führte Ilse in den kleinen fensterlosen Raum neben Verhörraum Nummer 2. Sie setzten sich auf zwei wenig stabil wirkende Stühlchen. Aber das war egal, sie war fasziniert vom Gesamtambiente. Allein vor sich die von der anderen Seite verspiegelte Scheibe zu sehen, war schon abenteuerlich.

„Alles gut bei dir, Tante?"

Sie nickte. „Von mir aus kann's losgehen."

Im anderen Raum ging ein helles Licht an und zwei Polizisten in Uniform führten Benedikt Brauner herein. Gefolgt von Manuela und zwei Männern, die Ilse zwar gestern im Hotel gesehen hatte, die sie aber nicht kannte.

„Sonderermittler, da wir sicher sind, dass Brauner es war, der Frau Moosfeld ermordet hat", raunte Phillip ihr zu. Der Bub konnte einfach Gedanken lesen.

Als die Vernehmung begann, zweifelte Ilse kurzfristig an ihrer Menschenkenntnis. Sie hatte Benedikt Brauner bei ihrer Ankunft als freundlichen, hilfreichen Mann kennengelernt. Das war er auch später in ihren Augen noch gewesen. Gut, sie wusste, dass er ein Gauner war, aber was nun ans Licht kam, erschreckte sie. Da saß ein Fremder, ein kriminelles Subjekt, bei dem sich sogar der Blick geändert hatte. Der ganze Habitus des Mannes, nun endgültig seiner freundlichen Maske beraubt, war ein anderer. Er wirkte dermaßen eiskalt, dass Ilse fröstelte.

Nachdem Manuela und die Ermittler ihn mit dem wieder hergestellten Chatverlauf konfrontiert und ihm erklärt hatten, dass die Spurensicherung an der Haustür von Brigitte Moosfeld seine nur zum Teil entfernten Fingerabdrücke gefunden habe, knickte er zwar ein, aber zeigte von Reue keine Spur. Im Gegenteil, er war dermaßen überheblich und unverfroren, dass es Ilse schüttelte. Und er berichtete von dem feigen Mord, so wie andere von einem unabsichtlichen Rempler im Bus erzählen würden.

„Brigitte Moosfeld hatte ein Verhältnis mit Martin. Das ging schon seit Jahren so. Sie war ein williges Werkzeug und tat alles, um *ihren* Martin bei Laune zu halten. Ja, sie war es, die es möglich machte, dass wir das Geld, das die Damen so willig spendeten, auf ein Sonderkonto überweisen konnten. Und ja, darum hat seinerzeit die Polizei auch nichts gefunden.

... Natürlich fragen Sie sich, warum alle ihre Anzeigen zurückgezogen haben. Darauf möchte ich nur antworten, dass es hier Mittel und Wege gibt, selbst die anhänglichsten Damen zu überzeugen.

... Ich habe für Martin die besten Fische im Teich gesucht und immer gefunden. Hätte er selbst das getan, wären wir nie so weit gekommen. Dieser dumme Schönling ist nicht zu allzu viel zu gebrauchen.

... Die hübsche Summe von dieser Frau Berger sollte der letzte Coup sein. So viel auf einmal gab es noch nie, die Gute war total in Martin verschossen. Wir hatten genug Geld, um aufzuhören. Aber dieser Idiot musste ja unbedingt ein paar unbedachte Bemerkungen bei Brigitte Moosburg fallen lassen. Die wurde immer lästiger. Sie tauchte im Hotel auf, sie wollte, dass er zu ihr zieht, die einfältige Kuh hat sich extra einen Luxusschuppen hier gekauft. Als sie dann durch die Dummheit von Martin das mit Mexiko herausgefunden hat, wurde es immer schwerer, sie in Schach zu halten. Dazu kam dann noch diese unfassbar neugierige Freundin von Tilde Berger, die anscheinend sofort misstrauisch war. Wer hätte denn ahnen können, dass die alte Frau französisch spricht, verdammt. Bisher ist Martin damit gut gefahren, der schöne Franzose zog immer und überall. Hat er ja auch bei der Berger. Und dann spielt diese von Karburg noch Detektiv, das war zu viel. Sie hat uns bei unserem Gespräch im Nachbardorf belauscht und das brühwarm an die Berger weitergegeben. Damit war alles eh schon gefährdet. Als dann noch Brigitte auf Frau Berger eifersüchtig wurde, weil sie dachte, dass Martin sie wegen der Neuen nicht mit nach Mexiko nehmen will, hat sie ihm gedroht. Sie wusste viel zu viel, um sie einfach zurückzulassen. Dazu kam, dass sie schon ein Flugticket nach Mexiko hatte, sie durfte aber niemals mitfliegen, sie wäre eine Dauerbedrohung gewesen.

Ein falscher Schritt und sie hätte alles auffliegen lassen können.

... Ja, darum habe ich sie geschüttelt und die Treppe hinuntergestoßen.

... Ja, sie war sofort tot, sie kam mit dem Hinterkopf am untersten Treppenabsatz auf. Ich plädiere auf Unfall.

... Ja, schon gut, ich habe das Auto von Frau Karburg ein wenig manipuliert. Die Bremsleitung war leicht angeschnitten, somit wusste ich, dass der Wagen erst viel später reagieren würde.

... Ja, ich weiß, dass ich damit einen Unfall verursachen konnte. Warum denken Sie, dass ich es getan habe? Diese unfassbar neugierige Rentnerin hat sogar ihren Neffen eingeschaltet. Als Martin mir erzählte, dass uns ein Sonderermittler auf den Fersen war, habe ich keine andere Möglichkeit mehr gesehen. Ich musste mit Brigitte Moosfeld und mit der Karburg kurzen Prozess machen.

... Ja, mir war bewusst, dass ich auch das Leben von Frau Menzing gefährde.

... Ja, Martin hätte sich auch noch um Frau Berger gekümmert.

... Nein, er wollte sie nicht töten.

... Ja, wir waren sicher, dass eine gezielte Drohung ausreichend sein würde.

... Ja, den Tod von Frau Karburg und Frau Menzing hätte ich billigend in Kauf genommen.

... Nein, ich denke nicht, dass Brigitte Moosfeld Frau Karburg verfolgt hat."

Ilse verstand, dass die Befragung zu Ende war, als sich Manuela und die beiden Männer nach einer gefühlten

Ewigkeit erhoben, die Polizisten in Uniform Brauner Handschellen anlegten und ihn abführten.

„Tante Ilse, alles in Ordnung? Ist dir bei der Befragung etwas aufgefallen, etwas, das du noch zu Protokoll geben möchtest?"

Sie schüttelte sehr bedächtig den Kopf. „Nein, Phillip. Das, was der Kerl alles ausgesagt hat, sollte genügen, um ihn zu verurteilen. Es wird mir ewig ein Rätsel sein, was in solch einem Kopf vor sich geht. Ist dir aufgefallen, wie respekt- und emotionslos er von Menschen spricht? Unglaublich. Komm, lass uns gehen. Ich bin sehr froh, dass dieses Subjekt aus dem Verkehr gezogen werden wird."

Phillip legte ihr tröstend den Arm um die Schultern. „Das wird er, auf lange Zeit. Und das haben wir auch dir zu verdanken, dir und deinem Riecher für Falschheit und Lügen. Es hätte zwar sauber schiefgehen können, aber letztendlich hast du das Richtige getan. Ich bin, schon wieder einmal, stolz auf dich."

***

Manuela und Phillip hatten dafür gesorgt, dass Ilse und die Freundinnen schnell wieder zurück ins Hotel durften. Hier wurde das Dreiergespann von einem sehr freundlichen, etwas beleibten und im Großen und Ganzen höchst gemütlich wirkenden Mann erwartet.

Der sichtlich besorgte Herr im Trachtenanzug eilte ihnen sofort entgegen. „Grüß Gott, meine Damen. Darf ich mich vorstellen? Steinfelder, Fritz Steinfelder. Ich bin der stellvertretende Direktor der Romantik Hotelkette."

Ilse runzelte die Stirn und beäugte ihn zweifelnd. „Romantik? Sie verstehen vielleicht, dass wir damit im Augenblick nicht gar so viel am Hut haben?"

Der Mann zog eine deutlich bedauernde Grimasse. „Kann ich mir lebhaft vorstellen. Ich möchte mich im Namen des Hotels bei Ihnen Dreien aus ganzen Herzen und aufrichtigst entschuldigen. Das, was Sie hier erleben mussten, gehört ganz gewiss nicht zu unserer Marketingstrategie, bitte, das müssen Sie mir glauben."

Sogar Tilde gelang ein Lächeln. „Das glauben wir Ihnen aufs Wort. Außerdem können Sie nichts für die Geschehnisse der letzten Tage."

Auch Ilse nickte mit gnädigem Blick. „Da hat Frau Berger schon recht. Das konnte wohl niemand vorhersehen. Was ich sagen muss, das ist, dass Ihr Haus eigentlich wunderschön ist. Wir haben uns hier, abgesehen von den Ereignissen, die nicht ganz so amüsant und *wellnessorientiert* waren, sehr wohl gefühlt."

Herr Steinfelder schien sehr erleichtert. „Sie glauben gar nicht, wie mich das freut. Meine Damen, nach allem, was Sie durchgemacht haben, möchte ich Ihnen, auch im Namen der obersten Leitung der Romantik Hotels, eine kleine Entschädigung anbieten."

Marga, praktisch denkend wie immer, hob interessiert den Blick. „Na, dann lassen Sie mal hören. Wir sind ganz Ohr."

„Gerne. Ich möchte Sie herzlich einladen, noch eine weitere Woche unsere Gäste zu sein, alles auf unsere Kosten. Selbstverständlich auch jede Wellness-Behandlung. Ferner würde ich Ihnen gerne jeder einen Gutschein für zwei Wochen in einem Romantik Hotel

Ihrer Wahl mit voller Kostenübernahme durch uns überreichen."

Marga warf ihr und Tilde einen fragenden Blick zu. „Mädels, spräche da etwas dagegen?"

„Was mich betrifft nicht. Tilde, was sagst du?" Ilse legte Tilde sanft die Rechte auf die Schulter und streichelte sie liebevoll.

„Eigentlich wollte ich schnellstmöglich hier fort, aber wenn ihr bleibt und mir fest versprecht, keine Minute von meiner Seite zu weichen, dann bleibe ich auch."

„Liebes, hast du noch immer Angst, dass etwas passieren könnte? Also, weil du möchtest, dass wir bei dir bleiben?"

Tilde schüttelte entschlossen den Kopf. „Ich habe eher Angst vor mir. Ich will nur, dass ihr bei mir bleibt, um mich vor weiteren unfassbaren Torheiten zu bewahren."

Ilse nickte zustimmend und umarmte die Freundin. „Darauf kannst du aber Gift nehmen."

Marga sprach ihnen allen aus der Seele, als sie sich zu Wort meldete. „Meine Lieben, somit haben wir dieses Thema abgehakt. Ich gebe gerne zu, dass mir die letzte Nacht noch in den Knochen steckt. Ich würde gerne zuerst eine Stunde schlafen und mich dann, zur Entspannung meiner Schulterpartie, in Achmads talentierte Hände begeben. Herr Direktor, denken Sie, das ließe sich einrichten?"

Sichtlich erleichtert und viel gelöster nickte dieser. „Selbstverständlich, meine Damen, was immer wir Ihnen Gutes tun können, das tun wir. Ich verspreche es Ihnen."

Ilse hob dezent die rechte Braue. „Vorsicht, Herr Steinfelder, Sie kennen uns offenbar noch nicht gut genug. Mit solchen Versprechungen könnte einiges auf Sie zukommen." Plötzlich fiel ihr etwas ein. „Eine sehr ernste Bitte habe ich noch. Sollten Sie auf dem Hotelparkplatz oder in Sichtweite einen dunklen Porsche sehen, der nicht zum Hotel oder zu einem der Gäste gehört, informieren Sie bitte meinen Neffen? Ich geb Ihnen die Nummer. Eine Frage wäre da nämlich noch offen."

„Natürlich, ich gebe sofort Anweisung, dass alle ihre Augen offenhalten. Das versichere ich Ihnen."

Als sich Ilse kurz darauf in ihr warmes, weiches Bett kuschelte, merkte sie erst, wie unendlich müde sie war.

***

Sie erwachte erst, als ihr Handy leise zu summen begann. Es lag auf dem Tisch und war auf lautlos gestellt und warum war es überhaupt so duster im Zimmer? Es dauerte eine Weile, ehe sie begriff, dass es draußen bereits dämmerte. Sie musste mehrere Stunden geschlafen haben. Seltsam, wurde sie langsam alt, oder was? Entschlossen, wenn auch mit einer Spur Bedauern, schälte sie sich aus dem gemütlichen Bett. Sie brauchte etwas Zeit, um zu erkennen, wer hier anrief. Phillip. Das war gut, hoffte sie zumindest. Sie musste dringend am Wiederaufbau ihres fast schon legendär unerschütterlichen Optimismus arbeiten.

„Phillip, entschuldige, ich hab noch geschlafen. Hab's scheinbar gebraucht. Was gibt's?"

„Wundert dich das, dass dein Körper und vor allem die Psyche erst einmal abschalten müssen? Lieblingstante, du bist keine Zwanzig mehr, so leid es mir tut," klang es aus dem Lautsprecher. „Aber wenn du ausgeschlafen hast, würde ich dich bitten, dich fertigzumachen und runter ins Lokal zu kommen. Wir sind alle da und ich hab eine Überraschung für dich."

„Ja, in Ordnung. Marga und Tilde ..."

„Wissen schon Bescheid. Mach dich in Ruhe fertig und komm. Alles ist gut."

Den letzten Satz kannte sie und je älter sie wurde, desto mehr zweifelte sie an seinem Inhalt.

Nichtsdestotrotz machte sie sich eilig frisch, schlüpfte in einen sehr schicken, olivfarbigen Overall und farblich passende Pumps. *Keine Zwanzig mehr,* dem Bengel würde sie helfen. Gekonnt zauberte sie sich ihre Igelfrisur und betrachtete sich im Spiegel. Nun ja, die zusätzliche Woche Wellness konnte tatsächlich nicht schaden. Die Augenringe erinnerten sie zwar an längst vergangene, wilde Jugendtage, jünger machten sie aber nicht direkt. Sie warf das Handy in die Umhängetasche und beeilte sich, zu den anderen zu stoßen.

In einem abgetrennten Areal des Restaurants waren drei Tische zusammengeschoben worden. Sie entdeckte Tilde und Marga, die eben erst gekommen zu sein schienen. Außerdem saßen da Manuela, Ermittler Hanser, der stellvertretende Direktor und ihr Neffe. Wen sie noch nie gesehen hatte, das waren eine sehr elegant wirkende Frau in einem schwarzen Hosenanzug und ein Herr im dunkelgrauen Anzug, der zumindest schon einmal freundlich lächelte.

„Tante Ilse, da bist du ja. Komm, ich hab hier noch einen Platz zu meiner Rechten." Phillip grinste sie fröhlich an. „Alles für dein Wohlbefinden."

Sie musterte ihn liebevoll. „Da bringt man ihnen das Reden bei und dann das ..." Kaum hatte sie sich gesetzt, fuhr Phillip schon fort.

„Falls ihr alle euch wundert, wen wir mitgebracht haben, ich hatte der Dame versprochen, dass sie sich selbst vorstellen darf. Ich übergebe hiermit das Wort, gnä Frau." Phillip nickte der Fremden auffordernd zu und die erhob sich sofort.

„Guten Abend, mein Name ist Lydia Paulsen. Niemand hier kennt mich, zumindest nicht bis heute Nachmittag. Ich bin diejenige, die als Einzige vor vier Jahren ihre Anzeige gegen den Betrüger Martin Schwartz nicht zurückgezogen hat. In den Wochen, in denen er sein, ich nenne es einmal Unwesen in einem sehr schönen Hotel an der Nordsee getrieben hat, versuchte er es auch bei mir. Ich gestehe gerne ein, dass ich um ein Haar angebissen hätte. Martin Schwartz, alias Marc Black, alias Marcel De'Albray hat eine sehr überzeugende Persönlichkeit. Er ist klug, höflich, eloquent, charmant und er versteht viel von Finanzen. Letzteres seiner Ausbildung geschuldet. Man tendiert leider dazu, einem gutaussehenden, weltgewandt auftretenden Menschen rasch Glauben zu schenken.

Allerdings konnte Herr Schwartz nicht wissen, dass ich lange für eine Versicherungsfirma tätig war und dies in leitender Position. Er hielt mich für eine wohlhabende, geschiedene Frau. Was zwar den Tatsachen entspricht, jedoch wusste er ebenfalls nicht, dass mein geschiedener Mann und ich uns in aller Freundschaft getrennt hatten und wir zuvor im selben Unternehmen tätig waren. Mein Mann war dort als Leiter der Abteilung für Betrugsfälle innerhalb der Versicherung. Ich ließ den Herrn in dem Glauben, dass ich seine Ideen zur Geldanlage in Erwägung ziehen würde. Nach einer Weile, als er glaubte, ich hätte Vertrauen gefasst und sei so weit, ihm eine beachtliche Summe auf das angebliche ‚Fondskonto‘ zu überweisen, wurde mit meiner Bank besprochen, das Geld nach vierundzwanzig Stunden rückzubuchen. Ich habe überwiesen und verlangte von ihm die entsprechenden Unterlagen. Mit diesen, von denen mir bewusst war, dass sie gefälscht sein mussten, wollte ich zur Polizei gehen.

Hier begann leider dann ein Irrweg, der mich noch heute ärgert. Ich bekam die ‚Unterlagen‘, ging damit zur örtlichen Polizei, um Anzeige zu erstatten. Was soll ich sagen? Hier ist es dringend notwendig, dass unsere Behörden umdenken. Ich wurde kaum ernst genommen. Solche Fälle passierten immer wieder, verliebte Damen würden achtlos Geldsummen überweisen, ohne sich zuvor zu versichern. Man mag kaum glauben, was ich mir alles anhören musste. Immerhin wurde der Leiter der Rezeption des Hotels verhört und man wollte die Gästeliste haben. Sie dürfen raten, wer der Rezeptionschef war. Benedict Brauner stellte sich als mit allen Wassern gewaschen heraus. Er ist rücksichtslos, skrupellos und letztendlich sehr gefährlich. Umgehend informierte er Martin Schwartz, mit dem er ein gut funktionierendes Gespann bildete.

Es folgte die unverhohlene Drohung, dass mir jederzeit etwas zustoßen könne oder aber einem meiner Familienmitglieder, falls ich den Fall weiterverfolgen sollte. Da die polizeiliche Unterstützung alles andere als umfassend war, sah ich von einer Weiterverfolgung ab, insbesondere, da Schwartz anscheinend über Nacht spurlos verschwunden war.

Ich hatte mein Geld zurück, aber mir war bewusst, dass die beiden großen Schaden anrichten konnten. Mit der Zeit fand ich zusammen mit meinem Exmann, den ich Ihnen hiermit gerne vorstellen möchte ..." Sie deutete auf den Herrn im grauen Anzug. „... heraus, dass dem auch so war. Ich machte Betroffene ausfindig und bekniete sie, zur Polizei zu gehen. Allerdings wirkten die finsteren Drohungen der beiden Männer bei allen hervorragend. Zum einen war da die Scham, der Lüge von der großen Liebe geglaubt zu haben, zum anderen die Angst davor, auch noch Angehörigen zu schaden. Zumindest in der Zeit vor der Pandemie waren die ergaunerten Einzelsummen auch nie so enorm, dass es jemanden hätte ruinieren können. Zumindest sah es bei den betroffenen Frauen so aus.

Ich behielt die beiden Gauner weiterhin im Auge. Mein Mann hatte über seine beruflichen Ver-bindungen bei der Bank herausgefunden, dass das angebliche Fondskonto einer Frau gehörte. Es wurde als sogenanntes Sonderkonto geführt und alles, was darauf überwiesen wurde, verschwand binnen weniger Tage. Auch hier hat die Polizei uns im Stich gelassen, da die Bank auf das Bankgeheimnis verwiesen hat und niemand Anzeige erstattete. Die Dame hieß Brigitte Moosfeld und war, so wie es sich später herausstellte, angeblich eine Weile mit Martin Schwartz liiert. Letztendlich war sie nichts weiter als ein williges Werkzeug und ließ sich von ihm ausnützen. Sie war ihm so hörig, dass sie ihr

Leben in der Nähe von Hamburg aufgab und, als die Herrschaften ihre Betrügereien ins reiche Bayern verlegten, nach Miesbach zog, dort sogar ein Haus kaufte, wohl in dem irrwitzigen Glauben, irgendwann mit Schwartz ein gemeinsames Leben zu führen. Bitte glauben Sie nicht, dass ich ein irrer Stalker bin oder jemand, der auf Rache aus war. Es ging mir darum, irgendwann beweisen zu können, welchen immensen Schaden diese skrupellosen Betrüger nicht nur auf den Konten, sondern auch in der Psyche der Opfer anrichteten. Als ich entdeckte, dass die Herren anscheinend ihren Abgang planten, da sie in einem Reisebüro in Starnberg zwei Tickets nach Mexiko erwarben, war ich in großer Sorge. Mein Ex-Mann hatte beide Namen über die Versicherung auf die sogenannte Schwarze Liste bei Auslandsflügen setzen lassen, so erfuhr er umgehend von der Buchung. Ich fragte unter einem Vorwand im Reisebüro nach und erfuhr von der zusätzlichen Buchung einer Brigitte Moosfeld. Ich wusste, dass das nicht sein konnte. Die zwei Verbrecher wollten sicher keine Frau dabeihaben, wenn es daran ging, das erbeutete Geld zu genießen. Schon gar nicht die durch und durch eifersüchtige Brigitte Moosfeld. Ich begann damit, die beiden zu beschatten, und das, was ich hörte, war besorgniserregend. Ich erfuhr auch durch Zufall, dass Sie, Frau von Karburg, den Herren sehr lästig wurden. Sie waren die neugierige, misstrauische und sehr lästige Freundin von Frau Berger, die es darauf angelegt hätte, ihre Pläne zu vereiteln. Als ich hinter Ihnen hergefahren bin, wollte ich Sie nicht erschrecken und schon gar nicht verfolgen. Ich war um Ihre Sicherheit besorgt, sonst nichts. Als ich bemerkte, dass ich Sie offensichtlich ängstige, bin ich Ihnen auf der Landstraße auch nicht weiter gefolgt, vor allem, da ich sonst niemanden gesehen habe. Es tut mir so leid, dass Sie im Graben gelandet sind, das wollte ich nicht, wirklich nicht! Ich hatte Angst, dass entweder die vor Missgunst und Eifersucht langsam durchdrehende Frau Moosfeld oder der skrupellose Benedikt Brauner Ihnen etwas antun könnten." Sie hob in einer hilflos wirkenden Geste die Arme. „Das mit Ihren Bremsleitungen muss er mitten in der Nacht gemacht haben. Ich habe schon im Morgengrauen aufgepasst und in der Zeit nichts gesehen. Da ich ihn dann auch am Tegernsee nirgends entdeckt habe, bin ich weggefahren, als ich Sie kommen sah, da ich dachte, nun könne nichts mehr passieren. Falsch gedacht. Es tut mir aufrichtig leid. Hätte ich das geahnt, dann wäre ich an Ihnen drangeblieben. Vor allem, nachdem ich vom Tod von Brigitte Moosfeld erfahren habe. Ich wusste spätestens da, wozu dieser Brauner tatsächlich fähig ist."

Ilse stöhnte leise auf. „Das hätte es wahrscheinlich noch schlimmer gemacht, weil ich geglaubt hätte, Sie verfolgen mich schon wieder. Dann wäre ich zusätzlich zu den versagenden Bremsen noch panisch geworden. Nein. Sie können nichts dafür. Aber bitte sagen Sie mir eins: Warum müssen Sie ausgerechnet einen dunklen Porsche fahren? Warum keinen silberfarbigen Mazda oder irgendwas in der Richtung?"

Lydia Paulsen zuckte ratlos die Schultern. „Weil ich das Schätzchen schon seit über zehn Jahren fahre? Aber abgesehen davon, hat alles immerhin etwas Gutes. Mein Mann und ich haben alles protokolliert, wir haben fast alle Namen der Geschädigten und wir haben die Verbindung der Herrschaften zu Frau Moosfeld. Sämtliche Unterlagen sind jetzt bei der Polizei und ich kann nur hoffen, dass man uns dieses Mal ernster nimmt."

Hanser zuckte bei den letzten Worten deutlich zusammen. „Sie haben leider recht, Frau Paulsen. Fälle von Heiratsschwindel, von Aktienbetrug in angeblichen Beziehungen und so weiter muss besser geahndet werden. Was es schwer macht, ist die Tatsache, dass die Fälle in die Tausende gehen. Dass es, so wie hier, in einem Mord, ja, beinahe in einem Dreifachmord gipfelt, das ist eine neue Hausnummer, das gebe ich zu. Sie haben mein Wort, dass sich hier einiges ändern wird."

Lydia Paulsen, die während ihrer ganzen Rede stehengeblieben war, setzte sich wieder. „Das wäre schön und erfreulich für so viele Betroffene. Was ich noch anmerken möchte, ich weiß nicht, ob es hilfreich ist, aber erwähnen muss ich es. Martin Schwartz ist vieles, aber er ist kein Mörder. Ich denke, wenn er von Brauners Plänen in Sachen Mord gewusst hätte, er hätte sich gewehrt. Und noch etwas, dessen ich mir sicher bin. Er hätte Frau Berger gewiss kein Haar gekrümmt. Ich hörte, wie er sie als gutaussehende, intelligente, weltgewandte Frau bezeichnete. Mir ist schon bewusst, dass das nicht viel hilft, aber vielleicht macht es das Ganze ein wenig leichter."

Als Ilse zu ihrer Freundin sah, entdeckte sie den winzigen Funken in deren Augen sofort. Mochte es nur ein kleines Trostpflaster sein, aber es war eines.

Bad Tölz, zwei Tage später

„Liebes, was steht denn noch so auf dem Programm?"
Margas Stimme klang fröhlich und unternehmungslustig.

Ilse hatte leichte Probleme mit der Artikulation. Mit
einer Honig-Aloe-Olivenölmaske auf dem Gesicht
sprach es sich nicht ganz so einfach. „Nach der Gesichtsbehandlung sind wir bei Achmed zur Granatapfel-Rosenöl-Massage. Danach habe ich für uns alle drei
Beauty-Smoothies mit Papaya-Karotte-Ingwer bestellt.
Wenn ich mich nicht irre, dürfte es im Anschluss Zeit
für das Candlelight-Dinner sein. Ich hab für fünf Personen reserviert. Phillip und Manuela kommen auch und
ich freu mich so."

„Warum genau freust du dich?"

„Weil der Bub noch drei Wochen krankgeschrieben
ist und da er allein nicht zurechtkommt, wohnt er in
der Zeit bei mir in München."

„Weiß er das schon?"

„Warum denkst du, dass ich die Zwei zum Dinner herhole?"

„Du bestichst ihn also?"

„Logisch! Da kenn ich aber nix." Ilse zupfte sich vorsichtig ein winziges Stückchen Aloe von der Unterlippe. „Du weißt doch, liebevoll manipuliert ist halb gewonnen."